신라 공주 파라랑

푸른도서관 73

신라 공주 파라랑

초판 발행/ 2016년 2월 5일

지은이/ 김 정
펴낸이/ 신형건
펴낸곳/ (주)푸른책들
등록/ 제321-2008-00155호
주소/ 서울특별시 서초구 양재천로7길 16 푸르니빌딩 (우)06754
전화/ 02-581-0334~5 팩스/ 02-582-0648
이메일/ prooni@prooni.com 홈페이지/ www.prooni.com
카페/ cafe.naver.com/prbm 블로그/ blog.naver.com/proonibook

글 ⓒ 김 정, 2016

ISBN 978-89-5798-511-3 04810

＊잘못된 책은 구입한 곳에서 바꾸어 드립니다.
＊이 책 내용의 일부 또는 전부를 재사용하려면 반드시 저작권자와
(주)푸른책들 양측의 서면 동의를 얻어야 합니다.

이 도서의 국립중앙도서관 출판시도서목록(CIP)은 서지정보유통지원시스템 홈페이지(http://seoji.nl.go.kr)와
국가자료공동목록시스템(http://www.nl.go.kr/kolisnet)에서 이용하실 수 있습니다.
(CIP제어번호: CIP2015033421)

(주)푸른책들은 도서 판매 수익금의 일부를 초록우산 어린이재단에 기부하여
어린이들을 위한 사랑 나눔에 동참합니다.

신라 공주
파라랑

김 정 지음

푸른책들

|차례|

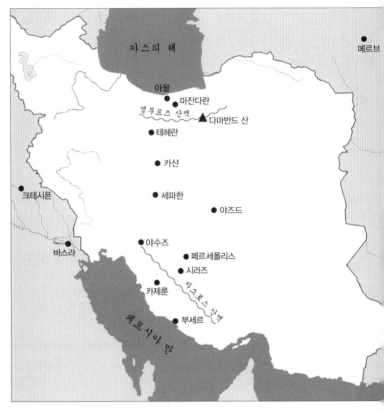

● 7세기 아랍 침공 이후 페르시아의 주요 도시

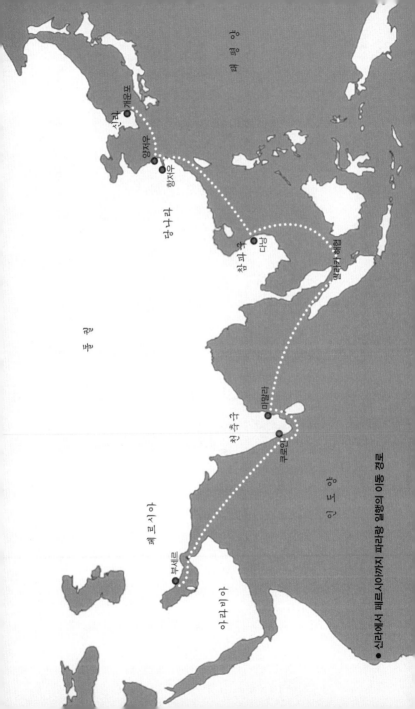

● 신라에서 페르시아까지 파라랑 일행의 이동 경로

태 평 양

신라
개운포
양자우
항저우
닝보
침 파 우

당나라

동 중국해

말라카 해협

미얀마
루안우

천 축 국

인 도 양

아라비아

페르시아

부세르

황금의 나라

이방인

서기 651년 4월이었다.

신라 서라벌은 간밤에 내린 단비로 여린 잎들의 색감이 짙어졌다. 꽃들이 화사하게 피어났고 하늘은 드높았다. 하늘과 땅 사이에는 황금의 왕국 수도다운 풍요와 평화로움이 감돌고 있었다.

신라는 예로부터 금광이 많고 세공술이 뛰어나 황금의 나라로 불리었다. 서라벌 중앙 왕궁을 가운데 두고 바둑판 모양으로 구획을 나눈 도성은 어디를 봐도 단정하고 시원스러웠다. 북천의 남쪽 북궁*과 남천의 북쪽에 위치한 월성**사이를 잇는 대로변에는 귀족들이 사는 호화로운 금입택들이 즐비했다. 정

---

*경주 북천 옆에 위치한 신라의 궁. 정확한 이름은 전해지지 않지만 흔히 대궁지(전랑지)라고 한다.
**반달 모양을 한 신라의 궁. 현재 경주시 인왕동에 부분적으로 성벽과 성 안 건물들이 남아 있다.

원이 딸린 기와지붕의 가옥마다 우물과 배수로가 더없이 정갈하여 도심의 공기는 상쾌하고 향기로웠다. 그 사이사이 길목에 서민들이 즐겨 찾는 저자가 있었다. 저잣거리는 늘 사람들로 북적거렸다.

공터에서는 놀이 패들의 봄맞이 놀이가 한창이었다. 피리와 요고 소리가 어우러진 가락이 흥겨웠다. 원색의 울긋불긋한 옷으로 치장한 놀이 패가 재주를 부리고 부채나 칼을 교묘하게 돌리며 사람들의 혼을 빼놓았다. 연이어 이마와 볼에 빨갛거나 검게 혹은 금빛으로 동그라미를 그린 재주꾼들과, 용이며 호랑이며 온갖 동물들의 탈을 쓴 무리들이 등장하여 춤을 추었다.

놀이 패를 따라 어깨를 들썩거리는 사람들 틈에 유독 눈에 띄는 소녀가 있었다. 흡사 남천의 물고기처럼 매끄럽게 이리저리 발걸음을 옮기는 소녀였다. 두 눈을 흑요석처럼 빛내면서 해맑은 웃음을 터트릴 때면 주변 사람들의 시선이 모두 소녀에게 쏠렸다. 진초록 끈으로 묶은 풍성한 검은 머리카락이 소녀의 어깨 너머로 찰랑거렸다. 소녀의 한 걸음 뒤에는 호위 무사가 따르고 있었다.

무사가 소녀에게 속삭였다.

"피라랑 공주님, 이제 돌아가셔야 합니다. 왕후님께서⋯."

소녀의 눈이 동그래졌다.

"참, 그렇지, 잔치! 사도, 먼저 궁으로 들어가서 여지에게 노랑 저고리로 준비하라고 해. 마음이 변했다고 하면 알 거야."

"하오나⋯⋯."

파라랑은 걸음을 멈추고 사도에게 살짝 눈을 흘겼다.

"또, 또 그런다. 괜찮아, 장신구 공방에 들렀다가 금방 뒤따라갈게. 가라니까?"

파라랑이 한 발을 구르며 사도를 재촉했다. 사도가 할 수 없다는 듯 파라랑에게 고개를 숙이고 발길을 돌렸다. 순식간에 사도는 파라랑의 시야를 벗어나 보이지 않았다.

파라랑이 홀가분한 표정으로 막 공방에 들어가려는 순간이었다. 웬 아이가 급하게 달려오다가 파라랑과 부딪혔다. 그 서슬에 파라랑은 아이와 함께 점포 바깥 탁자에 걸려 넘어졌다. 색색의 천으로 기운 모양을 낸 헐렁한 옷을 걸친 놀이 패 아이였다. 아이는 허겁지겁 일어나 달아나려 했다. 그러나 뒤따라온 험상궂은 사내가 아이의 뒷덜미를 갈고리처럼 채어 일으키더니 솜털 보송한 여린 뺨을 마구잡이로 때렸다. 아이의 코와 입에서 피가 흘러 얼굴 전체로 번졌다. 파라랑의 눈에서 불꽃이 일었다. 파라랑은 몸을 굽혀 재빨리 바닥에 나뒹구는 나무막대기를 들었다.

"네 이놈! 뭐하는 게냐?"

파라랑이 사내의 머리를 향해 막대기를 내리쳤다. 사내는 얼떨결에 피하긴 했지만 비틀거렸다. 그 기회를 놓치지 않고 파라랑이 사내의 손에서 아이를 빼냈다. 근처에 있던 사람들이 파라랑과 사내 쪽으로 몰려들었다. 사람들이 많아지자 사내가 어이없다는 표정을 지었다. 아이는 파라랑 뒤로 숨었다.

"어린아이를 이렇게 무참하게 만들다니, 그러고도 네가 사람이냐?"

파라랑의 꾸짖음에 사내가 솟구치는 화를 어쩌지 못하는 듯

발을 구르며 침을 바닥에 휙 소리 나게 뱉었다.

"이거 왜 이러슈? 아가씨가 상관할 게 아니지, 우리 놀이 패아이 일인데. 도둑질을 해서 버릇을 고쳐야 한단 말이지."

아이가 도리질을 하며 소곤거렸다.

"아니에요. 안 훔쳤어요."

파라랑이 발끈해 소리쳤다.

"이 아이, 도둑질 안 했다잖아!"

사내는 건들거리며 파라랑에게 다가왔다.

"조, 조, 주둥아리 꼴 보라지. 내가 똑똑히 봤는데 어디서 거짓말이냐! 이보슈, 보아하니 귀한 댁 아씨 같은데 냉큼 돌아가슈. 아리! 넌, 밥값도 못하는 주제에…… 오늘 끝장을 보자는 말이지."

파라랑이 손에 쥔 막대기를 고쳐 잡았다.

"가까이 오지 마라. 내 너 하나쯤은 상대할 수 있으니."

사내가 기가 차다는 듯이 종주먹을 대며 소리를 질렀다.

"어허, 고렇게 이쁘면 아가씨가 저 녀석을 사든지, 아니면 썩 물러나슈. 아리, 너 이리 와, 안 와? 말로 해서는 안 되겠지, 안 되겠단 말이지. 이걸 확!"

사내가 큼시막한 손을 위로 치켜들며 파라랑에게 달려들었다. 다음 순간, 사내는 비명을 지르며 바닥에 나뒹굴었다. 사내 곁에 우뚝 서 있는 긴 그림자에 놀라 사람들의 시선이 옆으로 향했다. 이국 복색에다 두 눈이 부리부리하고 높은 코와 검은 콧수염을 가진 이방인이었다.

사람들이 뒤로 물러섰다. 이방인이 바닥에 너부러진 사내 앞에 앉았다.

이방인이 물었다.

"이것이면 아이를 놓아줄 거요?"

이방인이 사내에게 은자를 던지며 덧붙였다.

"저 아이 몸값으로 충분할 것 같은데."

사내는 은자와 이방인을 번갈아 보며 벌어진 입을 다물지 못했다.

"어험, 두말하기 없기요. 아리야! 너 운 좋구나. 암, 운이 좋은 거란 말이지. 어허허, 어허허허……."

사내는 단숨에 일어나 은자를 품에 넣으며 뒷걸음치더니 사람들 속으로 사라졌다. 구경하던 사람들은 다음에 일어날 일이 궁금한 얼굴로 흩어지지 않았다.

이방인이 아리에게 다가섰다. 그때까지 파라랑은 이방인을 뚫어져라 바라보고 있었다. 낯설었지만 어디선가 본 듯했다. 이방인은 허리를 굽혀 아리의 옷을 툭툭 털어 주었다. 그 바람에 흰 두건이 움직여 이마를 덮었다. 공작 깃털을 꽂은 두건이 멋스러웠다.

"아이야, 다친 데는 없어?"

이방인의 억양은 다소 이상했으나 깔끔한 신라 말이었다.

아이가 파라랑의 옷자락을 움켜잡았다. 그제야 파라랑은 아이 눈높이에 맞춰 앉았다.

"네 이름이 아리냐?"

아이가 고개를 끄덕였다. 이방인이 손수건을 꺼내 피를 닦아냈다. 아리의 얼굴은 피범벅이었으나 코피가 흘렀을 뿐 크게 다친 곳은 없는 듯했다. 아리는 자신을 보고 있는 많은 사람들이 두려워서인지 몸을 부르르 떨었다.

"이제 널 괴롭힐 사람은 없다."

파라랑이 아리의 등을 토닥였다. 파라랑과 이방인의 눈이 마주쳤다.

"몸값을 내주어 고맙구나."

"아이를 맡길 만한 데를 찾아야겠소."

"걱정 마라. 이 아이는 전하의 백성이니, 내가 돌볼 것이다. 그만 갈 길을 가라."

이방인의 눈이 크게 벌어졌다.

"그대가? 고귀한……. 잘 생각해 보시오. 어렵지 않겠소?"

파라랑은 고개를 저으며 냉담하게 답했다.

"아니다. 내가 할 것이야. 가 보래도."

"알겠소. 그럼 가는 길까지 데려다주겠소. 보다시피……."

이방인을 따라 고개를 돌린 파라랑은 생각보다 많은 사람의 벽으로 둘러싸여 있음을 알고 당황했다. 이방인이 팔을 벌려 길을 터 주었다. 파라랑은 바닥에 주저앉은 아리를 일으켜 세웠다. 몰려든 사람들 때문에 궁궐로 가는 넓은 박석길에 도착할 때까지 이방인의 뒤를 따라가야 했다. 궁궐 앞 대로가 보이기 시작하자 파라랑이 말했다.

"이제 됐다. 그만 돌아가도 좋다."

이방인이 싱긋 웃었다. 매력적인 미소였다. 파라랑은 자기도 모르게 두 눈을 자꾸 깜박거렸다. 왜 갑자기 얼굴이 달아오르는지 모를 일이었다.

"내 이름은 아비틴이오, 아비틴!"

아비틴이 뒤로 두어 걸음 걸으며 외쳤다. 그는 곧 사람들 사이로 들어가 버렸다.

'아비틴? 어디선가 들어 본 이름인데?'

궁궐을 향해 돌아섰을 때 파라랑은 시녀 여지의 말이 언뜻 떠올랐다. 아비틴. 태자와 함께 남해 앞바다의 해적을 물리친 페르시아 왕자. 그는 바로 페르시아에서 온 왕자였다.

이때 아리가 파라랑의 치마를 잡아당겼다. 아리가 내민 손안에 연꽃을 섬세하게 수놓은 진초록 머리끈이 있었다. 파라랑은 자신의 머리를 더듬었다. 머리는 끈으로 단단히 묶여 있었다. 연꽃 문양은 여지가 수놓은 파라랑만의 상징이었다.

아리가 작은 목소리로 웅얼거렸다.

"저 키 큰 아저씨 주머니에서 흘렀어요."

더더욱 모를 소리였다. 파라랑의 머리끈이 왜 이방인의 주머니에서 나왔단 말인가. 파라랑은 고개를 갸웃거리면서 머리끈을 주머니에 넣었다. 그것보다 아리를 어찌해야 할지 생각해야 했다. 이방인 앞에서는 아리를 책임진다고 큰소리쳤으나 사실 난감했다.

'뭐 어려울 것 있겠어?'

파라랑은 입술을 야무지게 다물었다. 아리는 고개를 푹 숙인 채 맨발에 붙은 진흙을 박석에다 문지르고 있었다. 파라랑이 아리의 어깨를 잡았다.

"아리야, 이제부터 나랑 궁궐에서 살자. 너 혼자 저자를 떠돌고 있으면 그자가 또 너를 괴롭힐지 모른다. 나는 신라 공주 파라랑이란다."

"으흡, 공, 공주님······."

아리가 화들짝 놀라며 바닥에 꿇어앉았다. 그러고는 매를 맞는 것처럼 두 손으로 머리를 감싸며 울었다.

"저처럼 천한 아이가 어찌 공주님처럼 높으신 분과 함께 있겠어요? 공주님, 저를, 저를 잡아다 때리시려는 거지요? 다시는 도둑질 안 할게요. 용서해 주세요, 용서해 주세요."

"아리야, 너는 전하의 백성이고 이제부터 내 시녀가 되면 된다. 아무도 너를 때리지 않아. 나를 따라오너라."

파라랑이 아무리 달래도 아리는 병사들이 지키는 동문으로 가려 하지 않았다. 파라랑은 할 수 없이 아리에게 눈을 부라리며 으름장을 놓았다.

"자꾸 이러면 저 병사에게 데려갈 것이야. 나만 믿으면 된다니까. 감히 신라 공주의 시녀를 누가 해친단 말이야?"

파라랑은 아리를 억지로 잡아 일으켜 동문으로 향했다. 경비병을 보자 아리는 파라랑의 넓은 치마폭에다 자신의 몸을 감췄다.

경비병이 파라랑에게 허리를 숙였다가 맨발의 아리를 보고 눈살을 찌푸리며 다가갔다. 파라랑이 손을 들어 가까이 오지 못하도록 막았다. 사시나무 떨 듯하는 아리를 붙잡고 경비병의 뒤를 돌아 궁 안으로 들어갔다.

파라랑은 되도록 시녀들과 마주치지 않는 샛길로 해서 공주궁으로 걸어갔다. 아리는 파라랑의 치마에 숨은 채 연이어 거친 숨소리를 냈다. 후원의 큰 소나무 아래를 지날 즈음에야 아리는 파라랑의 치맛자락을 놓고 사방을 두리번거렸다. 파라랑은 아리가 잘 따라오는지 뒤돌아보며 재게 걸었다. 공주 궁이 보였다. 파라랑이 안도의 숨을 내쉬며 연당*을 돌았을 때, 바로 눈앞에 태자와 호위 무사 사도가 서 있었다.

태자는 궁 밖의 아이가 분명한 낯선 아리에게서 눈을 떼지 않고 물었다.

"파라랑, 이 아이는 누구냐?"

아리는 너무 놀랐는지 넘어지듯 바닥에 주저앉았다. 파라랑이 허리를 굽히려 하자 사도가 성큼 다가와 아리를 일으켜 세웠다.

파라랑은 어색하게 웃으며 말했다.

"저자에서 만난 아이예요. 제 시녀로 삼고자 해요."

"시녀라면 절차가 있지 않느냐? 함부로 궁에 사람을 데려오다니……."

"그건 여지가 알아서 처리해 줄 거예요. 오라버니, 모른 척해 주세요."

태자가 다시 한 번 아리의 얼굴을 바라보았다. 태자의 눈길을 받은 아리가 딸꾹질을 하기 시작했다. 파라랑은 얼른 아리의 등을 쓰다듬었다.

"괜찮아, 괜찮아. 태자님께선 좋은 분이시란다."

아리의 몸 떨림이 잦아들자 파라랑이 사도에게 말했다.

"이 아이를 데려가서 목욕시키고, 시녀복으로 갈아입혀 데려와."

---

*연꽃이 있는 연못가에 지은 정자.

18

사도는 예를 취한 뒤 아리를 데리고 갔다.

태자가 타이르듯 말했다.

"그것보다 호위 무사도 없이 궁 밖이라니? 조금 전 부왕께서 오셨다가 크게 진노하셨다. 배알하면 잘못했다고 용서를 빌어."

"오라버니, 소녀는 잘못한 일이 없어요. 백성들을 살피는 것 또한 공주가 해야 할 일이에요. 궁궐이 답답하기도 하고요."

"어허! 파라랑에게 말타기와 무술을 가르친 내 잘못이 크구나. 다른 공주들처럼 수를 놓고 화초를 가꾸면 좀 좋을까?"

태자가 혀를 끌끌 찼다. 하지만 말과는 달리 파라랑을 바라보는 태자의 표정에는 애정이 가득했다.

"나중에 다시 얘기하자. 왕후마마 잔치에 늦으랴, 우선 준비부터 해라."

"예, 오라버니."

태자는 파라랑의 어깨를 두어 번 두드리고는 연못의 돌다리를 건너 왕후 궁으로 걸음을 옮겼다. 파라랑은 태자의 모습이 사라지자 걱정이라곤 없는 밝은 얼굴로 공주 궁으로 뛰어갔다.

"여지, 여지!"

여지가 공주 궁 회랑을 서성이나가 파리랑을 맞았다.

"공주님, 오셨군요. 얼마나 놀랐는지 아세요? 전하께서 노하셔서…."

"알았어, 알았다구. 얼른 준비나 해 줘."

궁주 궁 시녀들이 분주하게 움직였고 여지가 서둘러 파라랑을 치장하기 시작했다. 여지는 어릴 때부터 궁에서 파라랑과 함께 자랐다. 아기 궁인으로 들어와 오랫동안 궁궐 어른들을 섬기며 자라서인지 행동이 단정하고 속이 깊었다. 파라랑이 때론 언니처럼, 때론 어머니처럼 의지하는 시녀였다.

"혹시 말야, 이방인 중에 페르시아 왕자님에 대해 알아?"

여지가 파라랑의 머리카락을 모아 올리면서 건성으로 대답했다.

"예, 알지요. 이방인이기는 하지만 그 왕자님은 신라를 위해 많은 일을 하시는 분이니까요. 도깨비처럼 우락부락하고 무섭게 생겼어도 마음씨는 그리 착하다고 합니다."

여지가 급히 손을 놀리면서도 궁중에 돌고 있는 이방인의 소문을 들려주었다.

"얼마 전 장포진*에 역병이 돌았잖아요. 페르시아 왕자님이 역병에 좋은 약재를 잔뜩 싣고, 직접 의원까지 데리고 가서 시료를 하셨답니다. 그 이방인 왕자님 덕분에 신라 전역으로 번질 뻔했던 역병을 잡았다고 하던 걸요. 전하께서 기뻐하셨답니다. 태자님과도 친분이 돈독하다고들 하더군요. 공주님도 그 소문을 들으셨어요?"

"뭘? 어, 다 된 거야? 이제 일어나도 돼?"

"잠시만요. 이렇게 딸랑이는 금방울을 달면…. 됐어요. 아유, 우리 공주님 고우세요. 선녀가 부러울까?"

여지의 호들갑에 파라랑이 활짝 웃으며 빙그르르 돌았다. 여지가 파라랑의 등을 밀었다.

"빨리빨리, 잔치에 늦으면 왕후마마께서……. 어서 나가세

---

* 경상북도 포항의 옛 이름.

요."

"참."

파라랑은 바깥으로 나가려다가 돌아서서 진지하게 말했다.

"좀 있다 사도가 아이를 데려올 거야. 그 아인 내 곁에 둘 거니까 알아서 처리해 줘. 알았지? 여지만 믿어."

여지의 놀란 얼굴을 뒤로하고 파라랑은 서둘러 시녀들을 데리고 왕후 궁으로 향했다. 왕후 궁이 가까워질수록 파라랑의 얼굴이 굳어졌다. 왕후 궁 바깥으로 왁자한 웃음소리와 풍악소리가 흘러나왔다.

파라랑이 자리를 잡고 앉자, 왕후의 딸들이 소곤거리는 소리가 귓가에 들려 왔다.

"왕후마마 잔치에 늦다니. 저렇게 시건방져서야. 도대체 전하께서는 제멋대로인 저 애를 왜 감싸시는지 모르겠어."

"후훗, 오늘 전하께서 진노하셨대. 저것 봐, 어마마마께서 이쪽을 노려보시잖아."

오른편에 앉아 있던 언니가 파라랑에게 몸을 기울여 소곤거렸다.

"파라랑, 남의 험담이나 하는 저런 애들 신경 쓸 것 없어."

파라랑은 허리를 곧추세우고 어깨를 쫙 폈다. 왕후가 왕에게 귓속말하는 모습이 눈에 들어왔다. 그제야 왕이 파라랑을 보았다. 왕이 손을 들었다. 순식간에 풍악이 그쳤고 모두가 숨을 죽였다.

왕후가 자리에서 일어났다. 왕후의 목소리는 부드러웠지만 왠지 모를 차가움이 배어났다.

"파라랑, 어찌 또 궁을 나갔느냐? 내 그리 일렀건만. 공주의 품위를 잃지 않도록 처신해야지."

왕후가 왕께 고개를 숙였다.

"모두가 신첩의 부덕입니다. 어미 노릇을 제대로 하지 못하여 공주가 궁 밖으로만 나도는 듯합니다. 송구하옵니다."

왕후의 힘을 빌려 용서를 구할 마음은 없었다. 파라랑은 자리에서 벌떡 일어났다. 의자가 뒤로 넘어졌다.

"전하, 왕후마마께서는 아무런 잘못도 없으십니다. 저자의 놀이 패 풍물이 재미있을 것 같아 허락 없이 궁을 나가서 전하의 마음을 어지럽혔나이다. 소녀가 잘못하였습니다."

왕후가 다시 입을 떼려 하자 왕이 손을 들어 막았다. 왕은 다감한 눈빛으로 파라랑을 바라보았다.

"앞으로는 더욱 몸가짐을 조심하여라. 네가 다칠까 봐 노심초사하는 아비를 생각해서라도. 알겠느냐?"

파라랑이 공손하게 허리를 굽혔다.

다시 풍악이 울렸고 무희들의 비천무에 이어 궁중 연희꾼이 금환을 돌리며 즐거운 분위기로 이끌었다. 언니가 파라랑의 손을 지그시 잡았다.

"잘했어. 이만하니 다행이다. 파라랑, 궁 밖은 위험할 수도 있으니 조심해야 해. 알았니?"

"예, 언니. 그런데 오라버닌 아직 안 오셨어요?"

"아니야. 전하의 명이 있어 먼저 자리를 뜨셨어."

파라랑은 언니의 손을 마주 잡아 고마움을 표시하였다.

잔치는 별 탈 없이 진행되었다. 잔치 도중 왕이 대불림국*의 상인에게 구했다는 희귀한 분홍 금강석을 선물해 왕후는 더없이 행복한 얼굴이었다. 파라랑에게는 지루한 잔치가 그로부터 두 시진이나 더 이어졌다.

잔치가 끝난 뒤 파라랑은 자신의 말 번개의 상태를 보러 왕실 마구간으로 향했다. 막 마구간 앞마당으로 들어서는데, 태자의 말이 앞서고 그 뒤를 페르시아 왕자 아비틴이 따랐다. 아비틴과 파라랑의 눈이 허공에서 마주쳤다. 아비틴이 곧 고개를 돌렸으나 그 눈이 웃고 있음을 파라랑은 보았다.

마구를 돌보는 일꾼들이 저희들끼리 수군거렸다.

"또 역병이 퍼지고 있는 마을을 도우러 가신다네. 이방인이면 모른 척 대충 살 수도 있을 텐데 저리 애를 쓰시다니, 참 대단한 분이야."

"그러게. 신라에서 이문을 남긴 재물은 죄다 풀어놓는다는 소문이야. 그러니까 백성을 아끼는 태자께서 저리 좋아하시지. 세상을 많이 돌아다녀서 아는 것도 엄청 많다는구만."

다른 마부들이 덩달아 고개를 끄덕이며 태자와 아비틴의 뒷모습을 배웅하고 있었다. 파라랑도 키가 큰 아비틴의 뒷모습이 궁궐 담 너머로 사라질 때까지 바라보았다. 번개가 파라랑의 기척을 느꼈는지 마구간에서 발을 구르며 길게 울었다.

---

*동로마 제국. 비잔틴 제국이라고도 한다.

재스민 향

"좀 더 쉬어야 하는데. 괜찮을지 모르겠습니다. 부기가 아직 덜 빠진 상태라."

사도가 아리를 자신의 말 앞자리에 태우며 걱정스런 얼굴로 말했다. 파라랑이 번개의 갈기를 부드럽게 쓰다듬었다.

"날마다 달리던 녀석이 갇혀 있으니 이리 서성대는 게야. 조심히 달릴게. 먼저 출발해."

파라랑이 번개 등에 올랐다. 사도의 뒤를 따라 정경 좋은 남천 강변으로 달리기 시작했다. 송화가 흩날리고 아지랑이가 아롱거리는 봄 들판은 생기가 넘쳤다.

사도의 말은 굽은 산길을 돌아 보이지 않았다. 어느 결에 번개의 속력이 빨라졌다. 파라랑은 번개의 아픈 다리를 염려해 고삐를 잡아당겨 속도를 조절했다.

이때 뒤에서 말발굽 소리가 들렸다. 누군가 파라랑이 가는 길을 따라오고 있었다. 파라랑이 길 가장자리로 방향을 틀었을 때였다. 무엇 때문인지 번개가 갑자기 멈춰 앞발을 허공 높이 쳐들었다. 파라랑은 말의 힘을 이기지 못하고 굴러떨어지면서 말고삐를 놓쳤다. 뒤의 말이 아주 빠르게 파라랑의 곁을 스쳐 지나갔다. 허공을 가르며 억센 힘이 파라랑의 몸을 받아 안았고, 파라랑은 아무런 충격 없이 땅바닥으로 떨어졌다.

파라랑이 소스라치게 놀라 고개를 들었을 때에는 남자의 탄탄한 가슴 위였다. 남자의 얼굴을 본 순간 파라랑은 비명처럼 소리쳤다.

"아비틴 왕자님!"

황급히 몸을 일으킨 파라랑이 물었다.

"여, 여긴 어쩐 일이세요?"

아비틴이 어깨를 주무르며 몸을 일으켰다.

"어이쿠……. 먼저 내가 괜찮은지 물어봐야 하는 게 아니오?"

파라랑은 민망함에 얼굴을 붉히며 주변을 두리번거렸다.

번개가 저만치서 아비틴의 말과 함께 갈기를 털며 서 있었다. 아비틴이 옷에 묻은 흙을 툭툭 털며 말에게 다가갔다. 번개의 다리를 살펴보던 아비틴이 고개를 돌렸다.

"다리뼈가 어긋난 것 같은데, 몰랐소?"

파라랑은 또다시 얼굴이 화끈거렸다. 번개의 상태가 좋지 않다는 것을 알면서도 무리하게 달린 것이 부끄러웠다. 아비틴은 능숙한 손길로 번개의 목덜미를 쓰다듬었다.

"이리 와서 말을 안정시키시오."

파라랑이 고삐를 잡고 번개를 토닥이며 진정시킬 동안 아비틴이 말의 다리뼈를 맞추었다.

"당분간은 달리지 않는 게 좋겠소. 다 나은 듯해도 안정이 필요하오."

아비틴이 말의 엉덩이며 앞다리를 쓰다듬었다.

"실라* 공주가 탈 만한 좋은 말이오. 이런 말일수록 잘 보살펴 주어야 하오."

파라랑의 두 눈이 커다래졌다.

"제가 누군지 알고 계셨군요, 왕자님."

"아비틴이라 불러 주시오, 파라랑 공주."

아비틴의 목소리에서 경쾌함이 묻어났다.

"이 서라벌 땅을 처음 밟던 날 보았던, 이를 앙다물고 말달리던 소녀의 눈빛을 어찌 잊겠소이까?"

지난번 저자에서 말고 언제 만난 일이 있었던가. 고개를 갸웃거리는 파라랑을 보며 아비틴이 싱긋 웃었다. 사람의 마음을 설레게 하는 매혹적인 그 웃음이었다. 파라랑은 속마음을 감추고 퉁명스럽게 말했다.

"달리는 말 위의 사람 표정을 어찌 알아요?"

파라랑이 아침에 무심코 주머니에 넣어 둔 진초록 머리끈을 꺼내어 아비틴의 눈앞에 불쑥 내밀었다.

"아비틴 왕자님, 제 물건을 왜 왕자님이 가지고 계신가요?"

---

*고대 페르시아 서사시 「쿠쉬나메」에서 신라는 '바실라' 또는 '실라'로 불렸다.

아비틴이 아무 일 아니라는 듯 파라랑에게서 머리끈을 빼앗았다.

"어디 갔나 했더니. 내가 주웠을 때는 임자가 없었으니 내 것이오."

도리어 당당한 아비틴의 태도에 파라랑의 목소리가 날카로워졌다.

"여인들이 쓰는 물건을 어디다 쓰시려고요?"

마침 길을 되돌아온 사도가 말에서 내렸다. 아비틴이 잘되었다는 듯 얼른 자신의 말에 올라탔다.

"찾아 줘서 고맙소. 또 만납시다, 파라랑 공주."

아비틴은 손에 쥔 머리끈을 흔들며 곧장 길을 따라 달려가 버렸다.

"공주님, 무슨 일입니까?"

사도의 물음에 파라랑은 어색한 미소로 답했다.

파라랑은 다시 월성으로 돌아와야 했다. 한창 신이 나 있던 아리가 아쉬워했지만 더 이상의 승마는 불가능했다.

그날 파라랑은 왕후 궁 시녀로부터 명을 전해 받았다.

"두 분 마마께서 황룡사로 나가신답니다. 공주님들도 함께하라는 명이십니다."

월성 동쪽에 있는 황룡사는 진흥대제 때 창건한 사찰로, 왕실은 물론 귀족이나 일반 백성들에게까지 영험하다 소문나 있었나. 왕과 왕실 어른들이 나라에 일이 생길 때마다 친히 기원을 드리는 왕실 사찰이기도 했다.

며칠 뒤 왕의 행렬이 황룡사로 향했다. 황룡사의 고승들과 왕은 전쟁과 역병으로 고통받는 백성이 없기를 바라며 신라와 왕실의 평안을 위해 기도했다. 계절마다 있는 왕실 행사였으나 매번 백성들도 많이 모여들었다.

덩두렷한 둥근달이 높이 떴을 때 마지막 순서로 왕후가 9층 목탑을 돌았다. 그 뒤를 이어 공주들과 사람들이 두 손을 모으고 함께 탑돌이를 했다. 파라랑은 법당 안 부처님의 인자한 모습을 생각하며 탑을 돌았다. 달빛이 탑을 도는 사람들의 얼굴을 환하게 비췄다.

파라랑은 무심히 앞을 바라보다가 흠칫 놀랐다. 사람들 틈에 섞여 탑돌이를 하는 아비틴을 발견한 것이다. 밤이었지만 이방인 아비틴의 존재는 공작 깃털의 두건과 큰 그림자만으로도 알 수 있었다. 아비틴과 눈이 마주쳤다. 아비틴은 달빛처럼 환하게 웃었다. 파라랑은 자신의 눈을 의심했다. 이런 곳에 아비틴이 있을 리가 없었다. 아비틴은 믿음이 다른 이방인이지 않은가. 파라랑은 목탑을 돌면서 눈으로 다시 아비틴을 찾았다. 그러나 아비틴은 탑을 도는 행렬 안에 없었다.

파라랑이 두리번거리며 행렬을 빠져나왔다. 여지가 뒤따라오며 물었다.

"공주님, 왜 그러세요? 누구 찾으세요?"

파라랑이 일주문 계단까지 내려가 봤지만 아비틴의 모습은 사찰 그 어디에도 없었다.

월성으로 돌아가는 길, 파라랑은 남천을 지나면서 중얼거렸다.

"그래, 내가 저 황홀한 달빛에 홀린 게야."

물속에도 둥그런 달이 있었다. 달빛을 받은 강물은 은빛 물비늘을 반짝거리며 흘렀다.

청명한 하늘이 짙어 가는 초록을 더 선명하게 드러냈다. 월성 궁 안은 말할 것도 없이, 산과 들판에 온갖 빛깔의 꽃들이 피어나 향기로웠고 그 어떤 화공의 그림보다 사람들의 마음을 사로잡았다. 완만한 능선을 따라 봄빛이 한창이었다.

파라랑은 어린 싹처럼 부풀어 오르는 마음을 참지 못하고 월성을 빠져나와 산으로 올랐다. 여지와 사도가 간소한 나들이 도구를 챙겨 들고 뒤따라왔다.

"곱기도 하다. 이렇게 나들이 나오니 즐겁지 않느냐?"

파라랑은 산비탈에 탐스럽게 핀 꽃들을 바구니에 담았다.

궁궐 안에도 꽃이 저리 많은데 굳이 나가야 하느냐며 툴툴거리던 여지가 언제 그랬냐는 듯 지천으로 핀 꽃들 사이로 사라졌다 나타나곤 했다. 아리는 꽃보다 다람쥐를 쫓느라 더 바빴다. 산을 오르는 세 사람의 이마에서 땀이 배어 나왔다.

어느덧 계곡을 지나 물안개 자욱한 폭포에 도착했다. 하얀 비단 천에 수많은 진주알이 구르는 듯 맑고 멋들어진 폭포였다.

"여기가 좋겠다. 불을 피우자."

파라랑은 바구니를 바위에 내려놓았다. 여지와 아리가 모은 참꽃까지 합치니 대바구니가 연분홍꽃으로 넘쳤다. 파라랑이 아리처럼 꽃잎을 먹어 보았다. 꽃향기가 입안에 가득 돌았다.

사도가 주변의 돌로 간이 화덕을 만들고, 삭정이를 모아 불을 피웠다. 돼지기름을 바른 돌판이 달아오르자 여지가 동그랗게 전을 부쳤다. 파라랑이 그 곁에 앉아 꽃술을 뗀 꽃잎을 하나씩 올렸다. 고소한 기름 냄새가 퍼져 나갔다. 여지가 적당히 식은 화전을 파라랑 입에 넣어 주었다. 아리가 입맛을 다셨다.

"꽃을 눈으로 먹고, 또 이렇게 입으로 먹으니 더 맛나구나."

파라랑이 아리의 입에도 화전을 넣어 주었다. 그러고는 매실 화채를 손에 들고 바위에 올라앉았다. 버선과 비단신도 벗어 버렸다. 꽉 조여든 발가락을 내놓고 이리저리 돌렸다. 그 모습을 본 여지가 기겁하며 소리쳤다.

"공주님! 누가 보면 어쩌시려고요? 어서 버선을 신으세요!"

파라랑이 폭포에서 떨어지는 거품처럼 푸르륵거리며 웃었다.

"보면 어때? 시원하구나. 아, 봄이 좋아. 정말 좋구나."

이때 아리가 가까이 다가와 파라랑의 비단신을 냉큼 들었다.

"공주님, 비단신에 진흙이 잔뜩 묻었어요. 제가 깨끗이 씻어 올게요."

"괜찮아. 내려갈 때 또 묻을 텐데, 뭐."

"금방 올게요, 공주님."

아리가 비단신을 들고 물가로 내려갔다.

사도와 여지는 꺼진 불을 다시 피우느라 애를 쓰고 있었다. 불길이 다시 살아났다. 한숨 돌린 사도가 주변을 두리번거렸다.

"공주님, 아리가 안 보입니다."

너럭바위에 누워 있던 파라랑은 봄볕처럼 나른한 목소리로 대답했다.

"어디 있겠지. 물에서 노나 보다."

그런데 한참이 지나도 아리는 오지 않았다. 사도가 나무들 사이를 뛰어다니며 큰 소리로 아리를 불렀다.

어디에서도 아리의 목소리는 들리지 않았다. 그제야 걱정이 된 파라랑은 몸을 일으켜 벗어 놓은 버선을 신었다. 여지가 말렸다.

"신발도 없으시면서. 가만 계세요, 제가 같이 찾아볼게요."

사도와 여지까지 눈앞에서 사라지자 파라랑은 조금 불안해졌다. 폭포에서 떨어지는 물소리가 더 웅장하게 들렸다. 계곡 아래 가지마다 하얀 꽃망울이 소복한 때죽나무 옆 덤불들이 사납게 흔들렸다.

"아리니?"

나무 사이로 몸을 드러낸 사람은 아리를 안은 아비틴이었다. 아비틴이 아리를 파라랑 곁에 내려놓았다. 아비틴의 호위 무사와 사도 그리고 여지가 그 뒤를 따라왔다. 파라랑은 화들짝 놀라 벌떡 일어났다.

"어떻게 아비틴 왕자님이⋯⋯."

아비틴의 대답 대신 아리가 잔뜩 주눅 든 목소리로 말했다.

"공주님, 비단신 한 짝이 떠내려갔는데요. 주우려고 바위에서 뛰어내렸다가 발을 삐었어요. 그때 왕자님이 저를 발견하고 구해 주신 거예요."

그러고 보니 아비틴의 한 손에 흠뻑 젖은 비단신이 들려 있었다. 아비틴은 비단신의 물기를 탈탈 털어 내더니 햇볕이 내리쬐는 바위 위에 고이 두었다.

사냥복 차림의 아비틴은 등에 화살통을 매달고 있었다. 이마를 감싼 흰 머리띠에는 나무를 가운데 두고 새 두 마리가 쌍으로 수놓아져 있었다.*

아리에게 별다른 상처가 없는 것을 확인한 여지가 화덕으로 내려가 불씨를 살렸다.

사도가 아비틴에게 물었다.

"태자님과 사냥을 나가신다더니, 이곳이었습니까?"

아비틴이 고개를 끄덕였다. 이어 파라랑을 향해 보일 듯 말 듯 싱긋 미소 지었다.

"공주, 소풍하기 좋은 날이지 않소?"

"예……."

파라랑은 갑작스러운 상황이라 무슨 말을 해야할지 망설였다. 잠시 어색한 침묵이 흘렀다.

"아리는 발을 삐었을 뿐이니 괜찮아질 거요. 사냥 중이라, 그럼 이만."

아비틴이 가려 하자 파라랑이 조급하게 말했다.

"아비틴 왕자님, 화전 좀 드시고 가세요."

아비틴이 몸을 돌렸다.

"화전? 그게 무엇이오?"

여지가 물푸레나무 잎사귀에 화전을 담아 왔다. 아비틴은 초록 잎사귀에 놓인 화전을 보고 놀라워했다.

---

*나무를 중앙에 두거나 또는 구체적인 대상물을 대칭적으로 배치하는 전형적인 페르시아 문양으로, '입수쌍조문'이라고도 한다.

"지금 저기 핀 꽃으로 이렇게 음식을 만들어 먹는 게요?"

화전을 한입 베어 문 아비틴의 눈이 커졌다. 호위 무사 하기기도 맛있다는 듯 고개를 끄덕였다.

"정말 놀랍소. 실라 여인들은 참으로 지혜롭소이다. 이렇게도 봄을 느끼다니."

파라랑이 아비틴처럼 큰 동작을 해 보이고는 웃으며 답했다.

"신라인들은 자연을 생활 속으로 끌어들일 줄 알지요, 왕자님."

아비틴이 감탄했다는 듯 양손을 펴고 어깨를 들썩였다. 아비틴은 손가락으로 화전을 집어 입에 넣었다. 파라랑이 매실 화채를 내밀었다.

"매화의 열매로 만든 것입니다. 함께 드시지요."

매실 화채를 한 모금 마신 아비틴이 흡족한 듯 활짝 웃었다.

"좋소, 정말 좋소이다."

아비틴이 입맛을 다시며 화전으로 손을 뻗었을 때, 멀리서 명적과 함께 호각 소리가 울렸다. 하기기가 속삭이듯 말했다.

"왕자님."

아비틴이 아쉬운 얼굴로 자리에서 일어났다.

"태자께서 나를 부르시는 것 같소. 사냥하다가 사라졌으니 걱정하실 것이오. 잘 먹었소이다. 아, 잊었구나. 이거, 아리 선물이다. 언제 만날지 몰라 가지고 다녔다."

아비틴이 내민 것은 꽃향낭이었다.

"아리도 귀한 분을 모시게 되었으니, 향낭 정도는 몸에 지녀야겠지? 실라인이면 누구나 하는 거라고 들었다."

아리가 기뻐하며 아비틴이 내민 향낭을 받았다. 아비틴의 얼굴에 그 매력적인 미소가 떠올랐다. 파라랑의 가슴이 두근거리기 시작했다.

곧 아비틴이 호위 무사와 함께 나무 사이로 사라졌다. 폭포에서 부는 바람이 그의 뒤를 따라 내려갔다.

파라랑은 별안간 허전함을 느꼈다. 아까까지 상쾌하게 들렸던 물소리, 새소리가 이제 시들했다. 여지와 사도도 심지어 아리까지 그런 느낌인지 말이 없었다.

파라랑이 바위에서 일어나며 말했다.

"산속이라 그런지 벌써 서늘해지는구나. 아리도 다쳤고 하니 그만 내려가자."

여지가 두말없이 가지고 왔던 짐들을 주섬주섬 챙겼다. 사도가 아리를 업었다.

남산을 내려오며 파라랑은 짐승들이 잘 다니는 고목 사이나 바위 주변을 자세히 살폈다. 자신도 모르게 아비틴의 모습을 찾고 있다는 것을 깨닫자 파라랑은 얼굴이 달아올랐다. 아비틴에게 마음이 다가가고 있었다. 파라랑의 귀에 우듬지의 새소리가 정겹게 들려왔다.

며칠 후, 사도와 함께 말을 달리다가 계림에서 다시 아비틴과 그의 무사들을 만났다.

"바람이 향기롭소이다. 또 봅시다. 파라랑."

파라랑의 곁을 스쳐 지나가며 그가 한 말이었다. 그뿐 아비틴은 다른 일행과 함께 갈 길을 가 버렸다.

그 뒤로도 파라랑과 아비틴은 자주 만났다. 파라랑이 월성 밖으로 나가면 약속이라도 한 듯 숲에서, 강가에서, 거리에서, 생각지도 않은 장소나 시간에 아비틴이 나타났다가 사라졌다. 우연이라기에는 너무 잦아 이상했지만, 곧 그런 일상에 익숙해진 파라랑은 서라벌 어딜 가든 당연히 아비틴이 있을 것이라 여겼다.

주변에 사도와 하기기, 두 호위 무사만 있을 때 그들은 걸음을 멈춰 함께 시간을 보냈다. 아비틴과의 대화는 점점 늘어 갔다. 아름다운 봄날을 함께 보내는 동안 그들은 젊은 남녀만이 이해할 수 이야기들을 주고받으며 가까워졌다.

어느새 아비틴은 파라랑이 믿고 주변 이야기를 털어놓을 수 있는 친숙한 사람이 되었다. 파라랑은 이방인이 궁금해하는 서라벌 사람들이 남긴 신화와 전설을 전했고, 아비틴이 속삭이는 먼 나라 간의 전쟁과 위대한 영웅의 사랑 이야기를 그려 보곤 했다. 파라랑은 느닷없이 이어지는 만남이 즐거웠다. 그리고 그를 기다렸다.

언제부터인가 밤이면 파라랑은 잠을 이루지 못하고 뒤척였다. 아비틴의 듣기 좋은 낮은 목소리가 사방의 벽에서 울렸다.

'파라랑 공주, 그대를 오래전 실라에 왔을 때부터 지켜보았소. 이방인이라서, 실라 왕께서 아끼시는 귀한 공주님이라 오래도록 가까이 다가가지 못했을 뿐이오. 그대처럼 어여쁘고 활기찬 소녀는 일찍이 본 일이 없소.'

따스하게 내리쬐는 봄 햇살처럼 자신을 쫓아다니는 아비틴의 빛나는 눈동자에 진심이 담겨 있음을 파라랑은 알았다. 특

히나 오늘, 연두에서 초록으로 짙어지는 왕버드나무 강가에서
아비틴은 몸을 기울여 스치듯 파라랑의 이마에 입을 맞추었다.
젊은 남자의 건강함은 뜨겁고도 서늘했다.

아비틴을 떠올릴 때면 파라랑의 얼굴 가득 저절로 미소가 번
졌다. 마음이 가고 있었다. 파라랑의 마음이 저절로 아비틴에
게 가 닿았다. 사랑이었다.

'그대에게서 재스민 향이 나오. 재스민 향, 재스민……'

파라랑은 입속으로 가만히 그 말을 굴려 보았다. 자신의 입
에서 달콤한 향기가 나는 것 같아 입술을 혀로 말아 보았다. 꿀
처럼 달콤하다는 재스민 향.

혼 인

"공주님, 공주님!"

아리가 넘어질 듯 문턱을 넘으며 방 안으로 뛰어 들어왔다. 파라랑을 단장하던 여지의 눈매가 매서워졌다. 아리는 눈치를 보며 얼른 고개를 숙였다.

파라랑이 물었다.

"무슨 일이냐?"

아리의 얼굴이 금방 밝아졌다.

"공주님, 곧 월성 밖에서 격구 시합이 벌어진대요."

여지가 파라랑의 머리에 뒤꽂이를 꽂아 마무리를 하곤 아리를 돌아봤다.

"격구 시합? 화랑들끼리?"

"아니에요. 페르시아와 신라가 하는 격구 시합이래요. 다들 구경 간다고 난리도 아니에요. 공주님, 우리도 구경 가요, 네?

아비틴 왕자님도 선수로 나가신대요."

아비틴이라는 말에 파라랑의 얼굴이 발그스름해졌다. 아리는 어리광을 피우며 파라랑의 팔을 잡았다. 옆에서 여지가 두 눈을 부라렸다.

"아리, 어딜! 공주님, 공주님께선 초대받지 않은 그런 경기에 가시면 안 돼요."

파라랑은 이미 아리의 손을 잡고 뜰로 내려서는 중이었다. 사도가 그 뒤를 따랐다. 여지가 급히 쫓아갔지만 파라랑과 아리는 공주 궁을 빠져나가고 없었다.

월성 밖 광장은 평소 궁 경비병들의 연무장이었으나 어느새 격구 경기장으로 변해 있었다. 벌써 경기장 안팎은 사람들로 꽉 차 있었다.

사도가 뚫는 길을 따라 맨 앞쪽으로 나아간 파라랑은 이내 아비틴의 모습을 찾을 수 있었다. 왕도 천막 안에 자리를 잡고 신료들과 한담을 나누며 웃고 있었다.

햇살에 윤기가 흐르는 말을 탄 양편의 선수들이 나란히 경기장에 들어섰다. 말과 선수들은 당장 경기장으로 뛰쳐나갈 듯 기운이 넘쳐 보였다. 말들의 풍성한 꼬리는 경기에 지장이 없도록 엉덩이에 바짝 붙어 묶여 있었다. 각각의 편에는 페르시아와 신라의 선수들이 반반씩 섞여 있었다.

옆자리의 내관과 궁인들이 말하는 소리가 들렸다.

"이방인 왕자가 공평하게 선수들을 반씩 교환하자고 했다네."

"그래요? 이방인들이 격구에 자신이 없어서 그런가요?"

"뭐, 그럴 수도. 어쩌면 격구를 아주 잘하는 사람들일 수도 있지. 우리야 당에서 격구가 들어온 지 얼마 안 됐잖아."

"이방인이 잘하다니, 그럴 리가요? 화랑들이 수련하는 교육에 격구 시합이 들어 있는데. 이방인들 덩치가 크기는 하지만 말을 아주 잘 다루어야 하는 경기잖아요. 그런 거면 우리 화랑들이 최고지요."

뒤쪽에 있던 궁인 하나가 입바르게 나섰다.

"이방인들이 이길 자신이 있나 봐요. 자기들이 일방적으로 이겨서 전하께서 체면이 상하실까 봐 걱정해 저렇게 편을 가르자고 했다네요."

"허허, 이거야 원, 경기를 해 봐야 알겠구만."

짧게 울리는 북소리와 함께 경기장으로 나온 선수들이 양편으로 갈라져 경기 준비를 하였다. 다시 북소리가 크게 울렸고 경기가 시작되었다. 파라랑은 경기장에 오롯이 시선을 빼앗겼다. 보는 사람의 손에 땀을 쥘 만큼 양쪽 선수들의 기교는 뛰어났다. 순식간에 서로의 진영으로 달려가 공을 빼앗기를 수십 번이었다. 그중에 아비틴 왕자의 빠른 움직임을 당할 선수는 없었다.

"저, 저런, 빈말이 아니었네. 이방인 왕자 좀 보게. 보는 눈을 의심케 하이."

사람들은 감탄사와 함께 일어났다 앉았다를 반복하며 선수들을 응원했다.

파라랑의 눈은 줄곧 아비틴을 따라다녔다. 파라랑도 그동안 화랑들이 하는 격구 시합을 몇 번 보았었다. 그러나 손에 땀을 쥐게 하는 이런 경기는 처음이었다.

민첩하게 말을 몰며 경기장을 희롱하는 아비틴의 모습에 파라랑은 넋을 잃었다. 실력이 출중한 선수들로 구성된 경기 자체도 재미있었지만 젊은 사내들, 그 가운데 춤을 추듯 박자를 타며 말과 한 몸처럼 움직이는 아비틴의 모습은 보는 사람을 매료시키기에 충분했다.

파라랑의 두 눈은 잠깐이라도 아비틴을 놓칠세라 뚫어질 듯 경기장을 응시하고 있었다. 허공을 날아다니는 공을 받아치는 아비틴의 격구 실력은 감탄스러웠다. 하지만 파라랑의 얼굴에는 아찔한 동작으로 경기를 하는 아비틴이 말에서 떨어질까 조마조마해 하는 마음까지 그대로 드러나 보였다.

아비틴이 던지는 공은 빠르고 강해 연이어 상대방의 골대를 넘어 멀리 날아갔다. 아비틴의 활약은 눈부셨다. 경기는 검은 말을 탄 신라 화랑이 넣은 골로 끝이 났고 사람들은 흥미진진한 경기에 열광했다.

신라 왕이 말했다.

"선수들 모두 좋은 경기를 보여 주었도다. 또한 그간 신라를 위해 애쓴 아비틴 왕자의 공로에 보답하고자 잔치를 베풀리라. 자리를 옮겨 모두 흥겨운 마음으로 즐기기 바라노라."

선수들과 관중들의 환호 소리가 맑고 투명한 하늘을 가득 메웠다.

월성 대궁 앞 넓은 마당에 휘장이 쳐졌다. 악공과 무희들이 한쪽에 자리를 잡았고, 푸짐하고 맛난 음식들이 잔칫상에 놓여 선수들을 기다리고 있었다.

황금 옥좌에 앉은 신라 왕의 위엄은 좌중을 압도했다. 왕의 매서운 두 눈과 듬직한 기골은 강건함을 과시하고 있었다.

사도가 목을 길게 빼고 누군가를 찾는 파라랑의 앞을 막아섰다.

"공주 궁으로 돌아가십시오. 전하께서 보시기라도 하면…."

아리가 파라랑의 손을 잡았다.

"공주님! 저기 회랑 뒤로 해서 가면 괜찮을 거예요. 보세요, 저 아래까지 시녀들이 모여 있잖아요."

파라랑은 못 이기는 척 아리가 이끄는 데로 따라갔다. 무엇보다 오늘 격구 경기의 영웅인 아비틴을 가까이에서 보고 싶었다. 기둥 옆으로 왕과 신료들의 뒷모습이 비스듬히 보였다.

"그래, 저쪽에서는 우리를 보지 못할 거야."

파라랑이 아리를 따라 회랑 안쪽 큰 기둥 아래로 내려섰다. 뒤따르던 사도가 툴툴거렸지만 파라랑의 곁을 떠나지는 않았다.

궁중 악공들의 기악이 멈췄고 들어보지 못한 악기 소리가 조용히 울렸다. 아비틴이 왕 앞에 앉아 파라랑이 지금껏 본 적 없는 색다른 악기, 비파를 닮은 악기를 들고 줄을 고르며 눈을 감았다. 곧이어 아비틴은 악기의 선율에 따라 노래를 불렀다. 낯선 리듬은 끊어질 듯 이어지며 격구로 흥분한 사람들의 마음을 가라앉혔다. 심성 깊은 곳을 건드리는 감미로운 가락이었다. 파라랑이 알아들을 수 없는 노래였으나 연인들의 사랑을 노래하는 것임을 느낄 수 있었다.

악기와 아비틴의 목소리가 어우러져 허공으로 퍼져 나갔다.

넓은 마당은 숨소리도 들릴 정도로 고요했다. 아비틴의 노래가 끝나자 왕이 호기롭게 웃으며 손뼉을 쳤다.

"훌륭하오. 아비틴 왕자의 연주 솜씨가 이렇게 뛰어난 줄은 몰랐구려."

아비틴이 왕에게 깊이 허리를 숙였다.

"보잘것없는 바르바트 연주에 즐거워해 주시니 감읍할 따름이옵니다, 전하."

왕이 술잔을 높이 들었다.

"이리 와서 내 곁에 앉으시오. 그대는 내 혈육과 같소이다. 어서 오르시오."

기분이 좋아진 왕은 아비틴을 자신의 옆자리 황금 의자에 앉게 했다. 왕이 술잔 가득 술을 채웠다. 몸을 기울이자 허리띠에 매달린 금장식품들이 초롱한 소리를 내며 사람의 시선을 끌었다. 이미 여러 잔의 술을 마신 왕이 불콰한 얼굴로 모두를 돌아보았다.

"짐의 마음이 매우 기쁘도다. 신라의 동량이 될 젊은이들의 기상이 이렇듯 활기차니 무슨 근심이 있으리오. 안 그렇소? 아비틴 왕자."

아비틴이 술잔을 놓고 일어났다. 허리를 굽혀 공손히 예를 취한 후 왕의 발아래에 엎드렸다.

아비틴이 왕에게 아뢰었다.

"오, 실라의 대왕이시여. 저는 황금의 나라 실라 백성으로 살기를 원하옵니다. 하여 전하의 진정한 혈육이 되고자 소망하나이다. 부디 허락해 주시옵소서."

일순 정적이 흘렀다. 음악도 그쳤고 무희들도 춤을 멈췄다. 사람들은 숨을 죽이고 왕과 아비틴을 번갈아 바라보았다.

파라랑은 자신이 아비틴의 말을 잘못 들은 줄 알았다. 전하의 진정한 혈육이라니.

왕이 들고 있던 술잔을 천천히 내려놓았다. 왕관에 달린 황금 판들이 파르르 떨며 소리를 냈다.

"혈육이라 함은, 신라 왕족과 혼인이라도 하겠다는 게요?"

아비틴의 목소리는 당당했고 거리낌이 없었다.

"그러하옵니다. 전하의 따님 중 한 분과 혼인하고 싶습니다."

"어허, 이런……."

아비틴을 바라보는 왕의 얼굴에 서서히 노기가 서렸다.

"내 그대가 신라의 끼친 공이 많음을 인정하오. 당과 전쟁이 날 뻔했던 외교 문제도 잘 처리해 주었지. 역병으로 고생하는 우리 백성의 아픔을 제 몸같이 여겨 귀한 약재도 풀었고, 그 외에도 많은 일들을 해 주었소. 허나! 이것은 다른 문제인 듯하오."

왕이 옥좌에서 일어났다. 그와 동시에 파라랑도 몸에 힘을 잃고 기우뚱거렸다.

"무희들은 춤을 추고 풍악을 울려라. 이건 왕실의 문제다. 다른 이들은 오늘을 즐기도록 하라. 아비틴 왕자는 자리에 앉으시오."

악공들이 연주를 시작했다. 아비틴은 그 자리에 꼼짝 않고 엎드려 있었다.

신라 왕은 이제 인자한 얼굴로 아비틴을 바라보지 않았다. 그는 옥좌에 앉지 않고 못마땅한 기색이 감도는 얼굴로 태자에게 말했다.

"짐이 과하게 취한 듯하구나. 이만 들어가 봐야겠다. 태자는 손님을 잘 접대하라. 아비틴 왕자, 태자와 더불어 잔치를 즐기도록 하시오."

왕이 몸을 돌려 내궁으로 걸음을 옮겼다. 신료들도 난처한 듯 굳은 얼굴로 서로를 바라보았다.

아리가 파라랑에게 말했다.

"공주님, 그만 들어가셔요. 얼굴이 창백하세요."

파라랑은 대체 무슨 일이 일어났는지 정신을 차릴 수가 없다.

사도와 아리가 파라랑을 부축했다. 파라랑의 눈앞에 노기 어린 왕의 모습이 어른거렸다.

아비틴의 모베드*이자 스승이며 가장 믿을 수 있는 신하 살리미안이 돌아왔다. 아비틴은 신라 왕에게 공주와의 청혼을 거절당한 이때, 천군만마를 얻은 듯 힘이 났다.

"살리미안, 잘 왔소. 무사히 다녀와 다행이오."

"도중에 당나라 광저우에서 처리할 일이 있어 예정보다 늦

---

*조로아스터교의 사제. 페르시아는 6세기부터 7세기까지 조로아스터교를 국가 종교로 삼았다. 빛과 불을 숭배하는 조로아스터교는 불이 타오르는 작은 제단 앞에서 제례 의식을 치른다. 이때 불은 정화와 재생을 의미한다. 최고 사제는 종교 관할권뿐만 아니라 후대의 왕위 계승자의 선정과 국사에도 중요한 역할을 수행했다.

었습니다. 왕자님, 전하께서 이것을 왕자님께 전하라 하셨습니다."

비단벌레의 날개로 만든 옥충 상자였다. 상자 안의 물건이 무엇인지 아비틴은 잘 알았다. 아비틴의 얼굴에 핏기가 사라졌다.

"살리미안, 이 무슨, 어보를 받아 오다니! 혹시 전하께서?"

살리미안이 고개를 흔들었다.

"아니옵니다. 전하께서는 잘 견디고 계십니다. 그것보다 나라 잃은 왕이라시며 볼품없는 철관을 쓰고 계신 모습에 가슴이 아팠습니다. 어보는, 자하크의 공격이 날로 간교해지니 전하께서 불안하셔서 결정하신 일입니다. 옥새 반지를 소장하고 계시니 그것으로 해결하실 거라며 어보는 왕자님께서 맡으라 하셨나이다."

살리미안이 말을 이었다.

"왕자님께서 가지고 계시는 편이 안전하다고 판단하신 겁니다. 이곳 실라까지는 자하크나 쿠쉬가 침입하지 못할 테니까요. 만약 전하께서 승하하시는 불충한 일이 생기면 어보를 욕심내는 자로부터 보호하라는 명이십니다. 페르시아의 정통성을 염려하셨습니다. 누가 들어오기 전에 숨기십시오."

아비틴이 일어나 붉은 비단보로 상자를 감싼 후 족자 뒤 비밀 벽장에 넣었다. 살리미안이 족자 앞 탁자를 밀어 원래대로 투박한 화병을 올렸다.

살리미안이 물었다.

"그것보다 왕자님, 실라 왕족과 혼인하겠다고 하셨다면서요?"

살리미안을 돌아본 아비틴이 씁쓸하게 웃었다.

"벌써 들은 게요? 실라 왕께서 거절하셨소, 살리미안."

"왕자님, 실라인과의 혼인은 신중하셔야 합니다. 지금껏 여러 나라를 떠돌았듯이 이곳 실라도 언젠가 떠나 우리 고향으로 돌아가셔야지요."

아비틴의 표정이 비통해졌다.

"살리미안도 반대하는 게요? 고향! 그래요, 가야지요. 나는 돌아갑니다. 허나 살리미안, 생전 처음으로 온 마음을 준 여인이오. 이 먼 실라까지 와서, 그것도 망명한 처지에 이런 마음이 될 줄은 참말 몰랐소."

아비틴이 의자에 털썩 앉았다.

"실라에 온 이후 늘 내 눈앞에 파라랑 공주가 있었소. 아무리 냉정해지려고 해도 공주를 향한 내 마음을 주체할 수가 없었소이다."

아비틴은 두 손으로 머리를 감싸 안았다.

"왕자님, 상대가 파라랑 공주입니까? 실라 왕께서 몹시 어여삐 여기시는 공주라 현 왕후의 미움을 받고 있다고 들었습니다."

아비틴이 고개를 들었다.

"그건 상관없소. 나는 파라랑 공주가 필요하오. 이대로 공주를 포기할 수는 없는 일이오. 방법을 찾을 것이오, 방법을."

살리미안은 들릴 듯 말 듯 가는 한숨을 내쉬더니 생각에 잠겼다. 잠시 후 살리미안이 아비틴에게 한 걸음 다가섰다.

"소신의 생각이 짧았습니다. 장성하신 왕자님께는 아내가 필요합니다. 왕자님의 진심이 그러시다면 아주 방법이 없는 것은 아닙니다."

아비틴의 얼굴이 환하게 밝아졌다.

살리미안이 차분하게 말을 이었다.

"왕자님께서는 파라랑 공주를 아끼는 실라 태자에게 가셔서 왕자님의 진심을 보여 주십시오. 태자가 간청한다면 실라 왕께서도 거절하지 못하실 겁니다. 그동안 우리가 실라 백성들을 위해 몸을 아끼지 않고 봉사한 일들이 헛되지 않을 테지요. 그리고 왕의 마음을 돌리는 데는, 실라 신료들에게 부려 놓은 재물 또한 힘을 발할 것입니다. 모든 정치가 그렇듯 신료들은 물론 상대등조차 이익에 따라 움직이지 않습니까."

아비틴이 얼굴을 찡그리며 세차게 고개를 흔들었다.

"살리미안, 아니 되오. 내 혼인의 대상이 파라랑 공주라는 사실을 밝혀서는 안 된단 말이오. 측근 말고는 왕실 누구도 내가 공주를 알고 있다는 것을 모르오. 만약 공주가 이방인인 나를 몰래 만났다면, 사람들의 눈총을 받을 수도 있소. 아니 엄청난 비난을 받을 거요. 그건 안 되오. 공주를 위험에 빠트릴 수는 없소!"

살리미안이 놀란 듯이 아비틴을 살폈다. 곧 살리미안의 얼굴에 미소가 번졌다.

"아, 왕자님, 정말 사랑에 빠지셨군요……. 하지만 그건 걱정할 필요가 없는 일입니다."

뜻밖의 말에 아비틴은 어리둥절한 표정으로 살리미안을 쳐다보았다.

살리미안이 말했다.

"청혼을 하실 때 따님 중 한 분이라 하셨으니 실라 왕께서는 왕자님이 마음에 두신 분이 누군지 모르실 것이고, 왕족이나 신료들 중에서 고르려 해도 자신의 딸을 선뜻 줄 사람은 없을 것입니다. 소신이 알기로 실라의 그 누구도 이방인과 혼인한 전례는 없습니다. 그렇다고 왕께서 무작정 왕자님의 청혼을 거절하기에는 실라의 이익이 많이 걸려 있으니 결국 허락하실 겁니다. 우리가 경험한 전쟁 전략이라든가, 주변 나라의 정보 그리고 거상들과의 관계를 무시하지 못할 것입니다."

아비틴이 방 안을 서성거리다가 멈춰 섰다.

"그래, 그럴 것이야. 아! 하지만 만에 하나라도 파라랑 공주가 나로 인해 비난을 받는다면 난 견딜 수 없을 것이오."

"소신의 말대로 밀고 나가십시오. 실라 태자도 이 상황을 잘 알고 있을 테니 파라랑 공주에 대해 슬쩍 흘려만 주십시오. 그럼 태자께서 알아 하실 것이고, 파라랑 공주의 진심도 왕자님과 같다면 수월하게 일이 진행될 것입니다. 발라스 장군과 소신이 뒤에서 돕겠습니다."

아비틴의 얼굴에 미소가 번졌고 살리미안은 아비틴을 향해 고개를 숙였다. 아비틴이 기뻐하며 살리미안을 힘껏 껴안았다.

그 며칠 후, 왕의 명을 받은 사자가 아비틴을 찾아왔다. 아비틴은 즉시 궁궐로 들어갔다.

궁궐의 천장과 내부의 장식물이 열어 놓은 문으로 들어온 햇살을 받아 눈부시게 빛났다. 성장을 하고 옥좌에 앉은 왕과 왕후, 태자는 물론 관모를 쓰고 예복을 입은 신료들의 모습은 어엿했고 귀족으로도 손색이 없는 품위가 풍겼다.

반면 넓은 대궁 앞마당에는 아무 장신구도 걸치지 않은 삼베옷의 여인들이 나란히 서 있었다. 단상 위의 화려한 왕족과 신료들의 모습과 대조되어 초라해 보였다.

아비틴은 당황했다. 신라 왕의 의도를 짐작할 수가 없었다. 속마음을 드러내지 않으려고 허리를 깊이 숙였다.

왕이 엄한 얼굴로 아비틴에게 말했다.

"아비틴 왕자, 마음에 드는 여인을 고르시오. 이 중에는 그대가 원했던 짐의 딸도 있고 왕족의 딸도, 시녀도 있소. 모두 어여쁜 신라의 딸들이라오. 만약 공주가 아닌 여인을 선택하더라도 왕자는 그 여인과 혼인을 해야 할 것이오. 여인의 품성을 알아볼 왕자의 눈을 믿기에 이리하는 것이니 서운해 마시오."

고개를 숙인 아비틴의 얼굴에 숨길 수 없는 미소가 번졌다.

"예, 전하. 그리하겠습니다."

왕의 허락이 떨어지자 아비틴이 대궁 앞 계단을 내려와 여인들 사이로 걸어 들어갔다.

'실라 여인은 모두 꽃처럼 아름답도다. 마치 천상의 선녀들 같구나.'

아비틴은 여인들의 자태를 보며 되도록 천천히 걸었다. 화공의 미인도를 감상하듯 그렇게 여인들 앞을 지나갔다.

마침내 파라랑의 모습이 눈앞에 나타났다. 파라랑 역시 다른 여인들처럼 소박한 차림이었다. 그러나 그런 옷조차 파라랑이 입으니 자태를 더욱 돋보이게 했다. 아비틴은 눈이 부신 듯 손등으로 눈자위를 문질렀다.

정해진 규칙대로 대궁 마당의 여인들을 모두 지나온 아비틴이 다시 뒤돌아 걸었다. 그가 파라랑 앞에서 멈춰 섰다. 아비틴이 왕을 향해 허리를 굽히며 큰 소리로 외쳤다.

"전하, 이 여인이 저와 혼인할 상대이옵니다."

왕은 아비틴의 선택에 몹시 놀란 표정이었으나 침착하게 명을 내렸다.

"아비틴 왕자는 물러가 다음 명을 기다리시오. 내관은 무엇하는가?"

내관의 안내로 여인들이 흩어졌고 파라랑도 공주 궁으로 돌아왔다. 내관이 가져온 옷으로 갈아입고 대궁 마당에 나갔으나 그 자리에 아비틴이 나올 줄은 몰랐다. 아비틴이 자신의 앞에서 혼인할 상대라 소리쳤을 때 하마터면 그 자리에 주저앉을 뻔했다. 그 어떤 행동도 해서는 안 된다는 어명을 받은지라 간신히 버텨서 공주 궁으로 돌아왔다. 일이 이렇게 진행될 줄은 몰랐다.

파라랑은 삼베옷도 벗지 않고 그대로 침상에 누웠다. 어떻게 처신해야 할지 혼란스러웠다. 그 와중에도 파라랑은 아비틴이 보고 싶었다. 언제부터였는지 그건 알 수 없었다. 처음 저자에서 마주쳤을 때부터일까, 아니면 강가에서 스치듯 입맞춤을 했을 때부터일까.

"공주님, 전하께서 오셨습니다."

여지의 말이 끝나기도 전에 왕이 공주의 방으로 들어섰다.

"아바마마!"

파라랑은 황급히 일어나 왕 앞에 허리를 굽혔다. 이 시간이면 왕후 궁에 있어야 할 왕이었다. 파라랑이 어리둥절한 표정으로 고개를 들자 왕은 앉으라 손짓했다. 왕이 피곤한 듯 힘없이 말했다.

"모두 물러가라. 아무도 들이지 마라."

한동안 방 안에 침묵이 흘렀다.

왕이 말했다.

"파라랑 공주, 내 어여쁜 딸아, 그 누구도 공주를 억지로 혼인시킬 수는 없을 것이다……."

파라랑이 눈을 들어 왕을 바라보았다. 왕이 말을 이었다.

"왕후도 파라랑의 배필 고르기가 쉽지 않을 것이라 했다만."

파라랑은 왕후가 왕에게 했을 말들을 짐작했다. 시녀들의 속삭임이 아니어도 파라랑은 알았다. 왕후는 누구보다 파라랑과 이방인의 혼인이 기뻤을 것이다.

'전하, 신라의 앞날을 볼 때 손해 보는 일이 아닙니다. 아니지요, 오히려 앞으로 신라에 더 큰 도움이 될 것입니다. 파라랑 공주를 혼인시키세요. 이방인이 파라랑 공주를 선택하지 않았습니까? 더구나 전하께서 약속하셨다면서요?'

파라랑은 때론 멀게도 느껴지는 아버지, 왕에게 말했다.

"아바마마의 뜻대로 하시옵소서."

왕의 눈빛에 물기가 아른거렸다.

"선왕후 품에 안겨 보지도 못했던 공주가 늘 애처로웠느니라. 짐의 마음에 가시처럼 박힌 공주인데, 이렇게 이방인 왕자한테서 청혼이 들어올 줄은 꿈에도 알지 못했느니."

파라랑은 고개를 저으며 단호하게 말했다.

"아바마마, 소녀는 아바마마와 태자 오라버니 덕분에 행복하게 살았나이다. 그런 마음 가지지 마옵소서. 페르시아 왕자님은 분명 소녀를 아껴 줄 것입니다. 그리고 언제든지 궁에 들어와 아바마마를 뵈오며 살 것인데, 무슨 걱정을 하시옵니까?"

그 어느 때보다 분명한 파라랑의 태도에 왕은 놀란 듯 파라랑을 응시했다.

"파라랑, 진정 이방인 왕자에게 거부감이 들지 않더란 말이냐?"

"아바마마, 그분은 선하며 누구보다 용맹한 분이라 들었습니다. 또한 그분의 고귀한 인품에 사람들이 따르고 있다고도 들었습니다. 혼인을 해야 하는 여인이라면 누구나 그런 분을 배필로 맞고 싶어 할 것입니다. 염려 마시옵소서. 지금까지 신라를 위해 몸을 아끼지 않았던 그분은 앞으로도 전하를 실망시키지 않을 것입니다. 신라에 크게 도움이 되실 분입니다."

깊은 생각에 잠긴 왕의 침묵이 길어졌다. 마침내 왕이 부드러운 눈빛으로 말했다.

"천방지축 어린아이인 줄만 알았는데 이제 보니 혼인할 여인이 되었구나, 파라랑."

왕의 허락이 떨어졌다. 궁에서는 혼인을 위한 준비가 신속하게 진행되었다.

이제까지 한 번도 없었던 이방인과 신라인의 혼인이었다. 더구나 고귀한 혈통의 신라 공주와 페르시아 왕자의 혼인에 왕족과 신료들은 물론 백성들도 관심을 가졌다.

혼인식 하루 전날이었다. 태자가 파라랑의 처소를 찾았다.

"파라랑, 태자비가 말하길 여인이 혼인을 할 때 힘든 감정을 겪는다더구나. 어린 공주가 오라비는 걱정이 된다."

"오라버니께서 이번에 많은 도움을 주셨다고 들었어요. 제가 아비틴을 만난다는 것을 알고 계셨지요?"

"너희 둘의 눈빛을 보고 짐작했다. 연모하는 눈빛은 숨길 수 없는 법이지, 하하하!"

태자가 크게 웃었다. 파라랑은 빨개진 얼굴로 찻잔에 물을 따랐다.

"파라랑, 아비틴 왕자가 비록 이방인이기는 하지만, 신뢰할 수 있고 훌륭한 군주의 자질을 가진 사람이다. 전하께서도 잘 알고 계시지. 내가 아비틴 왕자를 가까이에서 지켜본 바로는 공주의 짝으로 손색이 없어. 여인으로서 안심하고 그를 따라도 될 것이야."

태자가 파라랑의 마음을 다독여 주고 돌아갔다. 새삼 파라랑은 얼굴이 잉걸불처럼 달아올랐고, 가슴은 불티가 되어 하늘로 날아올랐다.

마침내 혼인날 아침이 밝았다.

아비틴은 황금빛 두건에 오색으로 빛나는 공작 날개를 꽂고 흰 바탕에 금사로 품위 있게 수놓은 예복을 입었다. 눈처럼 하얀 백마를 타고 그가 주작대로로 들어섰다. 그 뒤를 따르는 페르시아 신하들이 이색적인 악기 연주로 사람들의 시선을 끌었다. 신라 백성들은 할 일을 멈추고 혼인식을 보러 신랑의 행렬을 따라왔다. 온 나라가 흥겨운 잔치 분위기로 넘실댔다.

왕실 어른들이 신궁에 가서 공주례를 고했고, 신라의 시조 대왕께서 태어난 곳인 포석사에서 길례가 시작되었다.

머리에 황금 화관을 쓰고 꽃과 나비를 수놓은 붉은 혼례복을 입은 파라랑 공주가 시녀들의 도움을 받으며 혼인상 앞에 섰다. 아름다운 봄의 신부였다. 아비틴은 파라랑 공주에게서 한시도 눈을 떼지 못했다.

혼인은 신라 왕실의 의식에 따라 먼저 진행되었지만, 페르시아 왕가의 혼인 의식도 함께 치러졌다. 페르시아 왕자의 모베드인 살리미안이 행한 것은 신라의 그 누구도 보지 못한 혼인 의식이었다. 활활 타오르는 불의 제단 앞에서 살리미안은 아비틴과 파라랑의 손을 맞잡게 했다. 파라랑이 수줍게 손을 내밀었고 아비틴의 얼굴은 기쁨으로 환해졌다. 살리미안이 하늘을 우러르며 선신께 기도로 혼인의 신성함을 고했다. 파라랑과 아비틴이 손을 맞잡고 돌아섰을 때 백성들은 환호했고 축복했다.

먼 이국땅에서 온 페르시아 왕자와 신라 공주의 혼인이었다. 청명한 하늘 아래 참으로 좋은 봄날이었다.

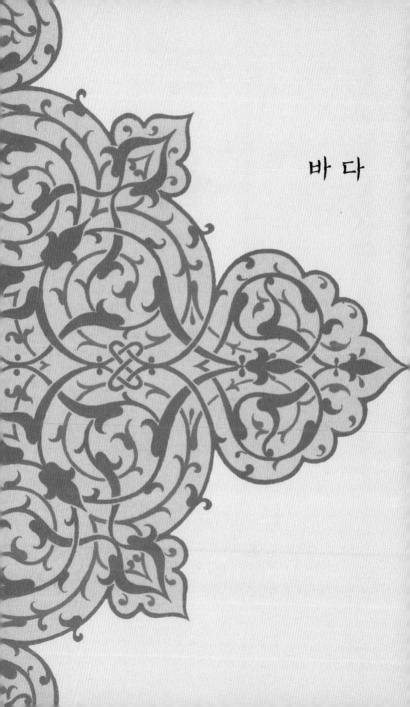

바 다

전 령

샛바람을 가르며 달리던 두 필의 준마가 나란히 멈췄다. 바다가 내려다보이는 절벽이었다. 말에서 내린 파라랑이 유쾌하게 말했다.

"아비틴, 참 오랜만이에요, 함께 말을 탄 일이. 후우, 바다를 보세요. 수평선이 맞닿은 곳으로 떠나고 싶지 않으세요?"

잠자코 바다를 바라보는 아비틴의 낯빛이 어두웠다. 두 팔을 머리 위로 올리고 해풍을 마주하던 파라랑이 아비틴을 돌아봤다.

"아비틴, 왜 그래요? 무슨 걱정이라도 있는 건가요?"

아비틴이 불안한 목소리로 되물었다.

"파라랑, 내가 없는 동안 전하를 배알하였소?"

그러자 파라랑은 못 들은 척 앞으로 걸어갔다. 아비틴이 목소리를 높였다.

"내가 가겠다고 한 일이오. 국경에서 일어나는 전쟁은 실라에서도 늘 있어 왔던 일이잖소? 전하께 그 일로 항의한 것은 잘못이라 생각하지 않소이까?"

파라랑이 앵돌아진 표정으로 몸을 돌렸다.

"아비틴, 신라를 지킬 사람들은 많아요. 굳이 아비틴이 나서지 않아도 되는 일이에요. 전쟁터로 가다니요? 혼인한 지 한 달 만에, 그것도 스스로 말이에요. 아비틴이 잘못했다는 생각은 못 하고 왜 나를 비난해요?"

"아니오. 경솔한 행동이었소. 파라랑, 내가 이방인이라는 것을 잊은 게요? 이방인은 누구보다 이 나라 실라를 위해 앞장서서 일해야 하오. 더구나 쿠쉬가 개입된 전쟁이었소. 우리는 실라를 위해 싸워야 했소."

파라랑이 입술을 꾹 다물었다. 아비틴은 아랑곳하지 않았다.

"파라랑, 나는 왕자이기 이전에 전사로 자랐소. 사내가 나라를 지키는 일은 마땅하고 당연하오."

아비틴이 한숨을 내쉬며 말을 이었다.

"이방인으로 산다는 것은 말이오. 내 나라를 떠나 살아온 날들은……. 대제국 황제가 아닌 왕으로, 황자가 아닌 왕자로 칭하며 살아야 했소. 망명국에서 그런 거만한 호칭을 쓴다는 것 자체가 우스운 꼴이지. 언젠가 다른 나라들처럼 실라 왕께서도 나를 쫓아낼 것이라는 불안한 마음이 꿈으로 나타나곤 하오."

아비틴이 어금니를 꽉 물고 고개를 돌렸다. 그 옆모습이 외롭고 쓸쓸해 보였다. 파라랑은 아비틴에게 손을 내밀었다가 거두었다. 뭔가가 파라랑과 아비틴의 사이를 가로막고 있었다.

파라랑이 아직 알지 못하는 세상이었다.

파라랑은 아비틴이 악몽에 시달리던 밤들을 떠올렸다. 아비틴은 늘 암살에 대한 두려움에 마음도 몸도 긴장 상태였다. 신라에 와서는 자객도 없었고, 왕의 배려로 병사들이 사저를 지키고 있어 평안하였으나 긴 망명 생활로 굳어진 아비틴의 또다른 모습이었다.

아비틴은 자신의 처지나 심정에 대해 드러내 말하지 않았다. 하지만 푸른빛 유리병이나 기하학 문양이 도드라진 구수와 탑 등을 봤을 때 그는 늘 아련한 눈빛이 되었다. 파라랑이 상상할 수 없는 세상으로 아비틴의 마음이 건너갔다. 파라랑은 자신이 이방인의 고달픔을 잘 알고 있다고 생각했다. 하지만 목숨을 담보로 스스로 전쟁터에 나가야 할 만큼 절박하다고는 생각지 않았다.

파라랑이 아비틴의 팔에 팔짱을 꼈다. 아비틴과 눈이 마주치자 미안한 마음을 담아 또박또박 말했다.

"아비틴, 그런 걱정은 하지 말아요. 전하께서는 신의가 있는 분이세요. 둥지로 날아든 새는 절대로 쫓아내지 않을 전하세요. 안심해도 됩니다, 아비틴 왕자님."

그때 붉은 말이 흙먼지를 일으키며 급하게 달려왔다. 호위무사 하기였다.

"왕자님! 어서 돌아가셔야겠습니다. 머하비 공이 도착했습니다."

아비틴의 얼굴이 환해졌다.

"파라랑, 페르시아 왕께서 전령을 보내셨소. 어서 돌아갑시다, 어서!"

아비틴이 사저 집무실 분합문을 벌컥 열었다. 신하들과 이야기를 나누던 머하비가 뒤를 돌아보았다. 아비틴의 목소리에 주체할 수 없는 감정이 실렸다.

"어떻게 소식도 없이, 육로로 온 건가?"

머하비가 신하의 예로 무릎을 꿇었다. 아비틴은 머하비를 일으켜 두 팔로 그를 꽉 껴안았다.

옆에 서 있던 발라스 장군이 다소 격한 어투로 말했다.

"왕자님, 항구마다 쿠쉬 세작들이 많아 육로로 왔다 합니다. 많이 힘들었을 겁니다."

아비틴의 눈에 눈물이 고였다.

"머하비! 나의 형제! 살아남았구나. 실종되었다기에 쿠쉬에게 몹쓸 짓을 당한 줄 알았다. 전하께서는?"

반가움에 어쩔 줄 모르는 아비틴과 달리 머하비의 표정은 어두웠다. 머하비가 슬며시 아비틴을 밀어내며 다시 바닥에 한쪽 무릎을 접어 앉았다.

"왕자님! 소신은 선왕의 전령으로서 실라에 왔습니다."

아비틴의 얼굴에 불안과 초조의 기색이 감돌았다.

"서, 선왕의 전령?"

"그렇사옵니다. 투르크 공국 메르브*에서 왕께서 돌아가셨

---

*동서양 간의 무역로인 실크로드 위에 세워진 도시. 과거에는 중앙아시아에서 문화적 요충지이자 중요한 오아시스 지역으로 크게 번성했으나 물길이 바뀐 현재는 버려진 채 그 유적만이 유네스코 세계문화유산으로 지정되었다.

나이다. 자하크에게 쫓기시다가 맞은 화살에 끝내 일어나지 못하셨습니다."

전혀 예상치 못한 일이었다. 충격을 받은 아비틴이 휘청거리며 탁자를 꽉 잡았다. 발라스가 가슴을 치며 울었다. 살리미안이 맥없이 말했다.

"그럴 리가, 그럴 리가! 석 달 전 뵐 때만 하여도 강건하셨는데……."

갑작스런 비보에 신하들도 오열하며 일제히 바닥에 엎드렸다. 아비틴의 얼굴이 슬픔으로 일그러졌다. 그 앞에 엎드린 사내들의 울음이 애통했다.

방문 앞에 서 있던 파라랑은 역관의 통역으로 사태를 알 수 있었다. 역관이 낮은 목소리로 고했다.

"공주님, 공주님께서 하실 일은 없을 듯합니다. 잠깐 자리를 비켜 주시는 것이 어떻겠습니까?"

마땅히 그래야 한다고 여겼으므로 파라랑은 발길을 돌렸다. 그러나 거친 사내들의 통곡에 사랑채를 돌아보고 또 돌아보며 거처로 돌아왔다. 임종도 지키지 못하고 부왕을 잃은 아비틴을 생각하니 마음이 아팠다.

신하들의 울음이 잦아들자 머하비가 아비틴에게 고했다.

"왕자님, 소신이 선왕의 유지를 가지고 왔습니다. 왕자님께서는 이제 페르시아 왕이십니다."

아비틴이 머하비에게로 눈을 돌렸다. 아비틴의 슬픔을 그대로 나타내듯 두 눈은 실핏줄이 터져 벌겋게 변해 있었다. 머하비가 품에서 가장자리를 금박으로 마감한 투박한 파피루스 종이를 꺼냈다. 페르시아 왕실의 종이였다. 아비틴이 떨리는 손으로 그것을 받았다.

　아비틴 왕자는 보라.
　내 이리 허망하게 세상을 떠나야 하다니 원통하기 그지없구나. 그러나 늙은 아비가 악랄한 자하크를 상대로 이나마 버틸 수 있었던 것은 왕자가 쿠쉬를 상대했기 때문이므로 너무 슬퍼 말지어다.
　왕자가 자하크와 그 아들 쿠쉬를 무찌르고 페르시아의 영광을 되찾을 것이라 믿는다. 아직 자하크에게 항복하지 않고 꿋꿋이 페르시아를 지키기 위해 흩어져 있는 저항군 세력이 많이 남아 있으니, 이들과 함께 힘을 모아 싸우기 바란다.
　왕자에게 험난한 나라를 남겨 미안하구나.
　이제 하늘에서 잠쉬드 대왕을 만나, 천 년 왕국 페르시아를 위해 그의 지혜와 힘을 빌릴 수 있기를 간절히 바라노라. 아비틴 왕자는 반드시 페르시아를 되찾으라.

　　　　　　페르시아의 왕 야르가르드 3세 마졸라

머하비가 또 한 장의 서신을 아비틴에게 건넸다.
"선왕께 왔던 쿠쉬의 서신입니다."
머하비의 시선이 바닥으로 향했다.
서신을 읽는 아비틴의 얼굴이 점점 더 창백해졌다. 고개를 든 머하비가 마치 쿠쉬를 대변하듯 말했다.

"쿠쉬가 말하길, 실라에서 언제까지나 왕자님을 숨겨 줄 수는 없을 것이며, 계속해서 실라가 왕자님을 도와준다면 당나라를 부추겨 전쟁을 일으킬 것이라 하였습니다. 쿠쉬라면 능히 그럴 수 있을 것이라 선왕께서는 돌아가시기 전날까지도 근심하셨습니다. 비단길 거상들의 힘을 이용하여 당나라를 압박한다는 뜻이 아니겠습니까?"

아비틴이 머하비의 말을 되받았다.

"그러면 당을 무시할 수 없는 실라로서는 타격을 받을 것이고?"

머하비가 말했다.

"자하크와 그 아들 쿠쉬는 나날이 강해지고 있습니다. 정면에서 대적할 나라가 없습니다."

아비틴의 얼굴이 비참하게 일그러졌다.

"그래. 이미 우리를 도와준 마친왕을 죽였고, 실라 북쪽 국경에서 한바탕 전쟁을 일으켰으니, 앞으로도 얼마든지 그런 일을 벌일 수 있겠지."

신하들의 얼굴에서도 핏기가 사라졌다. 서로의 얼굴을 돌아보았으나 아무도 말을 하지 않았다. 불편한 침묵이 이어졌다.

살리미안이 앞으로 나섰다.

"머하비 공, 먼 길을 달려오느라 힘드셨을 겁니다. 오늘은 고단한 마음과 몸을 편히 하십시오. 모두들 이만 물러가는 편이 좋겠습니다."

아비틴은 깊은 한숨과 함께 고개를 끄덕였다.

"형제여, 그렇게 하시오."

아비틴이 다른 신하들과 함께 나가려던 살리미안을 불러 세웠다.

"살리미안, 기다리시오."

분합문이 닫혔고 아비틴은 살리미안이 있다는 것을 잊은 듯 제단 위 성스러운 불을 하염없이 바라보았다. 살리미안은 꼿꼿이 선 채 기다렸다. 이윽고 아비틴이 살리미안에게로 몸을 돌렸다.

"어찌하면 좋겠소?"

"답은 이미 왕자님께서 아시지 않습니까?"

아비틴이 고집을 부렸다.

"그대가 말해 보시오."

"선왕의 유지를 따라 페르시아로 돌아가셔야 합니다."

아비틴이 살리미안을 똑바로 노려보았다.

"저항군이 강한들, 쿠쉬의 군대도 버거운데 자하크까지 나선다면……. 여기 실라에서 힘을 기르는 편이 낫지 않겠소?"

살리미안이 고개를 흔들었다. 그는 언제나처럼 부드럽고 침착한 목소리로 말했다.

"왕자님, 이제 페르시아는 왕자님께서 다스리셔야 합니다. 되도록 빨리 페르시아로 돌아가 군사를 결집시켜야 한다는 것을 잘 알고 계시지 않습니까?"

아비틴이 고개를 저었다.

"아니, 난 모르겠소. 그러니 묻지 않소이까. 선왕조차 저리 당하신 쿠쉬군을 상대하고자, 무작정 페르시아로 가서 전멸을 당해야겠소? 이곳에서 힘을 기른 후 상대하는 다른 방법을 찾는 게 낫지 않겠소?"

살리미안은 더할 수 없이 온화한 목소리로 말했다.

"파라랑 공주님 때문이지요?"

아비틴이 급하게 숨을 들이키며 공기가 빠지는 듯한 헛웃음을 지었다.

"파라랑……."

"왕자님, 파라랑 공주님은 총명하십니다. 누구보다 현명한 판단을 내리실 것을 소신은 믿습니다."

아비틴이 살리미안 앞에 얼굴을 바짝 들이댔다. 입술을 거의 움직이지 않고 으르렁거리듯 이 사이로 말을 내뱉었다.

"혼인한 지 겨우 서너 달이 지났을 뿐이오. 그런 그녀에게 왕궁은커녕 잠잘 곳조차 기약 없는 이국땅에서, 언제 죽을지 모르는 저항군의 아내로 살아야 한다는 것을 어찌 말할 수 있단 말이오! 실라 왕도 절대 허락하지 않을 것이오. 또 가는 길은 그 얼마나 멀고 험한지 그녀가 상상이나 할 수 있겠소? 나는 못 하오. 파라랑에게 실라를 떠나야 한다는 말은 못 하오!"

살리미안이 결연하게 아비틴의 말을 받았다.

"왕자님께서는 페르시아로 가셔야 합니다. 그것도 한시라도 빨리 떠나셔야 합니다. 선택은 파라랑 공주님의 몫입니다. 왕자님을 사랑한다면 페르시아로 함께 떠나실 것입니다."

아비틴이 노여워하며 살리미안의 멱살을 잡았다.

"살리미안, 감히 우리의 사랑을 모욕하는 것인가?"

살리미안은 담담한 얼굴이었다.

"왕자님께서는 이미 알고 계셨습니다. 소신이 왜 혼인을 반대하는지. 하지만 소신도 이렇게 빨리 실라를 떠날 줄은 몰랐습니다."

그때 분합문 뒤로 아리의 목소리가 들려왔다.

"왕자님, 아리예요. 다과상을 가지고 왔어요."

분합문이 열렸고 아리가 들어왔다. 아리는 험악한 분위기에 놀라 다과상을 들고 뒷걸음쳤다. 살리미안이 얼른 아비틴의 손에서 벗어나 아리에게서 다과상을 받아 들었다.

"왕자님께 드릴 테니 너는 돌아가거라."

아리는 겁에 질린 얼굴로 뒤돌아서 빠르게 복도를 돌아 나갔다.

살리미안이 허리를 굽혔다.

"소신, 물러가옵니다. 필요하면 부르십시오. 가까이 있겠습니다."

살리미안이 조용히 문을 닫았다.

아비틴은 의자에 털썩 주저앉았다. 그의 손에 선왕의 유지가 적힌 파피루스 종이가 잡혔다. 아비틴의 입에서 한숨 같은 말이 새어 나왔다.

"아, 파라랑…… 내가 이별을 생각 못 했소. 사랑만 바라보느라, 미처 이별을 생각지 못했소."

안채 꽃살문이 조심스럽게 열렸다. 파라랑이 물었다.

"왕자님은 어떠하시더냐?"

아리가 자신의 목을 두 손으로 꽉 잡았다.

"왕자님과 살리미안 님이 이렇게 싸우고 있었다니까요. 왕자님 눈이 토끼처럼 빨갰어요."

파라랑이 자리에서 벌떡 일어났다.

"싸워? 왜?"

아리가 도리질했다. 여지가 대신 대답했다.

"아리가 알아들을 수 없는 빠른 말들이 오갔답니다. 페르시아 말이었겠지요. 지금 건너가 보시겠습니까?"

파라랑은 방을 나와 급하게 마당으로 몇 걸음 옮기다가 멈췄다. 곤란한 표정으로 여지를 돌아보았다.

"이렇게 달려갔다가 가벼운 여인이라고 밉보일 수 있어. 중요한 일이라면 아비틴이 틀림없이 먼저 말해 줄 테지. 여지, 돌아가서 기다리자."

여지가 고개를 조아렸다.

"상황을 알 수 있게 사도를 보내겠습니다, 공주님."

여지는 몸을 돌려 별채 바깥으로 사라졌다.

아리가 말했다.

"왕자님께서 화가 나신 것 같았지만, 또 많이 슬퍼 보였어요."

"아리야, 아버님이 돌아가셨으니 그분이 슬퍼하시는 것은 당연한 일이야."

파라랑은 발길을 돌려 안채 대청마루로 올라섰다.

한참 후 사도가 파라랑에게 고하였다.

"공주님, 왕자님 집무실에 아무도 얼씬 말라는 명입니다."

"무슨 일인지는 모르고?"

"신하들은 사랑채에 모여 있고 집무실에는 왕자님 혼자 계십니다. 페르시아 왕께서 돌아가셨다는 전령 말고는 알 수가 없습니다. 아무도 입을 열지 않습니다."

파라랑의 얼굴이 급격하게 어두워졌다. 파라랑은 등촉을 환하게 밝힌 마루를 서성이며 아비틴이 돌아오기를 기다렸다. 밤은 깊어 갔고 멀리 밤부엉이 소리가 들렸다.

파라랑은 더 이상 참지 못하고 별채를 나섰다. 사도의 말대로 아비틴의 집무실은 고요했다. 복도에 소리 없이 들어서는 파라랑을 보고 호위 무사 하기기가 놀라 고개를 숙였다. 파라랑은 아무 말 말라는 손짓을 하고 조용히 분합문을 열었다.

제단 위 향로에는 여느 때와 다름없이 불이 타오르고 있었다. 그 앞에 깔린 넓은 구수에 아비틴이 앉아 있었다. 아비틴은 명상을 하듯 움직임이 없었다.

파라랑이 낮게 아비틴을 불렀다.

"아비틴……."

돌아오는 대답이 없었다.

잠시 망설이던 파라랑이 아비틴의 어깨에 두 손을 얹었다. 아비틴의 몸이 떨리는 것을 파라랑은 알았다. 아비틴이 파라랑을 와락 껴안았다. 파라랑이 아비틴의 머리카락을 손으로 쓰다듬었다. 한동안 아비틴은 그 자세로 움직이지 않았다. 파라랑이 침묵을 깨고 말했다.

"아비틴, 아비틴 당신 얼굴을 봐야겠어요. 고개를 드세요."

파라랑은 몸을 돌려 아비틴의 팔을 풀었다. 아비틴의 얼굴을 본 파라랑이 화들짝 놀랐다.

"대체, 대체 무슨 일이에요? 얼굴이⋯⋯."

파라랑이 두 손을 들어 아비틴의 얼굴을 감쌌다.

"아비틴, 아버님이 돌아가신 일 말고 무슨 일이 있는 거지요? 말해요, 무엇이 이토록 당신을 고통스럽게 하는지."

아비틴이 무거운 한숨을 내쉬며 입을 뗐다.

"아, 파라랑, 당신을 못 본다면⋯⋯."

파라랑은 아비틴이 대체 무슨 말을 하고 있는 건지 짐작조차 할 수 없었다.

"아비틴, 내가 알아들을 수 있게 말해 주세요!"

아비틴의 얼굴에 깊은 고뇌가 담겼다. 파라랑은 끈질기게 기다렸다. 하지만 아비틴은 굳게 다문 입을 열지 않았다. 파라랑의 짜증 섞인 목소리가 솟구쳤다.

"또 내가 이해 못 할까 봐 이러는 거예요?"

파라랑은 아비틴의 손을 꽉 잡았다. 아비틴이 그 손을 내려다보며 말했다.

"파라랑, 아버님께서 승하하셨소!"

파라랑이 고개를 끄덕였다.

"알고 있어요. 헌데 그것만이 아니지요?"

아비틴의 눈에 이상한 광채가 번득였다.

"나는 이제, 저항군을 이끄는 페르시아의 왕이 되어야 하오."

"당연하지요, 아비틴. 페르시아는 당연히⋯."

아비틴이 파라랑의 말을 가로막았다.

"파라랑! 그게 무슨 뜻인지 모르겠소? 내가 이 실라를 떠나야 한다는 말이오. 그대를 실라에 두고서, 파라랑과 헤어져야 한다는 말이오!"

순간 파라랑의 눈이 반짝반짝 빛났다.

"헤어져야 한다니요? 우리는 혼인을 했어요. 아비틴이 가는 곳이라면, 어디든 나도 함께할 거예요."

아비틴이 자괴감에 휩싸여 화를 냈다.

"아니오, 파라랑. 그대는 못 가오. 나라를 되찾을 때까지, 나는 왕궁도 없이 명분뿐인 왕으로 살아야 하오."

아비틴은 벌떡 일어나더니 상처 입은 짐승처럼 방 안을 맴돌았다. 파라랑이 아비틴을 따라 걸었다.

"아비틴, 난 겁나지 않아요. 아비틴이 있는 곳이면 어디든 그곳이 나의 왕궁이에요. 당신이 페르시아 왕이면 난 페르시아 왕후예요."

아비틴이 고개를 저으며 말했다.

"파라랑, 그대는 모르오. 모든 것이 풍족한 황금의 나라 실라국, 이렇게 따뜻하고 풍요로운 곳에서만 자란 공주가 전쟁터인 페르시아로 가는 것은 너무나 가혹한 일이오. 이제 우리는 함께할 수 없소. 실라 왕께서도 허락하시지 않을 일이오."

파라랑은 딱딱하게 굳은 아비틴의 몸을 잡고 억지로 의자에 앉게 했다.

"아비틴, 아비틴, 나를 봐요. 페르시아 왕께서 승하하신 일은 몹시 슬픈 일이에요. 하지만 난 오히려 앞날이 기대돼요. 아비틴의 손으로 이룩한 왕국, 그 왕국의 왕후로 사는 삶이 어떨지 생각하니 가슴이 뛰고 설레는걸요. 당신과 함께 펼쳐질 흥

미진진한 그 삶이 지금 내 안에 뭔가를 솟구치게 하는 것 같아
요."

파라랑이 아비틴의 발아래 살포시 앉았다.

"아바마마는 염려 마세요. 분명 우리의 뜻을 이해하시도록
설득할 수 있어요. 아비틴, 날 알잖아요. 난 따분한 건 질색이
에요."

아비틴의 표정이 야릇하게 바뀌었다.

"아, 파라랑, 그대는……."

아비틴은 순식간에 파라랑에게 말려든 자신을 믿을 수 없었
다. 슬픔과 고통 속에서 헤매는 자신에게 파라랑은 사라져 가
는 왕국을 되찾을 기회라는 듯 용기를 내게 만들었다. 하지만
그 상대가 사납고 교활한 쿠쉬라는 것을 파라랑은 아직 모른
다. 아비틴의 얼굴에 다시 그늘이 졌다.

파라랑이 쌩긋 웃으며 일어났다.

"아비틴, 지금은 쉬어야 해요."

파라랑은 아비틴의 손을 잡아끌며 걸음을 옮겼다. 분합문 밖
에 서 있던 하기기가 오래도록 그들에게 허리를 굽혔다.

멀고 먼 항해

다음 날 새벽, 파라랑은 아비틴이 깊이 잠든 것을 확인하고 안채를 나섰다. 사도가 파라랑의 뒤를 따랐다. 파라랑이 살리미안의 숙소로 갈 동안 어디에도 사람의 그림자는 없었다.

해가 뜨기 훨씬 전이라 사방이 어둑한데도 살리미안은 단정한 차림새였다. 파라랑이 찾아올 것을 짐작한 듯했다. 그는 파라랑을 방 안으로 맞이했다.

"살리미안, 상세히 말해 주세요. 페르시아에 대해."

살리미안이 파라랑을 바라보았다. 열여섯, 아직 귀밑 솜털이 보송송한 공주였다. 파라랑의 눈은 반짝반짝 빛을 냈다. 살리미안은 야무지게 다문 입매와 꼿꼿하게 허리를 펴고 자신의 눈빛을 받아 내는 파라랑이 더 이상 풍문으로 들었던 천방지축 말괄량이 신라 공주가 아님을 알았다.

'그래, 젊다는 것은 새로운 일을 겪으면서 무엇이 현명한 길인지 배우고 깨닫는 거야. 아직 갈 길이 험난한 페르시아다. 실라 공주가 고분고분 순종하는 성품이 아닌 게 잘된 일이야. 오히려 왕자님께 도움이 될 거야.'

살리미안은 파라랑에게 페르시아의 상황과 아비틴이 해야만 하는 의무들을 말하기 시작했다. 한때는 천하를 호령하는 왕국이었으나 끊임없이 일어난 왕실의 권력 다툼 그리고 선왕이 병석에 눕자 그 틈을 놓치지 않고 침범한 아랍왕 자하크와 그의 아들 쿠쉬에 대해 이야기했다. 그는 선왕의 죽음으로 항쟁의 구심점이 사라진 지금, 아비틴의 존재가 매우 중요하다는 사실을 강조했다. 날이 훤하게 밝아 올 때까지 두 사람은 대화에 빠져 있었다.

마침내 파라랑은 발그름한 얼굴로 살리미안의 방을 나왔다. 곧장 여지에게로 간 파라랑은 월성에 입궐하기 위해 공주 예복으로 갈아입었다.

혼인한 지 불과 몇 달이 지났을 뿐인데, 아침 햇살을 받아 금빛으로 빛나는 월성 대궁은 낯설게만 느껴졌다. 내관이 반가운 웃음으로 맞으며 파라랑을 왕이 있는 왕후 궁으로 인도했다. 왕과 왕후가 식후 차를 마시고 있었다.

그사이 왕의 얼굴에는 주름이 부쩍 늘어 있었다. 반면 왕후는 아름다운 꽃이 만개하듯이 무심히 하는 동작에서도 교태가 묻어났다. 왕후가 왕의 곁에 자리를 잡고 앉자 파라랑은 법도대로 바닥에 엎드려 절을 하였다.

"전하, 왕후마마, 그동안 평안하셨나이까?"

왕후는 살짝 눈물을 보이며 고개를 갸웃거리는 품이 진정 시집간 딸을 걱정하는 모습이었다.

"전하, 제가 뭐랬습니까? 법도가 그러하여도 파라랑 공주를 궁 안에 그냥 살게 하자고 하지 않았습니까? 그리 보고 싶어 하실 거면서. 공주는 어찌 그리 무심하느냐? 전하께서 내궁에만 드시면 공주 얘기를 했느니."

왕은 파라랑을 바라보기만 해도 기쁜 듯 얼굴 가득 환하게 미소를 지었다.

"파라랑 공주! 어서 오너라, 연통도 없이 어인 일이던고?"

파라랑은 가만히 숨을 내쉬었다.

잠시 후 파라랑의 예상대로 왕의 고성이 왕후 궁 안팎에 울려 나갔다. 연못가 마당에 앉아 있던 참새들조차 화르륵 하늘로 날아가 버렸다. 물러가라는 왕의 대노에도 파라랑은 움직이지 않았다. 파라랑은 부왕을 잃은 아비틴의 절박한 사정을 눈물로 호소했다.

한 시진이 지나고 나자 마침내 왕은 단념한 듯 힘없이 말했다.

"공주의 뜻이 정히 그렇다면……. 이방인과 혼인하더니 기어이 이런 사단이 나는구나. 어허, 내 소중한 막내 공주를 이리 보낼 줄이야. 한 번 꺼져 버린 불씨도 되살리기 힘든데 하물며 나라를 되찾는 일이야 얼마나 어렵겠느냐."

왕후가 왕에게 부드럽게 말했다.

"전하, 염려 마시옵소서. 페르시아 왕자는 용맹하니 반드시 나라를 되찾을 것입니다. 왕후가 된 공주를 보게 되실 거예요."

파라랑은 처음으로 왕후에게 고마움을 느꼈다. 그동안 파라랑 역시 새어머니인 왕후에게 자신이 마음을 열지 않았음을 깨달았다. 파라랑이 왕후에게 깊이 고개를 숙였다.

"저의 뜻을 전하께 그리 전해 주셔서 감읍할 따름입니다, 왕후마마."

왕후도 빙그레 웃으며 파라랑의 인사를 받았다.

"나는 너의 어미잖느냐. 공주는 영리해서 이방인 왕자를 잘 보필할 수 있을 게야."

파라랑이 왕에게 고했다.

"사정이 급박하오니, 아비틴과 소녀가 페르시아로 한시라도 빨리 갈 수 있도록 아바마마께서 윤허해 주십시오."

왕이 공주에게 눈을 부라렸다.

"허허, 이제 대놓고 빨리 신라를 떠나겠다고 조르는구나."

왕후가 왕의 찻잔을 받아 가지런히 놓으며 말했다.

"어차피 떠날 일이라면 서둘러야 하는 것이 맞습니다. 전하, 공주 뜻대로 하게 하소서."

왕이 서운함을 감추려는지 옷자락을 떨치며 일어났다.

장지문이 닫히자, 왕후가 파라랑의 손을 잡았다. 왕후의 목소리는 다정했다.

"파라랑 공주, 공주가 진정 페르시아 왕자를 사랑한다는 것을 나는 잘 알고 있다. 내가 공주의 혼인에 적극적이었던 것에 대해 말들이 많고, 공주 또한 오해가 있었을 것이다. 하지만 나는 공주를 아꼈느니라."

파라랑은 왕후의 눈빛에서 진심을 느꼈다.

"왕후마마……."

"내 진정 공주의 어미가 되고 싶었느니. 하지만 오랜 세월 나의 행동은 모든 것이 오해가 되더구나. 공주 역시 그렇고. 허나 공주는 영원히 내 딸이란다."

그랬을지도 모른다. 권력의 중심인 궁궐이라는 데가 언제나 말이 많은 곳이 아닌가. 그동안 파라랑 역시 왕후를 믿지 않았었다. 파라랑의 눈에 물기가 어렸다. 파라랑은 왕후의 앞에 십여 년이 지난 이제야 처음으로 딸로서 엎드렸다. 왕후가 파라랑의 등을 가볍게 쓰다듬었다.

"일이 빨리 진행되도록 내가 전하를 뵙고 다시 한 번 공주의 뜻을 전하고 오마."

왕후가 장지문으로 나가고 난 후, 황급히 입궁한 아비틴이 사색이 되어 왕후 궁으로 들어왔다.

"아니, 파라랑, 혼자 궁에 오다니! 전하께서 나를 어찌 생각하시겠소? 사내가 되어 공주에게 모든 일을 떠넘겼다고 하시지 않겠소?"

파라랑은 방긋 웃으며 아비틴을 맞았다.

"이제 아비틴이 대궁에 가서 전하를 알현하면 되지요."

아비틴은 아무 일 없다는 듯 태연한 파라랑의 모습에 할 말을 잊었다.

왕후의 연통을 받고 파라랑은 아비틴과 함께 신라 왕 앞에 섰다. 그리고 반 시진 후 그들은 월성을 나왔다.

왕실의 도움으로 페르시아로 갈 준비가 빠르게 진행되었다. 페르시아까지 육로와 해로의 선택에 있어서 신하들 간에 치열한 공방이 있었다. 육로를 고집하는 머하비와 해로가 낫다는 살리미안의 강력한 주장이 팽팽했다.

머하비는 이번 전령의 길도 아무 일 없이 육로로 왔고, 투르크 공국에 있는 선왕의 시신도 아비틴 왕자가 거두어야 하니 육로로 가는 편이 좋을 것이라 주장했다. 또한 선왕을 따르던 저항군이 가는 길목마다 있고, 저항군 사령관이 투르크 공국에서 아비틴 왕자를 애타게 기다리고 있다고도 했다.

살리미안도 머하비의 의견에 공감은 하지만 육로는 육지전에 강한 쿠쉬가 함정을 만들어 놓고 아비틴을 기다리고 있을 것이라며 반대했다. 모두 일리가 있는 말이었다. 아비틴은 육로든 해로든 간에 투르크 공국으로 반드시 가야 했다.

때마침 태자가 신라 왕의 명을 가지고 사저로 왔다.

"아비틴 왕자, 나라 사이의 다툼이 잦으니 육로보다 해로가 나을 것이라는 전하의 판단이오. 배와 유능한 사공을 내어 주신다 하오."

아비틴은 고심 끝에 신라 왕실의 권고대로 뱃길을 택했다.

왕실에서 파라랑을 따라갈 잉신들이 정해졌다.

파라랑이 태자에게 강경하게 말했다.

"잉신 다섯 사람이면 족합니다. 사람들을 힘들게 하고 싶지 않아요. 전하께도 그리 전해 주세요."

태자가 서운해했지만 파라랑의 고집을 꺾지는 못했다.

신궁의 신녀에 의해 출발할 택일이 정해졌다. 그로부터 달포가 지났을 무렵, 신라를 떠날 준비는 완전히 끝났다.

정해진 날은 빨리 온다고 했던가. 마침내 9월 초이렛날 아침, 파라랑과 아비틴 일행은 개운포*로 향했다. 왕과 태자가

---

*지금의 울산. 신라 때에는 각국 상인이 드나들던 국제 항구였다.

개운포에 나와 파라랑 공주와의 이별을 슬퍼했다.

멀고 먼 항해를 떠날 두 척의 배는 매우 넓고 컸다. 그중 큰 배는 마치 궁의 전각이 물 위에 떠 있는 것 같았다. 짐수레와 물건들을 실었고 사람들이 배에 오르기 시작했다. 커다란 돛대들과 뱃머리와 고물에 달린 작은 돛들을 선원들이 꼼꼼하게 살피고 있었다.

바닷바람이 불자 뱃머리에 매단 깃발이 펄럭였다. 붉은 바탕에 금실로 계룡을 수놓은 신라 왕실의 깃발이었다.

배를 타 본 일이 없는 파라랑은 이제부터 시작될 미지에 대한 흥분으로 달떠 있었다. 아비틴이 아이 다루듯 파라랑의 어깨를 잡았다.

"파라랑, 전하께서 저렇게 눈물짓고 계시거늘. 그만 웃으시오, 이러니 사람들이 공주를 어리다고 걱정하는 게요."

파라랑은 몸을 배 밖으로 내밀어 항구를 향해 손을 마구 휘저었다. 곁에 있던 여지가 놀라며 파라랑의 팔을 잡았다.

"공주님, 그러시면 안 됩니다. 저리 많은 사람들이 보고 있는데, 품위를 지키셔야 합니다."

파라랑은 심술부리듯 오히려 더 힘차게 손을 흔들었다. 아비틴도 어쩔 수 없이 파라랑처럼 왕과 태자를 향해 손을 흔들었다.

드디어 배가 움직이기 시작했다. 활짝 펼쳐진 돛들이 바람을 맞으며 힘차게 파도를 헤쳐 나갔다. 배는 육지에서 멀어져 갔고 항구의 소란스러움도 차츰 사라졌다. 갈매기들의 날갯짓이 크게 들렸고 파라랑의 잉신들이 소매로 눈물을 닦았다.

다시 못 볼지도 모르는 신라 땅, 서라벌. 파라랑도 눈물이 나올 것 같아 얼른 하늘을 올려다보았다. 아비틴이 파라랑의 허전한 마음을 눈치채고 어깨를 감싸 안았다.

출렁거리는 파도에 익숙해질 무렵, 배는 당나라 양저우 항과 항저우 항을 거쳤다. 배에 필요한 물건들을 싣느라 항구에 닿을 때면, 파라랑은 신이 나서 뱃사람들을 따라다녔다. 항구에 정박한 배들 사이로 사람들이 소리치고 오르내리는 모습은 굉장했다. 파라랑은 활기찬 뱃사람과 상인들 사이로 움직이는 것이 좋았다.

당나라 항구의 저자는 신라보다 훨씬 더 크고 다양했다. 교역으로 구하지 않으면 구경 못 할 희귀한 물건들이 넘쳐 났다. 열대 과일이나 약초와 향신료, 비단이며 도자기, 상아나 진기한 가죽들이 끝없이 펼쳐져 있었다. 또한 화장을 곱게 한 이국 여인들과 놀이 패들은 신이한 공연으로 사람들의 눈길을 사로잡았다.

무엇보다 놀란 것은 아비틴 같은 서역인은 물론이고 피부와 눈동자의 색깔이 다양한 사람들이었다. 저마다 다른 복색으로 뒤섞여 파라랑의 눈앞을 오갔다. 그들의 말은 파라랑이 뭔지 짐작도 하지 못할 생소한 언어들이었다. 아비틴은 당나라 말은 물론 여헌국* 사람과 토번인**들이 하는 말들까지 다 알아들었다. 그럴 때마다 파라랑은 감탄하며 아비틴을 꼭 껴안았다.

"정말 대단해요, 아비틴. 당신은 정말 대단한 사람이에요."

---

*이집트.
**티벳인.

"파라랑, 이건 경험하고 배웠기 때문이지 내가 특별한 게 아니오."

아비틴이 뭐라 하든 파라랑은 선망과 맹신에 가까운 눈빛을 보냈다.

"아비틴, 당신은 모르는 것이 없군요. 난 연못에 갇혔던 머구리*였어요."

아비틴은 싱긋 미소를 지으며 파라랑을 그윽하게 바라봤다.

배는 또다시 바다로 향했다. 몇 달간 계속되는 항해에도 파라랑은 전혀 지루하지 않았다. 살아 있는 듯 일렁이는 바다는 파라랑에게 싱싱하고 힘찬 기분을 느끼게 했다. 시시때때로 변하는 하늘과 바다의 빛은 물론 파도 위로 튀어 오르는 날치들과 고래 떼. 파라랑은 바다만이 가진 그 생명력에 현혹되었다. 날마다 새로웠다.

"아리야, 다음 광저우 항에서는 어떤 이들을 만날까? 궁금하지?"

파라랑은 어린아이처럼 잠시도 선실에 가만있지 않았다. 뱃사람 특유의 통통걸음을 흉내 내며 갑판을 뛰어다녔다. 파라랑 옆으로 원숭이처럼 재빠른 선원들이 돛대의 활대와 버팀줄 사이를 오갔다. 어디를 둘러봐도 저마다 할 일로 바쁜 뱃사람들이었다. 파라랑과 아리는 선원들의 눈총을 받기도 했지만 그들의 좋은 말벗이기도 했다.

하지만 여지는 신라를 떠난 이후 너무나 자유롭게 행동하는 파라랑을 걱정했다. 어느 날, 아리가 여지에게 소곤거렸다. 신

---

*개구리의 옛말.

라를 떠나면서부터 여지는 아리를 아우로 삼았다.

"언니, 공주님 일부러 그러셔요. 아비틴 왕자님께서 우울해하시니 기분 좋게 해 드리려고 저러시는 거예요."

여지가 놀란 눈으로 아리를 바라보았다. 처음 봤을 때의 초라한 거리의 아이는 그곳에 없었다. 얼굴에 살이 올라 누구나 돌아볼 만큼 귀여운 여자아이로 변해 있었다. 게다가 이렇게 속까지 깊으니. 여지가 아리의 머리를 쓰다듬으며 말했다.

"아리야, 네가 공주님께 큰 힘이 되는구나."

항해는 계속되었다. 바다는 큰 풍랑 없이 평온했다. 배의 선장은 항해 경험이 많은 아주 노련한 사공이었다. 파라랑은 곧잘 사공과 이야기하기를 즐겼다.

"하모요, 공주님. 지가 뱃일을 한 지 50년이 넘었다 아입니꺼. 서역까지 손가락으로 셀 수 없을 만치 많이 다녀 봤지예."

"내 그럴 줄 알았어. 사공은 정말 솜씨가 뛰어난 것 같아. 신라에서 모두들 배 타는 것이 힘들 거라고 그랬는데, 아니잖아."

"허허허, 고마 대부분 귀한 댁 아씨들은 멀미를 심하게 하지예. 지가 모는 배에 공주님이 타신 것도 첨이고예, 배 멀미를 하지 않는 공주님도 처음입니더."

파라랑은 아비틴이 신하들과 회의를 하거나 깊은 시름에 잠겼을 때는 기꺼이 자리를 비켜 주었다. 바다와 배에는 파라랑이 진종일 다녀도 심심하지 않은 새로운 일들이 널려 있었다.

신라 왕실의 붉은 계룡 깃발을 높이 건 배는 바다를 거침없이 헤쳐 나갔다. 하늘은 맑고 파도는 잔잔했다.

배 신

햇살이 점점 뜨거워졌다. 배는 서쪽을 향해 계속 나아갔다.

배의 조리실이 요리사가 아닌 사람들로 북적였다. 뱃사람들도 기웃거렸다. 파라랑이 직접 페르시아 음식을 만든다는 소문이 퍼져서였다.

"왕자께서 좋아하는 요리가 나이더에, 자아 화리, 음, 업구쉬트. 이게 맛있고 쉬워 보인다. 하기기, 이걸 해 보자."

"냄새 이상해요."

아리가 두어 걸음 뒤로 물러나며 도리질했다.

"후훗, 어린애가 이런 데 관심이 있겠니? 햇볕에서 뛰어놀아야지. 나가 봐라."

파라랑이 아리의 등을 밀었다. 아리가 날쌔게 문밖으로 뛰쳐나가자 사도가 말했다.

"요즘 저 녀석이 무술 배우는 재미에 푹 빠져서 정신을 못 차립니다."

"알아, 나쁜 손버릇도 없어졌지? 거짓말도 하지 않고?"

사도가 빙그레 웃었다. 사실 아리는 신라를 떠나고서부터 얼굴이 훨씬 밝아졌다.

"이제야 아이답잖아. 잘 웃고 말도 잘하고 말이야."

파라랑이 고개를 돌려 하기기가 고기 손질하는 것을 유심히 보았다. 요리사가 된 하기기의 손길이 바빠졌다.

"이렇게 요리를 하면 별로 냄새가 나지 않습니다. 모르셨겠지만 왕자님께서 사저에서 곧잘 드셨던 음식입니다. 공주님."

"이리 줘 봐. 채소는 내가 자를게. 네모지게 자르면 되지?"

넓은 조리실이 떠들썩했다. 뱃사람들까지 참견을 하는 통에 웃음이 그치질 않았다. 거의 한 시진 동안 애를 쓴 끝에 파라랑이 만든 요리가 완성되었다. 탕 속에 갖은 채소를 넣고 푹 끓인 페르시아 음식이었다. 하기기의 솜씨가 좀 많이 들어가긴 했지만, 파라랑이 처음으로 만든 페르시아 요리였다. 다 된 음식을 그릇에 담고 과일과 페르시아 빵인 난을 담은 바구니를 들었다. 사도가 따라 나오려는 걸 파라랑이 막았다.

"괜찮아, 나머지 음식도 빨리 만들어. 멀미로 고생하는 여지도 줘야지."

갑판 한구석에서 아리가 목검으로 검술을 연습하고 있었다. 파라랑을 본 아리가 나무통을 뛰어넘어 달려왔다. 아리는 파라랑의 팔에 걸친 바구니를 받아 들었다.

"제법이구나. 검술이 재미있니?"

아리가 부끄러운 듯 수줍게 웃었다.

선실에 도착했을 때 문이 조금 열린 것을 보고 파라랑이 눈살을 찌푸렸다.

"이런, 내가 문을 잠그지 않고 나갔나 봐."

아리가 먼저 손을 내밀어 문을 당겼다. 활짝 열린 선실 안에는 뜻밖에도 두 남자가 있었다. 머하비와 그의 호위 무사였다. 파라랑은 아비틴의 사촌 동생이라는 것만 알았지 머하비와는 교류가 없었다.

머하비가 서둘러 파라랑에게 등을 돌리며 붉은 비단으로 감싼 상자를 무사에게 넘겨 주었다. 무사는 품속으로 상자를 감췄다. 파라랑이 본 적 없는 물건이었다.

다시 돌아선 머하비가 허리를 약간 굽혔다. 파라랑도 고개를 숙였다. 파라랑이 그릇을 탁자에 올려놓았다. 파라랑은 선실 물건들이 이리저리 흐트러져 있는 것을 발견했다. 특히 아비틴이 사용하는 장식장의 고리가 빠져 있었다. 머하비의 짓이 분명했다. 파라랑은 언짢아서 말투에 날이 섰다.

"공이셨군요. 어쩐 일이신가요?"

머하비는 파라랑의 서툰 페르시아 말을 무시했다. 오히려 몸을 움직여 무사가 선실 밖으로 빠져나가는 것을 도왔다. 파라랑이 손짓과 함께 물었다.

"잠깐, 저자가 감춘 것이 여기 들어 있던 물건은 아니겠지요?"

머하비가 빠르게 뭐라고 했지만 알아들을 수 없었다. 머하비는 신라 말을 전혀 몰랐고 파라랑은 아직 페르시아 말을 잘 알아듣지 못했다. 서로 의사소통이 되지 않으니 더 물을 수도 없었다. 선왕의 전령인 머하비가 아비틴의 물건을 훔쳐 가지는 않았을 것이다. 파라랑은 애써 불안한 마음을 털었다.

"머하비 공, 무슨 일로 주인 없는 방에 들어오셨나요?"

머하비는 일부러 그러는 건지 더 빠른 속도로 말을 이어 갔다. 파라랑은 머하비의 말이 자신을 힐난하는 투라는 것을 알았다. 알아들을 수 없는 언어였지만 말의 높낮이가 주는 느낌이 그랬다.

곁에 있던 아리가 작은 목소리로 말했다.

"공주님, 왕자님께 돌려받을 것이 있어 들어왔다는데요."

놀이 패 아이로 여러 곳을 다니며 살았던 아리는 서역 말을 서툴게나마 파라랑보다 많이 알아들었다. 파라랑이 고개를 갸웃했다.

'정말 이상하구나. 지금 아비틴이 어디 있는지는 저들이 더 잘 알 터인데.'

머하비는 파라랑을 사나운 눈빛으로 쏘아보다가, 눈이 마주치자 얼른 그 눈빛을 지우고 얼굴 가득 미소 지었다.

'저 눈빛, 기분 나빠.'

머하비가 페르시아 언어와 손짓으로 뭔가를 말했다. 아리가 통역을 했다.

"왕자님 검이 필요하대요. 어, 그러니까…… 지금 당장, 급하대요."

파라랑이 쌀쌀맞게 말했다.

"검은 왕자님께서 항상 가지고 다니신다고 전해."

아리가 고개를 흔들었다.

"그것이 아니라 보검이랍니다. 원래 선왕께서 자기에게, 아니, 왕자님께 내린 보검인데…… 어, 저, 무슨 말인지 잘 모르겠어요……. 아, 이건 확실해요. 지금 보여 달라고 하네요. 확인을 해야 한대요."

파라랑이 고개를 끄덕였다.

"보검이라고? 그거라면 보여 주는 거야 어려운 일이 아니지."

파라랑이 침상 아래 오동나무 상자에 들어 있는 보검을 꺼냈다. 머하비가 성큼 다가와 손을 내밀었다.

"머하비 공, 왕자께서 오시면…."

미처 말이 끝나기도 전에 머하비는 파라랑의 손에서 빼앗듯이 보검을 가져갔다. 빠른 눈길로 보검을 훑어본 머하비가 급히 선실을 나가려 했다. 파라랑이 팔을 들어 머하비 앞을 가로막았다.

"기다리세요, 머하비 공!"

머하비가 거칠게 파라랑을 뿌리쳤다. 파라랑이 조급하게 외쳤다.

"아리, 왕자님께 알려라. 뭔가 이상하다!"

아리는 미처 선실을 빠져나가지 못했다. 아리의 작은 몸이 머하비에게 잡혀 벽에 세차게 팽개쳐졌다. 아리는 정신을 잃은 듯 바닥에서 일어나지 않았다.

태도가 돌변한 머하비가 허리에 찬 자신의 칼을 빼어 들었다. 바로 그때 선실 안으로 아비틴과 무사들이 들어왔다.

아비틴이 파라랑에게 겨누어진 머하비의 칼과 그의 왼손에 들린 보검을 보았다. 격분한 아비틴의 칼이 빠르게 허공을 갈랐다. 연이어 물건들이 부서졌고 탁자 위 파라랑의 요리 그릇도 깨졌다. 발라스와 무사들이 합세했고 머하비는 칼을 놓쳤다. 그사이 파라랑은 뒤늦게 선실로 들어온 여지의 품에 정신을 잃은 아리를 맡겼다.

무사들이 사나운 손길로 머하비를 아비틴 앞에 무릎 꿇렸다. 아비틴의 목소리가 더할 수 없이 침통했다.

"머하비! 너는 내 형제다. 선왕의 전령이 보검을 훔치다니, 도대체 왜?"

머하비가 아비틴을 보며 능청스럽게 웃었다. 비웃음이었다.

파라랑이 화난 목소리로 말했다.

"아비틴, 공의 호위 무사가 붉은 상자를 들고 나갔어요."

아비틴 뒤에 서 있던 살리미안의 입에서 신음이 터졌다.

"붉은! 아, 어찌……."

아비틴이 탄식하며 나직하게 말했다.

"모두 물러가라. 잠시만 우리끼리 있게 해 다오."

살리미안이 앞으로 나섰다.

"안 됩니다. 이제 머하비 공은 위험한 인물입니다, 왕자님."

아비틴이 괜찮다는 듯 고개를 저었다. 아무도 움직이지 않자, 아비틴은 못마땅한 표정을 지으며 주먹으로 탁자를 쳤다. 그때서야 파라랑들은 밖으로 쫓겨나다시피 물러났다.

파라랑은 선실을 나오면서 문을 조금 열어 두었다. 선실은 한동안 조용했으나 곧이어 머하비가 절규하듯 고함치는 소리가 바깥으로 새어 나왔다. 파라랑의 재촉에 역관이 빠르게 통역했다.

"그만해! 어디에서나 귀빈 대접받는 왕자님이 뭘 알아? 아비틴 형은 당나라나 실라에서 편안한 망명 생활을 했지. 실라 공주와 혼인까지 하면서 말이야. 난 죽을 고비를 수도 없이 넘기면서 선왕을 보필했어. 그 지긋한 전쟁, 전쟁. 희망 없는 저항군을 이끄는 일이, 싸우다 죽는 것보다 힘들다는 거 왕자님께서 어찌 알겠어. 식솔들은 인질이 되어 있고, 선왕은 마지막 숨을 헐떡이면서도 아비틴, 아비틴만 찾더라고. 선왕은 내게 아무것도 남겨 주지 않았어. 사령관 자리조차 딴 놈이 차지했지. 나에게는 끝없는 충성만을 강요했단 말이야."

"그래서, 그게 섭섭해서, 어보와 보검을 쿠쉬에게 넘겨주려고?"

"그래, 나도 형처럼 잘 살아 보려고. 사실 쿠쉬가 그깟 망한 나라 어보가 왜 필요하며, 보검이 뭐 탐나겠어? 충성을 시험하려는 거겠지. 아직도 날 믿지 못해 감시병까지 붙이는 쿠쉬니까."

"쿠쉬가 권력을 보장해 준다고 했느냐?"

"아비틴 형도 결국 쿠쉬에게 죽을 거야. 쿠쉬는 위대한 영웅이야. 아무도 쿠쉬 왕을 이기지 못해."

그 말을 끝으로 침묵이 흘렀다.

이윽고 아비틴이 선실 문을 열었다. 아비틴의 얼굴은 그 어느 때보다 냉랭했다.

"머하비를 옥에 가두어라. 그의 무사를 찾아 선왕의 어보를 가져와야 한다."

발라스가 머하비를 거칠게 끌고 갔다. 살리미안이 한숨을 쉬며 중얼거렸다.

"선왕의 어보를 빼앗기다니."

무사들이 갑판을 뛰어다니며 바쁘게 움직였다.

어둠이 깊어 갔다. 호위 무사는 끝내 잡히지 않았다. 신하들이 하나둘 다시 아비틴의 선실에 모여들었다.

"다들 물러가라."

아비틴이 피곤한 듯 눈을 질끈 감았다.

파라랑은 아비틴을 볼 낯이 없었다. 자신의 잘못이었다. 머하비가 보검뿐 아니라 어보에까지 손을 댔다. 그 당시 바로 의심을 하고 큰 소리라도 질렀으면 막을 수 있는 일이었는데.

아비틴이 자리에서 일어났다.

"괜찮소? 파라랑, 머하비는 분명 파라랑을 해칠 생각까지는 없었을 거요."

아비틴은 스스로를 안심시키듯 목소리에 힘을 주었다. 아비틴이 파라랑의 어깨를 두어 번 토닥이고는 곧장 침상으로 올라가 쓰러지듯 누웠다.

"파라랑, 오늘은 그만 쉬어야겠소."

흔들리는 불빛 아래 아비틴의 얼굴이 잿빛처럼 파리했다. 파라랑은 조용히 일어나 등불을 껐다.

'내일 광저우 항에 도착한다. 날이 밝으면 아비틴이 모든 일을 잘 처리할 거야.'

새벽, 누군가 문을 쾅쾅 두드렸다. 아비틴이 선실 문을 열자 살리미안과 발라스가 허겁지겁 들어왔다. 몹시 흥분한 발라스가 말했다.

"큰일 났습니다! 간밤에 머하비가 배를 탈출했습니다!"

살리미안이 자세한 설명을 덧붙였다.

"머하비의 일꾼이 쪽배를 바다에 내려놓고 기다리고 있었던 걸 몰랐습니다. 벙어린가 싶게 말없던 그놈은 분명 아랍 놈이에요. 쿠쉬가 머하비 감시자로 보냈다는 놈 말입니다. 어보를 가져갔던 호위 무사가 갇혀 있던 머하비를 빼내서 함께 쪽배를 타고 도망쳤습니다. 머하비를 지키던 우리 무사에게 독침을 사용한 듯합니다."

순간 파라랑이 보기에 아비틴의 얼굴에 안도의 기색이 어리는 듯했다. 살리미안도 같은 느낌이 들었는지 말을 멈추었다가 다시 입을 열었다.

"저희 쪽 무사 중 하나가 머하비와 호위 무사가 하는 말을 들었답니다."

발라스가 걸걸한 목소리로 덧붙여 말했다.

"여러 척의 쿠쉬 배가 광저우 항 근처에 이미 포진하고 있어 우리가 도망갈 방법이 없을 거라고 했답니다."

아비틴과 살리미안의 눈이 허공에서 부딪쳤다. 파라랑이 아비틴에게 겉옷을 입혀 주었다. 아비틴과 신하들이 선실을 나갔다.

어수선한 움직임에 놀란 여지가 다급히 들어왔다.

파라랑이 물었다.

"아리는?"

"괜찮습니다. 잠깐 혼절한 것뿐이라 염려 안 하셔도 됩니다."

"그 아이 도움이 컸어. 혼자였으면 내가 머하비에게 죽었을지도 모른다."

풀 죽은 음성이었다. 파라랑이 다시 말을 이었다.

"여지, 내가 그리 둔한 사람이었던가?"

파라랑의 눈빛이 불안하게 흔들렸다.

"아닙니다, 공주님. 그리 생각 마세요. 왕자님 혈육이고 선왕을 모신 저항군이었으니 공주님으로서는 당연히 믿으실 수밖에요."

"그래도 내 잘못이 크다. 내가 좀 더 잘 처신했더라면."

여지가 눈을 치뜨는가 싶더니 고개를 갸웃거렸다.

"가만……. 공주님, 배를 돌리는 것 같습니다."

파라랑은 급히 갑판으로 나왔다.

그랬다. 배가 먹구름이 나직하게 깔린 바다 한가운데를 향해 뱃머리를 돌리고 있었다. 노잡이들 말고는 선원과 일꾼, 무사들 할 것 없이 갑판 위를 바쁘게 오갔다. 수평선에 광저우 항이 보이기 시작했다. 그런데 이쪽으로 오는 것이 분명한 다섯 척의 배가 있었다. 파라랑은 온몸이 긴장으로 굳어졌다.

"쿠쉬군이다!"

파라랑은 이제야 아비틴이 어떤 처지인지 절실하게 깨달았다. 멸망한 나라의 쫓기는 왕자는 언제든 죽을 수 있었다. 지금까지 파라랑은 밤마다 악몽에 시달리는 아비틴의 불안한 마음을 진실로 헤아리지 못했었다. 파라랑은 뱃사람들에게 방해가 될 것을 알았지만 배가 안전한지 확인하고 싶었다.

"여지, 아리에게 돌아가. 곧 갈게."

파라랑은 갑판 위를 지나 사공이 있는 곳으로 달려갔다. 아비틴과 살리미안은 어디에도 없었다.

"야, 이, 이노무 자슥들아, 저쪽 닻을 더 당기라 캤나, 안 캤나? 빙충이 자슥아, 네 놈은 반대로 밀어 뿌야제! 더 씨게, 더 힘차게! 그러고도 바다 사내라 할 수 있겠더나!"

호각을 불면서 선원들에게 연방 욕설을 퍼붓던 사공이 돌아섰다. 파라랑을 본 사공은 탈을 쓴 것처럼 금방 환하게 웃었다.

"공주님, 요기는 이맘때쯤 유달시리 안개가 심합니더. 염려 마시고 선실에 들어가 계시이소. 저깟 놈들쯤이야 순식간에 따돌릴 테이끼네. 제가 괜히 신라 제일의 사공이라 하겠심니꺼? 하하하."

파라랑은 자신에 찬 사공의 말에 마음이 놓였다. 하지만 적의 배들은 미끄러지듯 빠른 속도로 다가왔다. 멀리 대포 소리까지 들렸다. 조마조마한 마음에 입술이 바짝 말라 갔다. 그때 돛대 위 망루에 있는 선원이 목청이 터져라 외쳤다.

"안개다! 안개가 몰려온다!"

사공의 말대로 한치 앞이 보이지 않는 짙은 안개가 바다를 삼키고 있었다.

배는 안개 속으로 완전히 들어갔다. 순식간에 눈이 먼 것처럼 아무것도 보이지 않았다.

사공의 낮은 목소리가 들렸다.

"노꾼들은 모두 노를 놓아 삐라!"

누군가 파라랑의 팔을 잡았다. 사도였다.

"공주님, 이런 안개라면 적들이 우리 배를 발견하지 못합니다. 선실로 들어가십시오."

파라랑은 사도의 뒤를 따라 곧장 선실로 향했다.

선실에는 아비틴과 살리미안이 탁자를 사이에 두고 앉아 있었다. 입구에 하기기가 서 있었다. 아비틴이 파라랑에게 얼굴을 돌렸다가 다시 살리미안을 바라보았다. 파라랑이 하기기에게 눈짓을 했다. 하기기가 통역을 위해 파라랑 가까이 몸을 낮추었다.

아비틴이 말했다.

"어쨌건 살리미안, 아까 하던 말을 다시 해 보시오. 급한 대로 배는 돌렸으나……."

"머하비는 성급한 성품인데, 그것을 억누르는 듯 사람을 대하는 태도도 그렇고 함께 온 자들도 의심스러웠습니다. 어쩐지 육로를 고집하던 일 또한 자꾸 신경을 건드렸지요. 하여 광저우 항에 정박하면 역관을 보내 머하비에 대해 좀 더 알아보려 했습니다만, 머하비가 먼저 움직였습니다."

아비틴이 고개를 끄덕이며 우울하게 말했다.

"머하비가 가져온 파피루스는 진짜였소. 설마 선왕의 죽음마저 이용할 줄은 몰랐소이다. 형제의 배신이라니! 쿠쉬가 무엇을 보장해 주었기에? 그가 가져간 것이 선왕의 어보라 참으로 안타깝소. 그나마 보검은 가져가지 못했으니 다행이오."

살리미안이 말을 이었다.

"전하께서도…."

아비틴이 완강하게 고개를 흔들었다.

"그러지 마시오. 잘 알지 않소, 살리미안. 제사장에게서 선신의 고리를 받기 전까지 나는 왕이 아니오."

살리미안이 머리를 숙여 예를 표한 다음 공손하게 말했다.

"뜻이 그러하시다면 따르겠나이다. 왕자님, 보셨듯이 항구에 이미 쿠쉬군이 매복해 있었으므로 머하비가 안심하고 움직인 것입니다. 아마 머하비는 소신이 지난번 선왕을 알현했을 때 어보를 받아 왔다는 사실을 짐작했을 겁니다. 광저우 항에 도착하면 이 배는 순식간에 싸움터가 될 터이니 미리 어보를 빼돌리려 했겠지요. 어쩌면 항구에 도착하기 전에 이 배에서 내리는 것이 예정된 일이었을 수도 있습니다."

"왕족들은 거의 죽고 몇 남지 않는 가까운 혈육이거늘, 쿠쉬에게 우리가 모르는 꼼짝할 수 없는 협박을 받은 건 아닐까?"

살리미안이 대답했다.

"왕자님, 자세한 정보는 다음 행선지에서 역관을 만나야 알 수 있습니다만, 미련을 털어 내시옵소서. 머하비는 이미 쿠쉬 사람이옵니다. 그나마 다행인 것은 우리 행선지를 왕자님과 저만 알고 있다는 것입니다. 사공조차 가는 길을 모릅니다. 항구를 지날 때마다 새로운 항로를 소신이 알려 주니까요."

아비틴이 불편한 얼굴로 중얼거렸다.

"그러나 살리미안, 조금만 생각해 보면 페르시아로 가는 배의 항로는 거의 정해져 있잖소?"

"그렇긴 합니다만, 앞으로 조심하면 됩니다. 쿠쉬나 머하비 입장에서도 그리 녹록치 않습니다. 페르시아로 들어가는 길은 수없이 많습니다. 왕자님, 처음 쿠쉬군이 페르시아로 들어왔을 때 얼마나 속수무책으로 당했는지를 생각해 보십시오. 그때에 비하면 지금은 여유가 있습니다."

"머하비가 배신자면 선왕의 죽음과 함께 저항군은 이미 몰살되었을 것 같은데……."

"맞습니다. 일단 메르브로 가는 것은 포기해야 합니다. 어차피 왕자님을 잡기 위한 덫이었을 겁니다. 훗날 반드시 선왕의 옥체를 찾을 수 있습니다. 더 급한 일은 이제 어디로 가야 하는가입니다."

아비틴의 한숨과 함께 잠시 침묵이 흘렀다.

살리미안이 조심스럽게 입을 열었다.

"왕자님, 일전에 선왕께 들은 이야기가 있습니다."

"무엇이오?"

"페르시아 내에 저항군 세력이 있는데, 그 저항군을 이끄는 장군이 차보쉰 공이라는 소문입니다."

"차보쉰? 차보쉰 공이라면, 백전백승이었던 용맹한 장군 아니오? 허나 몇 해 전에 식솔과 함께 죽었다고 하지 않았소?"

"소신도 그렇다고 들었습니다. 선왕께서도 차보쉰 공이 죽은 것으로 여겨 잊고 계셨다 합니다. 그러니 머하비도 알지 못할 겁니다. 선왕께서는 은밀히 들어온 정보라 혼자 알고 계셨습니다."

"차보쉰 장군과 힘을 합칠 수만 있다면! 확인할 방법이 없겠소?"

"알아보겠습니다만 쉽지 않을 것입니다. 차보쉰 공이 살아 있다면 우리 존재를 알려야 그쪽에서 연락이 올 듯합니다."

"그래야겠지……."

아비틴의 목소리에 힘이 빠졌다. 두 사람은 중요한 이야기를 하느라 파라랑을 잊은 듯했다. 아비틴이 맥없이 어깨를 늘어뜨렸다가 고개를 돌렸다. 아비틴과 눈이 마주친 파라랑은 방긋이 웃으며 가볍게 고개를 끄덕였다. 다 잘 될 거라고. 아비틴의 두 눈이 반짝거리며 빛을 냈다.

"그럼 이제 어디로 가야 할지 고민해 봅시다, 살리미안."

발라스가 벌컥 문을 열고 들어왔다.

"왕자님, 무사히 저들을 벗어났습니다. 항로를 어디로 잡아야 하는지 사공이 묻습니다."

살리미안이 자리에서 일어났다.

"소신이 만나고 오겠습니다. 쉬십시오."

살리미안과 발라스가 나가자 아비틴이 파라랑에게 물었다.

"아리는 좀 어떻소?"

"괜찮아요. 벽에 부딪쳐 잠시 기절했을 뿐이라 합니다. 여지가 돌보고 있어요."

아비틴이 말했다.

"그 애가 아니었으면 파라랑이 당했을 수도 있소. 당연히 얼굴을 봐야 하지 않겠소?"

아비틴이 선실을 나섰고, 파라랑이 그의 뒤를 따랐다.

여지의 침상에 누워 있는 아리는 도둑질과 거짓말로 달팽이처럼 자신을 숨겨 온 아이였다. 그러나 이제 용감하게 머하비의 칼에 맞서 파라랑을 구한 그 아이는 깊이 잠들어 있었다. 파라랑이 땀에 젖은 아리의 머리카락을 가만히 쓸어 올렸다.

"아비틴, 아리는 똑똑하고 강한 아이예요."

아비틴은 아리의 이마에 입맞춤을 해 주고 이불을 다독였다. 그 모습을 바라보는 파라랑의 가슴에 아비틴에 대한 믿음과 사랑이 차올라 왔다. 신라에서 가난하고 병든 백성들을 돌보았던 일들이, 이방인이었기에 보여 주었던 가식적인 행동은 아니었다. 아비틴은 따뜻한 마음을 지닌 선한 남자였다. 또한 아비틴은 파라랑의 잘못에 대해 한두 마디쯤 질책할 수 있으련만 그에 대해서도 아무 말 하지 않았다.

'아비틴의 세상은 얼마나 위험한가. 그래서 아비틴이 나를 신라에 남겨 두려 한 거구나. 페르시아에서 살아남으려면 돌다리도 두들겨 보고 신중하게 건너야 한다. 다시는 아비틴을 곤란하게 하지 않을 거야.'

페르시아 만

다음 날 이른 아침, 선실에 신하들이 모였다. 살리미안이 먼저 말했다.

"쿠쉬 배들을 따돌린 듯합니다. 곧 안개가 걷힐 것이니 이제 안심하셔도 됩니다. 앞으로 어떻게 해야 할지 의논하도록 합시다."

발라스가 그 말을 받았다.

"우리가 해로로 가는 것을 머하비가 알았으니 어떻게든 쫓아올 것입니다. 다음 항구에서 육로로 가야 합니다."

아비틴이 고개를 저었다.

"아니오. 머하비는 우리의 행로를 정확히 알지 못하오. 육로보다 해로가 낫지 않겠소?"

이번에는 살리미안이 입을 뗐다.

"제 생각에도 해로가 좋을 것 같습니다. 육로를 고집한 머하비를 생각하면 분명 쿠쉬군과 세작들이 국경의 숲이나 외진 마을 곳곳에 숨어 있을 겁니다. 머하비도 우리가 어디로 갈지 여러 경로를 생각하겠지요."

최측근 신하들이 저마다 생각을 말했고, 몇 차례의 신중한 토론 끝에 해로를 계속 가기로 결정이 났다.

낯선 항구에 닻을 때마다 살리미안은 아비틴을 수시로 찾아왔다. 발라스 장군도 함께였다. 발라스는 오랜 세월 전장을 누비고 다닌 장수라 아비틴이 살리미안 못지않게 신뢰하는 신하였다. 아비틴은 주로 두 신하의 의견을 듣고 적절한 방도를 찾았다.

머하비의 배신으로 페르시아로의 귀향이 더욱 어렵게 되었다. 바다 위를 항해하는 기간이 길어지자 파라랑은 점차 느긋해졌다. 아비틴이 잘 헤쳐 나가리라는 믿음으로 예전과 다름없이 마음 편하게 하루하루를 보냈다.

배가 참파국 다낭*에 잠시 정박했다. 멀리서 바라본 다낭의 해변은 아름다웠으나, 머하비의 세작들이 있을 수도 있기에 섣불리 배를 떠날 수 없었다. 소수의 인원만 항구에 내려 식수와 물품을 구입한 후 항구를 떠났다. 처음 신라를 떠났을 때와는 달랐다. 사람들은 불안한 마음으로 주변을 살폈고, 너나없이 조심했다.

말라카 해협**을 지나 먼바다로 나가자, 기온이 올라 숨은

---

* '참파국'은 베트남의 옛 명칭이다. '큰 강의 입구'라는 뜻의 '다낭'은 참파국의 동남쪽에 위치한 국제 항구였다.
** 인도양과 중국해를 연결하며 인도와 중국 사이를 이어 주는 가장 짧은 해로.

턱턱 막힐 정도로 더웠고 한낮인데도 하늘은 어두웠다. 바람이 머리 위에서 소리를 내었으나 막상 배 위에는 공기의 움직임이 없었다.

낮게 깔린 먹구름의 끝 수평선에 용오름이 깔개처럼 바다를 말아 올리고 있었다. 멀리 먹구름 사이로 천둥과 번개가 요란했다. 배는 가랑잎처럼 일렁거리기 시작했다. 물보라가 튀어 올라 갑판을 적셨다. 개운포를 출항한 이래로 이처럼 심한 파도는 처음이었다. 이어 비바람이 몰아쳤고 거센 파도가 배를 이리저리 몰아가기를 반복했다.

"파라랑, 폭풍이 몰려오고 있소. 선실에서 나오지 마시오. 혹여 파도에 휩쓸리기라도 하면 큰일이니."

아비틴이 파라랑에게 당부를 하고 선실 밖으로 나갔다. 선실 창 너머의 아비틴이 위태로워 보였다. 파라랑은 아비틴이 버팀줄을 잡고 안전하게 이동하는 것을 보고 나서야 비로소 선실 창에서 떨어졌다.

자연의 힘을 제대로 실감했다. 여태 보았던 바다는 진짜 바다가 아니었다. 허연 물보라를 몰고 오는 거대한 파도와 귀를 찢는 우렛소리는 점차 파라랑을 공포로 몰아갔다. 선실 안의 물건들이 뒤섞여 굴러다녔다. 파도가 선실 앞까지 셀 수 없이 밀려왔다 물러났다.

아비틴이 선실로 돌아왔을 때 파라랑은 두려움과 뱃멀미로 거의 혼절할 지경이었다.

"파라랑, 우는 게요? 이제 보니 어린아이야……."

아비틴이 파라랑을 놀렸지만 파라랑은 아비틴과 입씨름할

기운조차 없었다.

사흘이 지난 후에야 빗줄기와 거센 바람이 모두 물러갔다. 배 군데군데에 폭풍의 흔적이 남았지만 항해를 방해할 만한 흠집은 없었다.

바다가 평온해지자 아비틴은 한결 밝은 표정이었다. 해상 지도를 가지러 왔던 아비틴이 선실을 나가면서 말했다.

"폭풍도 지나고 바람도 알맞게 불어오고. 파라랑, 이만하면 바다 신께서 우리를 도와주시는 것이오. 실라에서는 뭐라더라? 아, 용왕님. 용왕님께서 우리를 살피시는 게요. 아니면 저 붉은 계룡의 깃발이 바다를 잠재우는 것인가?"

"용왕님과 계룡* 그리고 모든 신께서 우리를 지켜 준 거예요, 아비틴."

파라랑도 이제야 아비틴을 상대로 웃을 여유가 생겼다. 열대 폭풍에 놀랐던 사람들은 언제 그랬느냐는 듯이 편안한 얼굴을 하고 일상으로 돌아갔다.

천축국 마말라 항**에서 신하들은 배에서 내려 살리미안의 지시에 따랐고 필요한 물품을 보충하였다. 배는 다시 먼 바다로 나아갔다. 이름 모를 바위섬들이 눈앞으로 스쳐 지나갔다. 멀리 수평선 아득히 육지가 보이기도 하고 사라지기도 했다.

---

* 신라 건국 신화에 나오는 신령한 동물. 『삼국사기』의 「신라 본기」를 따르면, 박혁거세는 계룡의 알에서, 부인 알영 또한 계룡의 옆구리에서 태어났다고 전해지고 있다.
** '천축국'은 인도의 옛 이름, '마말라 항'은 남인도에 있는 항구 도시다. 7세기 팔라바 왕조의 해양 기지였으며 바위를 이용한 건축물과 부조 그리고 해변에 탑 모양의 지붕이 아름다운 사원들로 유명하다.

후추로 유명한 쿠로인 항구*에서는 며칠 동안 항구에 배를 정박했다. 파라랑은 아비틴과 함께 배에서 내려 바닷가 점포들을 둘러보았다. 많은 물건들 중에 섬세하고 아름다운 수공예품의 독특한 문양과 화려한 색상이 파라랑을 유혹했다.

쿠로인 항을 떠나 배는 다시 바다로 향했다. 뜨거운 태양이 하늘 아래 모든 것을 다 태울 듯 이글거렸다. 크고 작은 섬들의 모래밭 너머 높은 야자수 숲이 바람에 흔들렸다. 배가 아라비아 해 끄트머리 연안을 지날 때는 햇살에 반사된 하얀 모래 언덕으로 인해 눈을 제대로 뜰 수 없었다. 한낮의 태양 아래 반 시진만 서 있어도 검은 피부로 변할 것 같았다. 햇살이 피부를 바늘로 찌르는 듯 따가웠다.

갑판에 세워 둔 그늘막도 후끈거렸다. 차라리 선실 안이 시원했다. 파라랑은 그늘막과 선실을 왔다 갔다 하면서 더위를 이겨 내고 있었다.

때때로 아비틴이 파라랑을 위해 손수 신선한 과일을 갈아 즙을 만들어 오기도 했다. 말솜씨가 좋은 아비틴은 페르시아 설화나 여러 나라에서 떠도는 재미있는 이야기로 더위에 지친 파라랑의 기분을 유쾌하게 만들었다.

파라랑은 아랍 왕 자하크와 쿠쉬가 궁금했다. 페르시아의 위대한 왕들에 대한 이야기 끝날 즈음, 파라랑이 아비틴에게 물었다.

"쿠쉬는요? 쿠쉬는 대체 어떤 자예요?"

---

* 인도 서남해안에 위치한 항구로, 현재는 코친 항으로 불린다. 인도에서 가장 오래된 무역항이다.

아비틴이 슬쩍 말머리를 돌렸다.

"이곳은 해적들이 자주 나타나는 곳이오. 실라 사공도 잘 알고 있으니 뭐 걱정할 필요는 없소이다. 왜 안 먹소? 맛이 없소? 새로 만들어 올까?"

아비틴은 파라랑이 먹다 남긴 과일즙을 마셨다. 딴청을 하는 아비틴을 보고 파라랑은 아비틴과 쿠쉬가 남다른 인연이 있는 듯한 느낌을 받았다. 파라랑이 말을 돌리지 않고 물었다.

"자하크의 아들, 쿠쉬와 아는 사인가요, 아비틴?"

아비틴은 잠깐 머뭇거리더니 고개를 끄덕이며 흔쾌히 대답했다.

"그렇소. 지금은 서로 적이 되어 싸우고 있지만 나는 쿠쉬를 잘 알고 있소. 나보다 쿠쉬에 대해 잘 알고 있는 사람은 없을 거야. 아비인 자하크까지도 말이오. 그때의 기억이 아직도 생생하오."

아비틴이 컵을 다탁에 놓고 긴 이야기를 시작했다.

"내가 쿠쉬를 처음 만난 곳은 사냥터였소. 무사들과 호랑이 사냥을 하고 있었지. 검은 숲 깊숙이 들어갔을 때 내 주변에는 아무도 없었소. 내가 너무 빨리 달려 다른 사람들이 따라올 수 없던 거였소. 그런데 아이의 비명과 함께 울창한 수풀 사이로 얼룩무늬가 펄쩍 뛰는 것이 보였소. 나는 얼룩무늬를 향해 잇달아 화살을 쏘았지. 그리고 으르렁거리는 소리가 잦아들었을 때에야 조심스럽게 앞으로 나아갔소. 호랑이는 급소를 맞아 죽어 있었고, 죽은 호랑이 앞에는 낯선 사내아이가 엎드려 벌벌 떨며 있었소이다."

아비틴은 호랑이가 죽은 것을 먼저 확인한 후 사내아이에게 다가갔다.

여덟 살쯤 되어 보이는 아이였다. 머리카락은 제멋대로 자라 어깨를 덮었고, 유별나게 큰 앞니와 구부러진 코가 아이를 못나 보이게 했다. 겁에 질린 아이의 초점을 잃은 눈동자가 허공에 박혀 있었다. 아이는 두 손 안에 단검을 꽉 쥐고 있었다. 아비틴이 날카로운 칼날에 아이가 베이기라도 할까 봐 단검을 잡으려 하자, 아이는 단번에 머리 위로 단검을 치켜들었다. 아이의 순발력이라고는 믿기지 않을 정도로 빠른 동작이었다.

"으, 으아악! 저리 가! 으악!"

아비틴이 두 손을 하늘로 올리고 다급히 말했다.

"얘야, 네가 다칠까 봐 빼내려 한 거다. 진정해라, 진정해."

아이가 죽은 호랑이와 아비틴을 번갈아 보았다. 한참 만에야 사태를 깨달은 듯 아이는 꽉 움켜쥐고 있던 단도를 떨어뜨렸다. 이어 자세를 바로 하여 아비틴의 앞에 넙죽 엎드려 절을 했다.

"제 목숨을 구해 주셨군요, 호랑이 왕이시여!"

아이는 무릎걸음으로 아비틴에게 다가와 발에 입맞춤했다. 그리고 울면서 두 손바닥을 위로 올리고 아비틴을 우러러봤다.

"호랑이 왕이시여, 지금은 제가 아무것도 가진 것이 없습니다. 허나 목숨을 빚졌으니 훗날 반드시 은공을 갚겠나이다. 왕께서 원하시는 일은 무엇이든 들어드리겠습니다. 이 맹세를 어긴다면 저는 영원히 죽은 자의 저주를 받을 것입니다."

아비틴은 아이의 과장된 행동에 피식 웃었다.

"아이야, 나는 왕이 아니다. 더구나 어린아이가 그런 엄청난 맹세 따위 하지 않아도 된다."

아이는 거세게 도리질을 했다.

"아닙니다, 아니에요. 저도 사내입니다. 부끄럽게 하지 마십시오."

이번에는 아이가 거듭 바닥에 머리를 찧으며 큰 목소리로 외쳤다.

"호랑이 왕이시여! 두렵고 고통스러운 이 요괴의 숲에서, 목숨보다 소중한 것은 없음을 잘 알고 있습니다. 은인을 모른다면 어찌 왕의 자손이라 하겠습니까? 저를 구해 준 분이시니 훗날 반드시 맹세를 지키겠습니다."

아이의 고집은 막무가내였다. 아비틴은 못생겼지만 총명해 보이는 눈과 열정으로 가득한 검은 얼굴을 대하니 더 이상 아이의 말이라고 무시할 수 없었다.

"알았다. 내 너의 도움이 필요하면 필히 알려 주마. 되었느냐?"

"고맙습니다. 고맙습니다, 호랑이 왕이시여!"

아이는 더욱 몸을 낮췄다. 아비틴이 아이를 일으켜 세웠다.

"대체 넌 누구냐? 어찌 이런 깊은 숲 속에 혼자 있는 것이야?"

아이가 아비틴을 바라보았다. 턱을 치켜든 아이의 얼굴에 자부심으로 똘똘 뭉쳐진 표정이 떠올랐다.

"저는 아랍 왕 자하크의 아들, 쿠쉬입니다!"

순간 아비틴은 할 말을 잃었다. 아이는 고개를 들고 당당한 태도로 말했다.

"나쁜 놈들이 저와 어머니를 이 숲에 버렸고, 어머니는 얼마 전 돌아가셨지만 반드시 자하크 대왕께서 저를 찾으실 것입니다."

그 말을 듣자, 아비틴의 머리에 떠오르는 이야기가 있었다. 오래전 자하크가 신분이 미천한 여자에게서 태어난 자신의 아들을 내다 버렸다는 소문이 돌았다. 그 소문이 사실이라면 쿠쉬는 자신이 버려진 것도 모르고 그 아비를 그리워한다는 말이었다. 아비틴은 어른처럼 강한 척하는 아이가 측은했다.

"어머니가 안 계시니 너 혼자 숲에서 살기는 힘들 것이야. 나하고 함께 가자."

쿠쉬가 심각한 표정으로 대답했다.

"저는 시종이 될 수 없습니다. 왕자니까요."

아비틴이 웃었다.

"내 곁에 있으면 된다. 물론 사람은 무슨 일이든 해야지, 먹고 놀 수는 없어. 밥벌이쯤은 해야겠지만 사나운 짐승이 들끓는 숲보다야 낫지 않겠니?"

어린 쿠쉬는 잠시 생각하더니 고개를 끄덕였다.

"왕자로서의 품위를 지키게 해 주시면 됩니다. 그럼 쿠쉬는 호랑이 왕을 따르겠나이다."

아비틴이 숲 속의 어린 쿠쉬를 생각하는 듯 말이 없었다. 파라랑은 그의 얼굴에 안타까운 빛이 어리는 것을 보았다.

"쿠쉬는 무예에 특출한 재능을 가진 아이였소. 건장한 청년으로 자라 전쟁에서 페르시아 병사로 많은 공을 세웠지. 그즈음 자하크가 쿠쉬의 소문을 들었는지 몰래 밀사를 보내 쿠쉬를 데려갔소이다. 아비 자하크가 자신을 찾을 것이라는 쿠쉬의 말대로 된 것이오. 자하크는 백성들에게 존경받던 사막의 왕 마르다스, 자신의 아버지를 죽이고 왕이 된 자였소. 악신에게 영혼을 팔았다는 증거로 어깨에 두 마리 뱀을 두르고 다니는 흉악하기 그지없는 왕이었다오. 이후 쿠쉬 또한 이복동생을 살해하고 자하크의 마음에 들고자 무슨 일이든 저지르는 잔인한 성품으로 변해 버렸소. 그러나 여전히 쿠쉬의 무공은 서역에서 전설처럼 떠돌고 있고, 실제로 그는 뛰어난 전사이기도 하오."

아비틴이 개탄했다.

"나는 쿠쉬의 잔혹함을 미워하오만, 어머니를 사랑했던 순수한 어린 쿠쉬 또한 잊지 않으려 하오. 지금은 비록 적이 되었으나 쿠쉬가 언젠가 아후라 마즈다 신*의 품으로 돌아올 탕아일지도……."

그때 살리미안이 다가와 고개를 숙였다. 아비틴이 일어났다.

"왕자님, 역관을 만났습니다."

아비틴이 어서 말하라는 눈짓을 했다. 살리미안이 어두운 표정으로 말을 이었다.

"짐작대로 머하비의 움직임이 있었습니다. 그의 말처럼 식솔들이 쿠쉬에게 잡혀 인질이 되었답니다. 머하비가 선왕의 암살을 도왔다는 소문입니다만 정황뿐입니다. 육로를 고집했던 것

---

* 조로아스트교의 선신. 지혜와 자비의 신으로 인간을 심판함과 동시에 돕는 존재다.

도 사실은 쿠쉬군과 계획된 일이었습니다. 지금은 스스로 행하는 쿠쉬에 대한 충성이 남달라 인질이라기보다 아랍 왕족 대접을 받고 있다 합니다."

아비틴이 탄식을 했다.

"모두가 한마음이 되어 나라를 되찾아야 하거늘, 머하비가……."

"왕자님, 쿠쉬가 왕자님과 관련된 일을 머하비에게 모두 맡겼다는 정보입니다. 머하비는 앞으로도 계속 왕자님의 행적을 추적할 것이고, 가장 불리한 점은 누구보다 우리를 잘 알고 있다는 사실입니다."

"그렇다면 부세르 항*에서는 이미 쿠쉬 군대나 세작들이 우리가 들어오기를 기다리고 있을 것이오. 페르시아 해안의 후미진 곳에 배를 대야 하오."

아비틴이 자리에서 일어났다.

"신하들과 좀 더 의논을 해야겠소, 파라랑."

파라랑은 고개를 끄덕이며 미소 지었다. 아비틴이 살리미안과 어깨를 나란히하고 갑판을 걸어갔다.

구름이 잔뜩 낀 흐린 하늘이었다. 머리 위 갈매기들의 울음소리가 잦아졌다. 뱃사람들의 말대로 육지가 가까워진 것이다. 얼마 지나지 않아 페르시아의 땅이 보이기 시작했다.

"아, 페르시아. 그립던 고향이구나. 내 고향 페르시아!"

---

*아라비아와 페르시아 사이 페르시아 만에 위치한 항구로, 예로부터 동서양 교통의 요충지였다.

"페르시아, 페르시아, 아, 페르시아!"

눈앞에 육지가 나타나자, 사람들의 얼굴이 눈에 띄게 밝아졌다.

여느 해안처럼 뜨거운 태양과 모래와 야자수 숲이 있었다. 하지만 페르시아 만은 여태 거쳐 온 바다와 달라 보였다. 갑판으로 부는 바람을 맞으며 난간에 기대 있는 파라랑의 곁으로 아비틴이 다가왔다. 이렇듯 아비틴의 밝고 환한 표정은 처음이었다.

"파라랑, 산과 들이 푸르고 강물이 맑은 실라와 달리 모든 것이 불편할 수 있소. 허나 아무리 척박한 땅일지라도 내 나라는 소중하오. 그대도 곧 알게 될 것이오. 세상을 떠돌아다닐수록 더 간절하게 원하게 되는 내 나라, 내 백성이라오."

파라랑도 덩달아 기분이 좋아졌다. 그가 얼마나 페르시아를 사랑하는지는 그동안 충분히 듣고 느꼈다. 아비틴은 돛의 밧줄이 엉켜 도움이 필요한 일꾼을 보고는 갑판 위로 가볍게 달려갔다.

배는 항구를 멀리 돌아 해안 절벽으로 접근했다. 갑판에 나가 있던 아리가 돌아와 종알거렸다.

"이방인들에게는 익숙한 바다지만, 암초가 많은 해안이라 조심해야 한대요. 뭐 사공 할아버지는 못 하는 일이 없으니 걱정할 건 없다고 해요."

파라랑이 방긋 웃었다.

"이방인이라니. 아리야, 페르시아에서는 우리가 이방인이란다."

사도가 다가왔다.

"공주님, 선실로 내려가십시오. 물살이 매우 빠르게 소용돌이치기 때문에 위험하답니다."

파라랑은 아리를 데리고 서둘러 선실로 내려갔다. 배가 꽤 오랫동안 계속해서 흔들렸다. 배는 좀처럼 정박하지 못했다. 배의 몸체가 기울어지는가 싶더니 마침내 쿵 소리와 함께 배가 멈췄다. 사도가 먼저 선실 밖으로 나갔다.

갑판 위에서 선원과 일꾼들이 바삐 움직였다. 해안선이 육지 쪽으로 깊숙이 파고들어 천연적으로 만들어진 둥근 만이었다. 바다 밑 많은 암초로 인해 만 안팎은 위험한 지형이었지만 적의 눈에 들키지 않고 배를 갈무리하기에 좋았다. 암초 사이를 아슬아슬하게 비켜서 배가 정박했다. 뗏목과 작은 배가 바다에 내려졌고 사람들이 짐을 나르기 시작했다.

그사이 파라랑은 신라 공주의 예복으로 갈아입었다. 연분홍 비단 곳곳에 금색 모란 문양이 촘촘히 박힌 저고리를 붉은 주름치마 위에 받쳐 입고, 자색 허리띠로 매무새를 가다듬었다. 단정하게 올린 머리에는 황금 화관을 얹었고, 뺨과 입술에는 연지를 연하게 발랐으며 치마 위에는 향낭을 달아 걸을 때마다 꽃향기가 퍼져 나가게 했다.

한참 후 사도가 아비틴과 함께 다시 돌아왔다. 사도가 밝게 웃으며 말했다.

"공주님, 드디어 페르시아에 도착했습니다."

아비틴은 파라랑의 고운 모습에 눈이 부신 듯 두 눈을 가늘게 뜨고 미소 지었다. 파라랑이 혼인식 때처럼 아비틴에게 손을 내밀었다.

쪽배에서 내려진 널빤지가 모래밭에 닿았다. 일꾼과 뱃사람들이 바쁘게 오갔고 이미 많은 물건들이 땅 위에 내려져 있었다.

파라랑은 아비틴의 손을 잡고 낯선 페르시아 땅을 밟았다. 먼바다에서부터 불어온 바람에 파라랑의 긴 붉은 치마가 사락 소리를 내며 모래를 부드럽게 스쳤다.

아비틴이 모래땅에 입맞춤했다.

"아후라 마즈다 선신의 나라, 축복의 땅 페르시아여."

아비틴은 바닥에 엎드려 오래도록 일어나지 않았다. 아비틴의 어깨가 떨리고 있었다.

바다를 뒤로하자, 우거진 야자 숲 너머 붉은 언덕과 산이 멀리 보였다.

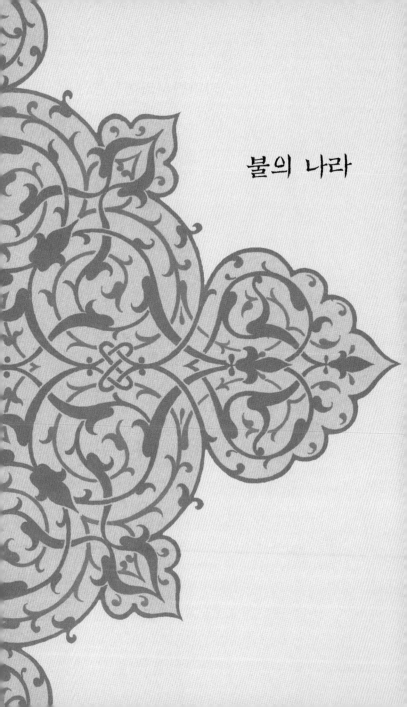

불의 나라

카라반사라이

때마침 정오였다. 살리미안이 향로에 불을 피웠다. 불꽃이 활활 타오르는 큰 향로 앞에 넝쿨 문양의 구수가 깔렸다. 페르시아인들은 날마다 일출, 정오, 일몰, 자정, 새벽이 되면 누구 하나 빠짐없이 그들의 신에게 기도를 올렸다.

파라랑이 아비틴의 곁에 섰다.

"아비틴, 페르시아 신들에게 신라 공주가 이 땅에 왔음을 알리고 싶어요."

"오, 마땅한 생각이오, 파라랑."

아비틴과 파라랑은 향로의 불을 마주 보았고 살리미안이 한 걸음 앞으로 나가 기도문을 외웠다. 그 뒤를 이어 신성한 끈을 허리에 묶은 아비틴과 신하들의 우렁찬 합송이 신들을 깨웠다.

아후라 마즈다시여, 만물 위에 계신 거룩한 영이시여, 바라 오니 진리와 의를 통해 지혜의 빛과 깨끗한 양심을 허락하소서. 순결한 마음과 맑은 정신으로 당신께 가겠습니다.

감격과 환희로 가슴 벅찬 귀향 의식이었다. 이윽고 그들만의 기도가 끝나고 신성한 끈이 풀렸다.

이제 파라랑만의 제의가 필요했다. 잉신들이 신라의 예법대로 쌀과 육포와 과일로 신에게 바칠 제단을 마련했다. 아비틴과 살리미안이 뒤로 물러났다. 파라랑의 낭랑한 목소리가 모래밭을 건너 멀리 야자수 숲으로 퍼져 나갔다.

"페르시아 하늘 신이시여, 땅의 신이시여, 페르시아 왕자 아비틴과 혼인한 신라 공주 파라랑이 잉신들과 함께 신들의 나라를 찾아왔나이다. 저희를 어여삐 받아 주시고 축복해 주소서."

파라랑은 정성을 다해 절을 올렸다. 잉신들도 파라랑과 마음을 함께했다.

파라랑이 고개를 들고 하늘을 우러렀다. 먹구름 사이로 햇살이 빛기둥이 되어 내려왔다. 미처 헤아리지 못한 낯선 곳에 대한 두려운 마음은 눈물이 되어 방울방울 흘러내렸다. 눈물로 인해 마음이 더욱 정결해졌다. 파라랑은 신들이 자신을 이 땅의 딸로 받아들였음을 느꼈다. 새로운 땅 페르시아. 이제 페르시아는 파라랑의 또 다른 뿌리가 되었다.

이방인 파라랑과 잉신들이 페르시아 신께 바치는 기도를 아비틴과 신하들은 경건한 마음으로 지켜보았다.

제의가 모두 끝나자, 파라랑은 사공을 찾았다. 배는 신라로 돌아갈 준비를 하고 있었다.

"사공, 험한 바닷길 건너느라 수고했어요. 전하께 아무 걱정 마시라고 전하세요. 왕후마마와 태자께 부디 만수무강하시길 기원한다고도 꼭 말씀드리고."

파라랑은 금알갱이로 인동초를 새겨 넣은 황금 팔찌를 손목에서 빼내 사공에게 건넸다. 사공은 모래밭에 엎드려 큰절을 하였다.

"파라랑 공주님! 고우신 우리 공주님, 부디 만수무강하시이소오."

십여 개월 동안 배 안에서 함께 웃고 울며 지냈던 사람들의 이별이 길어졌다. 살리미안이 사공을 재촉했다.

"부세르 항에 쿠쉬군이 있을지 모르오. 사공은 서둘러 돌아가시오."

사공은 아비틴과 파라랑에게 깊이 허리를 굽힌 후 배에 올랐다. 사공의 눈에 언뜻 물기가 어렸다. 손녀뻘인 공주를 이역만리 낯선 곳에 내려놓고 가는 마음이 편치 않은 듯 연신 손을 흔들었다.

배는 곧 먼바다로 나아갔다. 파라랑은 흰 돛이 보이지 않을 때까지 바다를 바라보고 서 있었다. 그녀의 가슴으로 물보라 같은 그리움이 밀려왔다. 이제야말로 신라를 멀리 떠나왔다는 실감이 났다. 그러나 파라랑과 달리 아비틴의 눈은 육지를 향해 있었다.

바닷바람에 흔들리는 야자수 사이로 사람들이 나타났다. 그들은 낙타와 말을 한곳에 풀어 놓았다. 그들 뒤로 막 말에서 내리는 남자는 역관이었다. 살리미안이 반갑게 달려가 역관의 등을 두드렸다. 무사들이 그들의 낙타와 말고삐를 대신 쥐고 돌아왔다. 아비틴도 수고한 역관의 노고를 치하했다.

아비틴이 신하들 앞에서 위엄 있게 말했다.

"우리가 물살이 험악한 해안으로 들어오리라곤 쿠쉬는 물론 머하비도 생각 못 했을 것이다. 이제부터 우리는 페르시아 인근을 드나드는 당나라 상단이다. 각자 배당된 짐을 지고 먼 길을 가야 하니 모두 자신의 몸을 잘 살펴야 한다."

살리미안은 신라인과 페르시아인들을 통솔해 상단으로 완벽하게 위장했다. 발라스와 역관을 비롯한 신하들에게 각자 할 일을 맡겨 책임을 주었다. 노숙할 때 쓸 큰 천막들과 카펫을 낙타에 실었고, 말과 노새의 등에는 물과 식량을 가득 챙겨서 실었다. 생활에 필요한 물품과 군자금으로 쓰일 은자, 비단, 향신료 등 여러 물품을 따로 구분해서 나누었다.

살리미안의 지시를 받은 신하들이 제각각 부지런히 맡은 일을 해냈다. 살리미안의 충고를 받아들여 파라랑도 다른 사람들처럼 거칠고 성긴 긴 천으로 머리와 얼굴을 감싸 뜨거운 태양빛을 막았다.

드디어 낙타들이 움직이기 시작했고 행렬은 내륙으로 향했다. 아비틴이 앞으로 나아가며 말했다.

"되도록 빨리 해안을 벗어나야 하니 속력을 내도록 하라."

일행은 아비틴의 명에 따라 일사분란하게 움직였다.

해안을 벗어나 마른 흙덩이가 굴러떨어지는 흙산을 몇 개나 넘었지만 쿠쉬군은 어디에도 없었다. 그러자 조금씩 긴장이 풀려 다들 웃고 떠들었다. 하지만 여전히 살리미안과 발라스의 눈은 매처럼 번뜩였다.

광야에서 하룻밤을 보낸 후, 해가 뜨기 전에 길을 재촉했다. 날이 밝아 오자 파라랑은 주변을 찬찬히 둘러볼 여유가 생겼다.

페르시아의 땅은 대체로 붉었다. 붉은 흙산과 바위와 황량한 벌판이 끝도 없이 펼쳐졌다. 드문드문 풀과 덤불들이 있었고 큰 나무는 찾아보기 힘들었다. 간혹 멀리 벌판을 지나가는 상단이 파라랑들을 향해 손을 흔들었다.

"저 산 위에 보이는 것은 모두 아타쉬가*, 불의 신전이라오."

사찰이 많은 불국토의 신라와 마찬가지로 신전은 페르시아 사람들의 생활 깊숙이 자리잡고 있었다.

높은 석회암 산맥 사이를 지나 넓게 펼쳐진 평원으로 향했다. 강줄기를 따라 황무지를 개간하는 농민들이 있었지만 그들 중 먼 여행길에 지친 듯 느릿하게 움직이는 상단을 눈여겨보는 사람은 없었다. 계곡을 따라 흘렀던 수정처럼 맑은 물이 이제는 평지를 지나고 있었다. 드문드문 가옥들이 보였다. 대추야자와 포도를 재배하는 과수원과 벼와 목화, 밀들을 경작하는 들판이 나왔다. 곧 이어서 남북으로 뻗은 넓은 도로의 큰 도시, 카제룬이 나타났다.

카제룬에 들러 식량과 물을 충분히 비축하고 짐들을 재정비했다. 단조로운 황톳길을 따라 사람도 짐승도 묵묵히 걸었다.

---

*조로아스터교에서 숭배하는 불을 모시는 신전. 주로 산꼭대기에 세워졌다.

정오가 가까워졌다. 기도와 식사를 하기 위해 잠시 쉴 곳을 찾고 있을 때, 낮은 언덕을 넘어 흙먼지를 일으키며 빠른 속도로 말을 달려 오는 남자가 있었다. 남자는 일행을 향해 곧장 달려왔다.

발라스가 장수다운 굵고 강한 목소리로 외쳤다.

"멈춰라, 경계 태세!"

일행은 둥그렇게 원을 그리며 아비틴과 파라랑을 보호했다. 무사들은 언제든 칼을 뽑을 수 있도록 자세를 취했다.

일행의 앞 언저리에 다다른 남자가 말에서 훌쩍 뛰어내렸다. 검은 머리에 이목구비가 뚜렷한 얼굴의 남자는 말안장 위 사내아이를 안아 내렸다.

"쿠쉬군에 쫓기고 있습니다. 도와주십시오."

맨 앞에 있던 발라스가 말했다.

"우리는 위험을…."

아비틴이 손을 들어 막았다. 아비틴은 다소 무뚝뚝한 목소리로 물었다.

"당신은 누구이며 무슨 일인지 말해 보시오."

남자가 숨을 거칠게 몰아쉬며 대답했다.

"저는 세예드, 페르시아 상인입니다. 부당한 이득을 취하는 아랍인에게 저항했다가 식솔들이 도륙당했습니다. 선신께서 돌보사, 간신히 아들만 데리고 탈출했습니다만 저들이 알아채고 말았습니다. 부디 이 아이를 살려 주십시오."

성질 급한 발라스가 나서서 반대했다.

"위험을 부담할 수 없습니다. 거절해야 합니다."

아비틴은 아이를 바라보았다. 아리와 비슷한 또래처럼 보이는 사내아이는 파랗게 질려 아버지의 옷깃을 꼭 끌어안고 있었다.

세예드가 절박하게 말했다.

"여러분에게 피해가 가도록 하지 않겠습니다. 부디 이 아이를 상단에 숨겨 주십시오. 은공은 잊지 않겠습니다."

발라스는 고개를 흔들었고 살리미안도 달갑지 않은 표정이었다. 아비틴이 사내아이와 땀에 흠뻑 젖은 세예드를 번갈아 바라보았다. 아비틴이 말했다.

"내 처지가 곤란하다 하여 어려운 백성을 내친다면 내가 무슨 낯으로 선왕들을 뵙겠느냐. 저 한 백성이 곧 페르시아의 모든 백성이다. 거두리라."

그 말을 들은 파라랑이 아이 앞으로 낙타를 몰았다.

"애야, 이리 올라오너라."

사내아이가 사도의 도움을 받아 낙타에 올랐다. 파라랑은 아이의 몸에 긴 사리를 걸쳐 마치 여자아이처럼 꾸몄다.

세예드가 말 등에서 상자를 꺼내 땅바닥에 내려놓았다.

"고맙습니다. 가진 재물은 이것뿐입니다만 제가 탄 이 말은 명마입니다. 이리로 돌려보낼 것이니, 말이 오면 거두십시오. 제가 살아 있다면 아들을 반드시 찾아가겠습니다. 고맙습니다. 아후라 마즈다 신의 축복을 받으소서."

세예드가 말 머리를 돌려 왔던 길을 거슬러 급하게 달리기 시작했다. 세예드의 모습은 이내 길 위에서 사라졌다.

발라스가 혀를 찼다.

"쯧쯧……. 딱하긴 하지만 이 일로 곤란해지지 않았으면 좋겠습니다."

아버지인 세예드가 멀리 사라진 뒤에도 아이는 울거나 소리 지르지 않았다. 단지 어깨를 부르르 떨었다. 파라랑이 아이를 감싸 안았다.

일행은 길을 재촉해 계속 나아갔다. 얼마 지나지 않아 세예드의 말이 돌아왔다. 말이 스스로 일행을 찾아온 것도 놀라운데, 다리 근육의 힘이 넘쳐 격렬하게 달리고도 내쉬는 숨이 편안했다. 아이의 곁으로 와서 머리를 흔드는 모양새가 가벼웠고 갈색 털은 윤기가 자르르 흘렀다. 발라스가 말고삐를 잡고 말을 토닥였다.

"명마가 맞습니다. 보기 드문 좋은 말입니다."

살리미안이 말했다.

"서두르시게. 어서 말을 감추어야 하이."

발라스가 말을 거두었다. 일행은 일정대로 그늘을 찾아 잠시 휴식을 취했다. 다시 출발한 지 한 시진이 채 지나지 않아 십여 명의 쿠쉬군이 길에 나타났다. 그 뒤로 말을 탄 아랍 노예상들이 따라오고 있었다.

노예상들은 대여섯 명의 남자들을 한 줄로 묶고 짐승처럼 대했다. 남자들은 곧 넘어질 듯 비틀거리며 끌려갔다. 그 가운데 세예드도 있었다. 채찍으로 맞았는지 피가 번들거리는 등에 태양의 열기가 사정없이 내리꽂히고 있었다. 세예드는 고개를 푹 숙이고 잠잠히 걸어갔다.

파라랑은 사내아이의 눈을 가렸다. 아비틴의 얼굴이 몹시 어두워졌고, 두 눈에 노여움이 일렁였다. 그때 대장인 듯한 아랍인이 말을 몰아 일행의 앞길을 막았다. 살리미안이 나섰다. 파라랑의 가슴이 빠르게 뛰었다. 파라랑은 길고 두꺼운 천으로 머리와 얼굴을 여몄고 사내아이를 가까이 끌어안았다.

살리미안이 그에게 다가가 정중하게 고개를 숙이는 것과 동시에 묵직한 주머니를 쿠쉬군 대장에게 건넸다.

"우리는 당나라를 오가는 상단입니다. 수고 많으십니다. 이건 작은 성의로 생각하시고 요기라도 하시지요."

거만한 표정으로 주머니 속을 들여다본 대장이 흡족한 듯 입술을 실룩거리며 말 머리를 돌렸다. 그들이 언덕을 넘어갈 때까지 아무도 움직이지 않았다.

아비틴이 다가왔다. 파라랑은 그제야 아이의 눈을 가렸던 손을 풀어 주었다.

"몇 살이냐?"

"아홉 살……."

아비틴이 아이의 볼을 쓰다듬으며 물었다.

"너의 이름이 무엇이냐?"

아이는 겨우 들릴만한 작은 목소리로 대답했다.

"레자이입니다."

"레자이, 앞으로 살아갈 동안 아버지가 너를 위해 자신을 희생하려 했음을 잊지 말거라."

아랍인들이 길 위에서 완전히 사라지자 일행은 다시 앞으로 나아갔다.

아비틴이 말 머리를 돌려 발라스에게 뭔가를 지시했다. 그러자 발라스와 무사 두 명이 노예상들이 사라진 방향으로 달려갔다.

그날은 붉은 석회암 산 아래에서 천막을 치고 노숙을 했다. 불을 피웠고 신하들은 각자 자신의 일들을 했다. 발라스가 돌아와 아비틴에게 은밀하게 다가갔다.

파라랑은 뻣뻣해진 몸을 이리저리 두드리면서 주변을 둘러보았다. 식사를 준비하고 천막을 치느라 부산한 신하들을 도우려고 낙타와 말이 묶인 곳으로 다가갔다. 파라랑은 몇몇 말들이 없어졌음을 알아챘다. 아비틴은 보이지 않았다.

파라랑이 불안하게 서성이는 모습을 보았는지, 살리미안이 가까이 다가왔다.

"왕자님께선 세예드와 노예들을 구하러 가셨습니다. 곧 돌아오실 겁니다. 허접한 병사들이니 걱정 안 하셔도 됩니다."

"왜……."

파라랑은 말문을 닫았다. 억울한 백성을 한 사람이라도 살리고 싶은 아비틴의 마음을 읽을 수 있었다. 세예드의 아들 레자이는 아리가 보살피고 있었다. 파라랑은 어둠이 내려앉고 있는 지평선을 바라보며 아비틴이 오기를 기다렸다.

주변은 완전히 어두워졌고 흑석 같은 하늘에 달과 별들이 반짝거렸다. 멀리 말달리는 소리가 들리는가 싶더니 어느새 다가온 검은 복면의 아비틴과 무사들이 말에서 뛰어내렸다. 노예두 명과 세예드도 함께였다. 아이의 외침이 들렸다.

"아버지, 아버지!"

세예드가 레자이의 작은 몸을 끌어안고 울음을 터트렸다. 주변이 숙연해졌다.

파라랑은 뒤로 물러나 세예드가 눈물을 흘리며 아비틴에게 충성을 맹세하는 모습을 지켜보았다. 세예드는 페르시아 귀족 출신으로, 큰 상단을 이끌던 사람이었다. 선왕의 신하였던 그는 이제 아비틴의 신하가 되었다.

다음 날 다시 길을 나섰다. 세예드는 좋은 길 안내자였다. 아비틴과 그 신하들은 오랫동안 페르시아를 떠나 있었기 때문에 세예드는 일행에서 중요한 사람이 되었다.

내륙으로 들어갈수록 쿠쉬 병사들이 많아졌다. 지배 계급인 아랍인들은 인정사정없이 사람들을 내몰았다. 노예가 된 백성들의 얼굴은 마치 살아 있는 시신처럼 어떠한 꿈도 희망도 없었다. 아비틴의 얼굴이 울분으로 험상궂게 변했다.

"어서 저항군을 찾아 힘을 길러야 해요."

파라랑이 해 줄 수 있는 것은 이 말뿐이었다. 세예드의 경우는 기회가 좋았다. 고통받는 사람들을 다 구할 수는 없는 일이었다.

하루의 끝자락 밤이 다가오고 있었다. 아비틴은 그동안 세작을 우려해 노숙을 하며 지냈지만, 자그로스 산맥을 넘으면서는 카라반사라이*에 묵기로 정했다.

하늘에 석류빛 노을이 곱게 물들었을 때쯤 야수즈에 도착했다. 야수즈에 있는 카라반사라이는 그 규모가 제법 컸다. 파라랑은 얼굴을 가렸던 천이 흘러내리는 것도 모른 채 두리번거렸

---

*여행자들이 쉴 수 있도록 길가에 만든 집을 뜻한다. 교역을 위해 사막을 다니는 상단이 서로 정보를 나누는 장소로 쓰였다.

다. 아직 한 번도 본 일 없는 색다른 공간이었다.

건물의 바깥은 여름에 사용하는 공간이었고, 건물 안으로 말과 낙타를 매어 둘 수 있었다. 복도를 따라 양쪽으로 방들이 길게 이어졌고, 각 방마다 요리할 수 있는 난로가 있었다. 벽면에 네모난 구멍이 뚫려 있어 물건을 올려놓고 요긴하게 쓸 수 있어 보였다.

아비틴은 우선 파라랑이 쉴 수 있는 방부터 둘러보았다. 침상을 보자 파라랑은 피곤이 한꺼번에 몰려왔다. 사람이나 짐승이나 며칠이라도 노독을 풀 필요가 있었다. 배에서 내린 후 한 달 동안 줄곧 노숙하며 걸어왔다. 낙타를 타고 이동하는 무척 고된 날들이었다.

아리와 레자이는 쉬이 친해진 것 같았다. 아리는 비슷한 또래에다 불행한 처지가 된 레자이를 누이처럼 잘 돌봐 주었다. 레자이는 아버지 세예드가 돌아오자 안정을 되찾았다. 그리고 상단을 따라다녀서인지 나이보다 침착했고 속이 깊었다. 레자이는 사람들의 심부름도 곧잘 하며 당차게 한 사람 몫을 해냈다.

숙소에서 이틀이 지났을 즈음, 아비틴이 바깥을 주의 깊게 살피고 있었다. 반대편 복도 방에 있던 상인 대여섯 명의 행동이 수상했다. 여행자들이 공동으로 사용하는 마당에 상인들이 번갈아 나와서 서성거렸다. 그들은 낙타의 상태를 살피는 척했지만 사실은 파라랑 일행을 눈여겨보고 있었다.

아비틴이 신하들과 호위 무사 하기기를 불러 저들의 의도를 알아보라 명했다. 하기기가 기회를 엿보다가 저녁 무렵 그들의 방으로 들어갔다 돌아왔다.

"저들이 볼 때 우리 쪽이 이국 여인에다 어린애들까지 있으니 궁금했나 봅니다. 아랍을 드나드는 페르시아 상인들이 분명합니다. 페르시아 부자들이 아랍의 풍습을 따르고 있어 이문을 많이 보고 있답니다. 내일 메이보드*를 목적지로 떠난다며 우리에게 좋은 거래가 있으면 알려 달라고 합니다."

"다행이군, 세작이 아니라서."

곁에 있던 살리미안이 진중하게 입을 열었다.

"왕자님, 안전을 위해 저항군 부대가 있을 만한 곳으로 선발대를 먼저 보내는 것이 어떻겠습니까? 발라스 장군이 세예드와 가겠답니다."

"선발대라, 그것도 좋은 생각이오. 곳곳에 있을 저항군에게 저 물품들이 힘을 보탤 수 있겠소이다. 페르시아 전 지역의 상황을 파악할 수도 있고."

그 후로도 아비틴은 신하들과 함께 오래도록 선발대에 대해 의논했다. 파라랑은 두터운 휘장으로 가려진 침상에 누워 그들의 나지막한 목소리를 듣다 어느 결에 깊은 잠 속으로 빠져들었다.

카라반사라이의 숙소에서 파라랑은 밤낮없이 자꾸만 잠이 쏟아졌다.

---

*페르시아 중부 테헤란 아래 위치한 실크로드의 길목으로, 상인들의 거점이었다.

불의 사원

　아비틴의 지시를 받은 선발대가 하루 먼저 길을 떠났다. 세예드까지 함께했으니 필시 좋은 정보가 있을 터였다.

　그 다음 날 새벽, 일행 역시 카라반사라이를 떠났다. 이제 강물의 흔적은 보이지 않고 멀리 불그스레한 흙산들이 보였다. 길에는 연신 흙먼지가 날렸고 빛바랜 풀들과 덤불이 이따금 보였다.

　이런 강마른 땅에서는 낙타가 유용한 동물이었다. 낙타는 크고 둔중한 몸에 넓적한 발과 긴 다리를 가진, 등 위로 솟은 한 개 또는 두 개의 혹이 돋보이는 독특한 동물이었다. 참을성이 많고 온순했으나 아무 데나 내뱉는 낙타의 침에서는 아주 고약한 냄새가 났다. 잉신들 모두 한두 번씩 낙타의 침 세례를 받았다. 푸르륵 소리와 함께 비명이 들릴 때마다 사람들 사이에서 웃음이 터졌다.

한낮은 여전히 더웠다. 먼지와 따가운 볕을 막기 위해서는 몸을 감쌀 수 있는 긴 천이 요긴했다. 얼굴을 가리고 있는 파라랑의 곁으로 아비틴이 다가왔다.

"이제 야즈드*로 이동하오."

어쩐지 기분이 좋은 듯한 아비틴을 보며 파라랑이 물었다.

"그곳이 특별한가요?"

아비틴이 쾌활하게 대답했다.

"야즈드는 우리 믿음의 성지라오. 더구나 지금은 축제 기간이라 볼거리도 많을 것이고, 또……"

파라랑은 웃으며 물었다.

"무슨 축제인데요?"

"불의 탄생을 기념하는 사데 축제** 기간이라오. 분명 파라랑도 좋아할 거요."

아비틴이 싱긋 미소 지으며 말 머리를 돌렸다. 파라랑은 모처럼 아비틴의 매력적인 미소를 보자 기분이 좋아졌다.

바람이 또 한차례 거세게 불었다. 흙먼지와 모래가 소용돌이처럼 돌아 하늘을 날아올랐다. 무덥고 건조한 길이었다. 파라랑은 강풍에 날린 입안의 모래 알갱이를 뱉어 냈다.

"소금 사막이오."

아비틴이 가리키는 곳에 새하얀 소금밭이 펼쳐져 있었다. 예전에 신라 태자에게서 중원에 소금 바위가 있다는 말을 듣긴

---

*조로아스트교의 발원지. 페르시아 중부에 위치한 도시로 조로아스터교의 성지이자 문화의 중심지이다.
**조로아스터교의 겨울 축제로, 새해의 시작(3월 21일)까지 100일이 남았음을 기념한다. 어둠과 추위에 대한 불의 승리를 기념하는 의식이다.

126

했다. 그런데 소금으로 된 사막이 있다니. 파라랑은 눈으로 보고도 믿기지 않아 일행을 따라가면서도 자꾸 뒤를 돌아보았다.

언덕을 넘어 멀리 성곽이 보였다. 사각의 돌로 쌓은 견고한 성곽 안에는 마른 야자수가 바람에 휘어져 일렁거렸다. 흙벽이 정답게 느껴졌다. 축제가 있어서인지 도시의 분위기가 흥겨워 보였다.

야즈드 특유의 바람탑* 건물 중 하나를 숙소로 정했다. 짐을 푼 일행은 식사 전까지 모처럼 각자 하고 싶은 일을 하기로 했다. 살리미안은 불만인 것 같았으나 곧 마음을 바꾼 듯 말리지 않았다.

"왕자님, 소신이 준비를 끝내겠습니다. 그때까지 돌아오셔야 합니다."

살리미안의 당부에 아비틴이 가볍게 고개를 끄덕였다.

야즈드 시가지 옆으로 진흙 벽돌로 지은 집들과 좁은 골목길이 엉켜 있었다. 아비틴이 서라벌의 저자처럼 번화한 바자르**로 파라랑을 데려갔다. 낯설지만 흥겨운 음악과 색다른 물건들이 이국임을 새삼 깨닫게 했다. 페르시아 특유의 청색 유리 공예품들과 세밀하게 조각된 장식품, 크고 작은 반월형의 검들, 날아다니는 원숭이와 두 눈의 색깔이 다른 신비한 고양이를 파는 상인들이 가득했고 점포마다 후추나 홍차, 포도 같은 과일들이 높다랗게 쌓여 있었다.

파라랑은 지금의 위험한 처지를 잊고 어린 시절처럼 점포 사

---

*공기 정화와 냉방을 위해 사용된 페르시아의 전통 건축 양식이다. 특히 사막 도시에 좋은 건축 방법이다.
**페르시아의 시장.

이로 쏘다녔다. 아비틴도 달뜬 마음을 숨기지 못하고 웃음을 터뜨렸다.

도시에 어둠이 내려앉았다.

"횃불이 등장했군. 파라랑, 곧 시작될 것이오."

축제의 정점이었다. 아비틴의 키보다 몇 배는 크게 쌓아 올린 마른 장작에 불이 붙었다.

느닷없이 누군가 허리춤을 잡아당기는 바람에 파라랑은 아래를 내려다보았다. 역관과 함께 나갔던 아리와 레자이였다. 아리가 뭐라 소리쳤다. 주변의 소음으로 무슨 말인지 들리지 않아 파라랑이 무릎을 접어 낮게 앉았다.

"공주님, 저 사람, 아는 사람이에요."

아리가 가리킨 쪽을 파라랑이 눈여겨보았다. 검은 두건의 사내가 역관과 이야기를 나누고 있었다. 아리가 파라랑의 귀에 소곤거렸다.

"카라반사라이에 있었던 사람인데, 역관 아저씨가 시간을 끌 동안 왕자님을 모시고 이곳을 빠져나가래요. 무슨 안 좋은 말을 들었대요. 어서요!"

그 말을 마친 아리는 역관에게로 돌아갔다. 아비틴이 파라랑의 손을 잡고 사람들 사이를 교묘하게 빠져나갔다. 미로 같은 골목길을 돌더니 어느 사원 앞에 우뚝 섰다. 사원의 입구 전면부에 두 날개를 활짝 펼친 프라바쉬*의 형상이 푸른 타일로 붙여져 있었다.

---

*조로아스터교의 상징으로 고귀한 영혼을 의미한다. 주로 사원 건물의 전면에 붙어 있다.

아비틴이 사원의 문 앞에 달린 종을 울리자 안에서 머리에 작은 원형 모자를 쓴 남자가 나왔다. 그는 말없이 문에서 비켜섰다. 아비틴이 파라랑을 앞세우고 안으로 들어갔다. 돔의 지붕은 하얗고 둥그런 모양이었고, 돌벽으로 지은 건물의 둥근 뜰에는 우물이 있었다.

흰옷을 입은 노인이 돌아보았다. 인자한 얼굴의 성직자였다. 성직자는 불의 제단이 있는 사원 안으로 그들을 안내했다.

아비틴이 속삭였다.

"파라랑, 저 불은 천 년 동안 단 한 번도 꺼지지 않았던 불이라오."

천 년이라니. 파라랑은 그 엄청난 세월에 저절로 입이 딱 벌어졌다. 페르시아인들의 신심을 엿볼 수 있었다. 사원 안은 마음을 편안하게 하는 향기가 배어 있었다.

"향이 독특해요."

"불을 피우는 장작으로 살구나 아몬드 나무를 쓴다고 하오."

파라랑은 둥근 아치의 천장을 올려다보았다. 푸른 타일의 사원은 선한 신의 세계로 인간을 인도하는 듯 꾸며져 있었다. 엄숙한 분위기가 느껴졌다.

살리미안이 벽의 한 부분처럼 보이는 나무문을 밀고 나왔다.

"준비되었습니다. 어서 들어오십시오."

아비틴이 파라랑에게 약간 몸을 굽혀 속삭였다.

"서임식이 있을 것이오."

파라랑은 놀랄 틈도 없이 성큼 앞서 걸어가는 아비틴의 뒤를 따라가야 했다.

그 방에서 아비틴과 파라랑은 하얀 바탕에 금실로 수놓은 긴 가운을 걸쳐 입었다. 아비틴은 허리에 선왕의 보검을 찼다.

파라랑과 아비틴은 살리미안이 여는 길을 따라 이끌리듯 낯선 장소로 들어섰다. 아치형의 아름다운 모자이크 창문이 있는 널따란 방이었다.

방 안 가득 신하들과 낯선 사람들이 늘어서 있었다. 페르시아의 독립을 바라는 이들이 자리를 함께했다. 다들 입꼬리가 올라가 있었다.

중앙 제단의 불은 기세 좋게 타올랐다. 그 앞에 호화로운 장식의 지팡이를 손에 쥔 제사장이 기다리고 있었다. 비단보가 덮인 탁자 위에는 굵은 황금 고리와 왕관이 그 존재 자체만으로도 감히 근접할 수 없는 위엄을 뽐내며 빛을 내고 있었다.

아비틴과 파라랑이 제단 앞에 나란히 섰다. 제사장은 파라랑이 알아들을 수 없는 기도문을 낭독했다. 이윽고 제사장이 아비틴의 머리에 불꽃 모양의 금관을 씌웠다. 그리고 아비틴의 손에 빛나는 황금 고리를 건넸다.

아비틴은 기도와 함께 불을 향해 황금 고리를 높이 들어 올린 다음 뒤로 돌았다. 그의 손에서 황금 고리가 눈부신 빛을 발했다. 아비틴이 위엄에 찬 목소리로 선포했다.

"선신 아후라 마즈다께서 내려 주신 제왕의 황금 고리이다. 나 아비틴 황자는 선황 야르가르드 3세 마졸라의 뒤를 이어 대 페르시아 제국의 황제가 되었노라. 이제부터 나를 황제라 칭하라, 나는 페르시아 황제가 되리라!"

신하들이 일제히 아비틴의 발아래 충성의 예로 무릎을 꿇었다.

"폐하! 폐하! 폐하!"

"페르시아여, 영원하라! 황제 폐하 만세, 황후님 만세!"

"황제 폐하 만세, 황후님 만세, 페르시아 황제 만만세!"

감격의 순간이었다. 아비틴의 눈동자에서 물빛이 반짝였다. 이런 순간이 오리라 예상은 했지만 불의 사원에서 이처럼 소박하게 치르게 될 줄이야. 이제야 아비틴이 대제국 페르시아의 황제가 되었다는 기쁨과, 그럼에도 불구하고 백성들 앞에 당당히 나설 수 없는 참담함에 파라랑의 눈에는 눈물이 핑 돌았다. 그러나 곧 파라랑은 손등으로 눈물을 훔치며 환하게 웃었다.

파라랑은 활활 타오르는 제단의 불길을 바라보며 기원했다.

'아비틴의 신이시여, 아후라 마즈다시여! 부디 아비틴에게 적들을 이길 수 있는 힘을 주소서. 페르시아를 되찾게 해 주소서!'

아비틴과 신하들의 흥분은 서서히 가라앉았고, 이제 살아생전 반드시 해야 하는 의무만이 남았다.

제사장의 배웅을 받으며 사원을 나섰다. 사람들의 의심을 사지 않기 위해 신하들과 점조직으로 저항군을 돕던 이들이 서너 명씩 짝을 이뤄 사원을 빠져나왔다. 제위식을 축하하고 기뻐할 여유가 없었다. 혹시 모를 세작에 대한 대책이 시급했다.

숙소에 돌아오자 살리미안이 낮고 빠른 페르시아 말로 아비틴에게 한참을 속삭였다. 파라랑의 짧은 언어 실력으로는 알아들을 수 없었다. 살리미안이 역관과 이야기하는 동안 아비틴이 말했다.

"예상대로 아리와 역관이 발견했던 자는 세작이었소. 머하비가 우리를 뒤쫓고 있소. 머하비는 쿠쉬와 달리 국내 사정을 잘 알고 있는 자요. 밤을 이용해 당장 이곳을 벗어나야 하오. 아직 저들도 확실한 것은 없으니."

아비틴이 파라랑의 손을 꼭 잡았다.

"두려워 마시오. 이미 지시해 놓았으니 신하들이 준비하고 있을 것이오. 나는 살리미안과 먼저 나갈 테니 신하들과 함께 움직이시오."

아비틴은 파라랑을 안심시키려는 듯 애써 미소 지었다. 아비틴이 기다리고 있던 살리미안과 역관을 데리고 숙소 밖으로 나갔다.

파라랑이 방으로 들어가자 충직한 잉신들, 여지와 사도가 파라랑을 기다리고 있었다.

"무사하셨군요, 공주님."

귀에 익숙한 신라 말을 들으니 가슴이 뭉클했다. 파라랑은 말끔히 정리된 주위를 둘러보았다.

여지가 말했다.

"짐은 챙겨 놓았어요. 언제든 떠나기만 하면 됩니다."

파라랑이 잉신들의 안내를 받으며 숙소 밖 마당으로 나왔다. 아비틴의 신하들 중에는 앞서서 출발한 자들도 있었다. 경비병의 의심을 받지 않기 위해 몇 명씩 빠져나갔다고 했다. 파라랑은 서둘러 남은 말을 골라잡았다. 아리와 여지가 함께 말을 탔고 사도가 그들을 호위하였다. 축제가 있어 그나마 경계가 느슨했기에 가능한 일이었다. 성을 벗어나자 흑단같이 깜깜한 벌판이 나왔다. 오로지 달빛과 별빛으로만 길을 보아야 했다. 외

길로 뻗은 언덕을 넘어가자 눈앞에 파라랑 일행을 기다리던 아비틴이 나타났다.

"아비틴, 어디로 가는 거예요?"

"황무지보다 오히려 도시로 가는 것이 안전할 듯하오."

살리미안이 옆에서 말했다.

"황후님, 무엇보다 안전이 우선입니다. 최대한 노출되지 않도록 해야 합니다."

호칭이 바뀌었다. 파라랑은 불의 사원에서의 일이 꿈이 아님을 느꼈다.

일행은 쉬지 않고 밤길을 달렸다.

지평선에 해가 떠올랐다. 끝도 없을 것 같이 이어지는 삭막한 길이었다. 감각이 없어진 혀와 목구멍이 말라붙을 듯 따가웠다. 정오가 가까워졌을 때에야 일행은 걸음을 멈췄다. 지친 몸을 쉬어야 했다. 무사들이 더위를 피할 수 있는 동굴을 찾아냈다. 시장기를 해소하고 사람도 짐승도 잠에 빠져들었다. 맨땅에 눕자마자 다들 코를 골았다. 파라랑도 아비틴의 곁에 누워 잠이 들었다.

파라랑이 깨어났을 때, 곁에 아비틴은 없었다. 얼마 지나지 않아 아비틴이 돌아왔다.

아비틴은 파라랑의 흐트러진 머리칼을 쓸어 올려 주며 말했다.

"파라랑, 이제 세파한*으로 갈 것이오. 세파한은 자얀데 강이 흐르는 푸른 도시라오. 눈부시게 맑은 물빛이 어찌나 아름다운

---

* 사산 왕조 페르시아 시대에 주로 왕자들의 교육 장소로 사용되었던 도시이다. 현재 '에스파한'으로 불리고 있다.

지 모른다오. 오아시스라는 말을 들으면 왜 기운을 차릴 수 있는지 느낄 수 있을 것이야. 그리고 그곳에 가면 우리가 실라인들이 격구라고 말하는 폴로를 어찌 그렇게 잘하는지도 알 수 있을 거요. 이 세상에 폴로만큼 재미있고 신나는 운동은 없소."

"폴로가 재미있다는 것은 저도 알지요."

파라랑이 방긋 웃자 아비틴도 마주 웃었다. 세파한에 대해 이야기하는 아비틴의 얼굴에서 빛이 났다.

"경기장을 보면 그대도 놀랄 것이오. 세상 어디를 가도 그만한 폴로 경기장은 없을 거요."

후발대가 뒤쫓아오는 적이 없는 것을 확인했다. 팽팽하던 긴장이 풀렸다. 평원에서 간단히 요기를 하고 일행은 짐을 꾸려 다시 길을 나섰다. 불편하게나마 푹 쉬었던 탓에 기운이 났다.

하루 더 노숙을 했다. 밤이 되자 늑대들이 주변을 맴돌았으나 이내 사라졌다.

황토의 민둥산을 넘었다. 그러자 반듯하게 닦인 도로가 사방으로 뻗어 있는 큰 도시가 나타났다. 깊고 폭이 넓은 강물이 흐르는 도시 주변으로 상주한 군대도 더러 눈에 띄었다.

아비틴이 말을 몰아 일행의 맨 뒤편까지 돌았다.

"침착해라. 경비병과 눈을 마주치지 마라."

일행은 먼 길을 온 진짜 상단인 듯 짐승들을 토닥이며 천천히 이동해 성문을 통과했다. 곧이어 강물이 찰랑거리는 돌다리를 건너 세파한의 중심지로 들어섰다. 성 안팎을 순찰하는 병사들이 일행 옆을 수시로 지나쳤다. 흙먼지를 뒤집어쓴 지친 기색의 이들을 의심하는 병사는 없었다.

아비틴이 말고삐를 잡아당겨 파라랑의 말 머리와 나란히했다.

"실라에서는 구수나 탑등이라 하지만 여기서는 카펫이라 하오. 카펫 중에서도 세파한 카펫이 유명하다오. 카펫을 사려는 상단이 세파한에 머무는 것은 자연스러운 일이오."

강변을 따라 늘어선 나무들과 잘 가꾸어진 정원의 분수는 황무지의 피로를 잊게 하기에 충분했다. 시원하게 뚫린 길을 따라 깔끔한 건물들이 늘어서 있었다. 건물들 사이를 지나 끝없이 이어진 바자르 안에 숙소를 잡았다.

살리미안이 일꾼과 무사들에게 당부했다.

"되도록 숙소를 벗어나지 마라."

아비틴이 살리미안에게 다가가 한참을 무슨 말인가 주고받았다. 살리미안은 얼굴에 난처한 빛이 떠올랐으나 이내 고개를 끄덕였다.

저녁 식사를 마친 일꾼들은 일찌감치 잠을 청했고 무사들은 무기를 정비했다. 어느덧 어둠이 내렸다. 도시의 불빛이 하늘을 환하게 비췄다.

뭔가 기다리는 듯 바깥을 자꾸 내다보던 아비틴이 참지 못하고 벌떡 일어났다. 아비틴은 상지에서 선황제의 보검을 꺼내 허리에 찼다. 황금과 보석으로 세공된 보검은 불빛에 영롱하게 반짝였다. 아비틴이 장난꾸러기처럼 눈을 빛내며 파라랑에게 소곤거렸다.

"파라랑, 나갑시다. 실라에서는 볼 수 없는 구경거리가 있소."

사도와 하기기가 파라랑의 뒤로 소리 없이 다가섰다.

아비틴이 바자르를 빠져나와 굽은 골목길을 몇 번인가 지나
자 어디선가 함성이 요란하게 들려 왔다.

"폴로 경기가 열리고 있소, 어서."

골목 끝에 이르자 광장으로 들어가는 큰 문이 나왔다. 병사
들이 있었지만 형식적으로 서 있을 뿐 무료함을 하품으로 달래
고 있었다. 아비틴의 황홀한 보검을 본 한 병사가 깜짝 놀라 손
을 가슴에 올려 예를 표했다. 아랍의 귀족이 폴로를 보러 나온
것으로 착각한 것이다. 아비틴은 그것을 노리고 보검을 찬 것
이리라. 문을 지나자 계단이 나왔다. 대낮처럼 불을 밝힌 경기
장은 파라랑이 상상한 그 이상이었다.

"낮은 무더워서 주로 밤에 폴로 경기를 한다오."

십여 단이 넘는 높은 계단마다 사람들로 꽉 차 있었다. 선수
들이 등장하자 관중들이 흥분해 괴성을 질러 댔다. 아비틴이
사람들 사이를 비집고 들어갔다.

어마어마한 규모의 경기장이었다. 경기장 안에서는 하나같
이 멋진 말들이 선수들의 지시에 따라 이동하며 경기를 펼치고
있었다. 공을 넣는 골대도 파라랑이 한 번도 본 일이 없는 것으
로, 남자 열 명이 들어가 서 있어도 남을 만큼 넓었다.

공이 골대에 들어가자 관중들이 일어나 환호성을 질렀다. 귀
가 먹먹했다. 아비틴도 공을 넣은 선수의 이름을 부르며 즐거
워했다.

파라랑은 아비틴이 신라에서 벌였던 격구 시합을 기억했다.
매혹적인 그를 향해 무작정 달려갔던 열정의 날들이었다. 그

후로 많은 일들이 있었다. 지금 자신의 곁에 아비틴이 있다는 사실이 꿈만 같았다. 파라랑은 목이 터져라 함성을 지르는 아비틴을 바라보며 미소를 지었다. 이 순간이 행복했다.

이때 계단 아래 어떤 자가 파라랑의 시선을 끌었다. 검은 터번을 두른 반월검의 무사였다. 고개를 갸웃거리며 아비틴을 유심히 살피던 그자가 경기장으로 들어오는 경비병에게 다가가 속닥거렸다.

"아비틴, 떠나야 해요. 어서!"

아비틴은 파라랑의 눈길을 따라 아래를 보고 사태를 짐작했다.

"머하비를 따라왔던 자!"

아비틴은 사람들을 헤치고 금세 경기장을 벗어났다. 멀리서 병사들이 외치는 소리가 들렸다. 하기기가 앞에서 길목을 텄다. 잡히면 죽음이었다. 심장이 튀어나올 듯 두근거렸고 팔다리가 떨렸다. 아비틴은 파라랑을 잡은 손에 힘을 주었다. 골목을 따라 달리다 보니 다행히 번잡한 바자르였다.

뒤따르던 사도가 말했다.

"아직 위험합니다. 두 분 따로 가셔야 할 듯합니다."

하기기가 나섰다.

"폐하의 안전이 우선입니다. 소신이 모시겠습니다."

하기기의 말에 아비틴이 화를 냈다.

"황후도 마찬가지다!"

파라랑이 아비틴의 팔을 잡았다.

"아비틴, 진정해요. 하기기 말이 옳다는 거 알잖아요. 사도가 폐하를 모시고 먼저 피해. 길을 모르니 하기기와 내가 뒤따라갈게요."

하기기가 앞으로 한 걸음 나섰다.

"소신은 폐하를…."

파라랑이 말을 막았다.

"아니다, 하기기! 사도 역시 그대 못지않게 무술이 뛰어나다. 길을 아는 폐하와 사도가 함께 가고, 나는 그대와 간다. 사도는 뭐하느냐! 어서 폐하를 모셔라."

하기기가 다급하게 아비틴을 불렀다.

"폐하, 보검을 가지고 다니시면 사람들의 시선을 끌 것입니다."

아비틴이 고개를 끄덕였다.

"생각이 있다. 하기기, 사원에 갔다가 돌아가마."

마음이 급해진 파라랑이 아비틴의 등을 떠밀며 사도를 재촉했다. 사도를 따라 아비틴이 사람들 사이로 사라졌다.

"하기기, 그대 말이 맞아. 폐하는 우리 중 가장 소중한 분이시다. 우린 뒤돌아서 병사들 눈을 교란시켜 폐하가 되도록 멀리 가시게 하자. 그대는 이 골목을 잘 알고 있겠지? 내 걱정 말고 앞장서라."

파라랑의 진심을 알아챈 하기기의 불퉁거리던 눈빛이 순해졌다.

"저를 따라오십시오."

파라랑과 하기기는 병사들의 눈에 띌 만한 곳에 서서 그들을 기다렸다. 창을 든 병사 중 하나가 파라랑을 발견하고 소리쳤다.

"거기 서라!"

파라랑과 하기기는 힘껏 달렸다. 파라랑도 달리기라면 자신 있었다. 사람이 넘어지고 과일과 채소들이 나뒹굴어 뒤쫓던 병사들이 점점 멀어졌다. 마침내 병사들을 따돌린 파라랑은 가쁜 숨을 내쉬며 바닥에 주저앉았다. 하기기가 파라랑 앞에 부복했다.

"이제 안심하십시오. 저들은 우리를 잡지 못합니다."

파라랑 앞에 고개를 든 아비틴의 무사 하기기의 얼굴에 충성스런 신하의 눈빛이 어렸다.

"황후님, 이제… 소신이 길을 잡겠습니다."

파라랑이 하기기의 어깨를 가볍게 두드렸다.

하기기가 파라랑을 아비틴이 기다리는 약속 장소로 데리고 갔다.

"고생 많았소."

아비틴이 한숨처럼 말을 이었다.

"머하비가 우리 생각보다 더 민첩하게 움직이고 있소. 쿠쉬군을 미워하던 예전 페르시아가 아니오. 사람들이 변했소. 쿠쉬의 식민지로 익숙해지고 있는 게야."

파라랑도 근심 어린 얼굴로 주변을 돌아보았다. 일행은 이미 길 떠날 채비를 끝내고 명을 기다리고 있었다. 검은 터번의 사내가 아비틴이 이곳에 있음을 알아챘다면 곧 머하비가 움직일 것이다. 살리미안이 선발대에게 연락할 점조직을 만나러 나갔다 돌아왔다.

낙타의 방울 소리를 울리며 살리미안이 길을 잡았다. 사람들이 그 뒤를 따랐다. 한 시진 후 세파한 카펫을 낙타 등에 가득 실은 상단 행렬이 성문을 떠나 멀리 아스라한 광야로 향했다.

사 막

밀밭과 돌산이 번갈아 나타나기를 반복하던 즈음, 아비틴이 보냈던 선발대 일부가 돌아왔다. 그들의 정보를 토대로 회의가 진행됐다.

살리미안이 말했다.

"폐하, 머하비가 우리에 대해 너무 잘 알고 있습니다. 우리가 갈 길을 꿰뚫고 있어요. 카샨*의 경비가 삼엄하다 하니 아무래도 다른 쪽으로 길을 돌려야겠습니다."

"그렇다면 사막으로 가는 길뿐인데……."

아비틴이 곤란한 표정을 지었다. 발라스가 파라랑을 흘깃 보았다.

"아무래도 실라 여인들에게 힘들겠지요."

---

*페르시아 중북부에 위치한 사막 도시로 도자기와 타일 생산의 중심지였다. 마잔다란으로 가는 길목에 있다.

몇몇 신하들도 동조하듯 고개를 끄덕였다.

파라랑이 나섰다.

"망설일 것 없습니다. 사막으로 가는 길밖에 없다면 그리 가도록 하지요."

잠자코 자신의 뺨을 손가락으로 토닥거리던 아비틴이 결심한 듯 명을 내렸다.

"발라스 공, 알다시피 사막은 익숙한 자라도 길을 잃기 쉬우니, 안내자와 물품이 필요할 것이오. 이 지역을 잘 아는 공이 나서서 준비토록 하시오."

명을 받은 발라스가 무사를 데리고 가까운 마을로 향했다. 안내자를 구해 올 동안 일행은 천막을 치고 쉬기로 했다. 사막으로 들어가는 길목은 바위 언덕과 마른 덤불이 바람에 날리는 허허로운 광야였다.

신하들이 이른 식사를 준비하고 있었다. 활활 타오르는 불 위에 올려놓은 구수한 음식 냄새가 광야로 퍼져 나갔다. 이때 경비 무사가 소리쳤다.

"저기, 저기를 보세요."

바위굴에 숨어 있던 사람들이 모여들기 시작했다. 얼굴 가득 허옇게 버짐이 핀 맨발의 아이들과 누더기를 걸친 야윈 여인들 그리고 제대로 걷지 못하는 허리 굽은 추레한 늙은이들이었다. 한눈에도 헐벗고 굶주린 이들이란 걸 알아볼 수 있었다. 파라랑은 그들의 참상에 경악했다. 모두 할 말을 잃고 움직이지 않았다. 시간이 지날수록 사람들의 수는 더 늘어 갔다.

한참 만에야 세예드가 침울하게 말했다.

"광야로 쫓겨난 사람들이에요. 쿠쉬로 인해 살길이 막막해진 노약자들입니다. 저렇게 식솔들이 뿔뿔이 흩어져 죽지 못해 살고 있는 겁니다."

아비틴이 말했다.

"저들에게 먹을 것을 나눠 주어라."

그제야 정신이 든 신하들이 굶주린 노약자들을 위해 뛰어다녔다. 음식이 끓는 불 주변에서는 아이 어른 할 것 없이 서로 먹으려고 아귀다툼이 일었다.

살리미안이 아비틴에게 다가왔다.

"폐하, 전부 다 내줄 수는 없습니다. 우리도 사막을 건너야 합니다."

아비틴의 입에서 비탄의 신음이 흘러나왔다.

"내 나라, 우리 백성이 저리 처참하오. 어찌 내 목에 음식이 넘어가겠소?"

아비틴을 잘 아는 살리미안이 잠자코 물러났다.

몇 끼나 굶주렸는지 만들어 놓은 음식들이 동났는데도 여전히 그들은 사람의 것으로 보기 힘든 험한 손을 내밀었다. 그 손에 아비틴이 페르시아의 화폐 디나르를 쥐여 주었다.

"잊지 마라. 희망을 잃지 말고 살아남거라."

늙은이들의 눈에 눈물이 흘렀다. 여인들이 아이들을 안았다. 그들은 하나둘 땅에 엎드려 통곡했다. 누가 알려 주지 않아도 모두가 알았다.

"대왕이시여, 우리의 황제시여."

신하들도 자리에 엎드려 울었다.

아비틴의 눈에 눈물이 맺혔다. 아비틴의 갈라진 목소리가 휘몰아치는 바람처럼 광야로 메아리쳤다.

"살아남아라. 부디 살아서 페르시아의 영광을 보아라."

홀연 아비틴은 몸을 돌려 말에 올라탔다. 말고삐를 움켜쥔 채 숨을 거칠게 몰아쉰 아비틴이 힘껏 말을 달렸다. 슬픔과 치욕을 다스리는 방법은 자신의 몸을 힘들게 하는 것뿐이었다. 파라랑은 아롱거리는 눈으로 아비틴의 뒷모습을 보며 그의 고통을 함께 느꼈다.

살리미안이 사람들을 돌려보내고 사태를 수습했다.

발라스가 사막 안내자를 데리고 돌아왔다. 안내자는 저항 세력을 돕는 사람이었다. 그에게서 성 밖을 떠도는 사람들 이야기를 들었다.

"착취하는 것도 모자라 노예로 팔아먹는 아랍인들보다 더 나쁜 것은 페르시아인 앞잡이들입니다. 그들 때문에 백성들이 더 힘들어지는 겁니다."

안내자는 화가 난다는 듯 주먹으로 가슴을 쳤다.

"그뿐이 아닙니다. 아랍인들의 모스크*를 짓는다고 동원된 사람들을 보세요. 피골이 상접해 볼 수가 없어요. 먹을 것도 제대로 주지 않고 고된 일을 시킵니다. 구심점이 없으니 복종할 수밖에 없지요. 이런 수모를 견딜 수 있게 희망이 되어 주십시오. 어서 우리나라를 되찾아 주세요, 폐하."

---

* 이슬람교에서, 예배하는 건물을 이르는 말. 집단 예배를 보는 신앙 공동체의 중심지로 군사, 정치, 사회, 교육 따위의 공공 행사가 이루어진다.

일행은 사막을 향해 출발했다. 풀 한 포기 없이 쩍쩍 갈라진 황폐한 땅을 지나자 사막이 나타났다. 모래가 끝없이 펼쳐진 사막은 파라랑이 난생 처음 보는 장소였다. 발밑의 모래가 매우 부드러워 손가락 사이로 물처럼 빠져나갔다. 뜨거운 바람이 스치고 지나간 자리마다 그려지는 능선들은 눈을 뗄 수 없이 아름다웠다. 그러나 사막은 잔인했다. 태양은 땅에 있는 모든 것들을 바싹 말려 버릴 기세로 강렬하게 쏟아졌고, 달이 떠오르면 한낮의 열기는 단번에 사라지고 차디찬 한기가 밀어닥쳤다. 밤낮의 기온이 돌변하는 모래땅이었다. 그뿐이 아니었다. 땅에 늪이 있는 것처럼 모래에도 늪이 있었다. 안내자 없이 잘못 사막에 발을 디뎠다가는 모래 지옥에 빠지기 십상이었다.

일행은 꿋꿋하게 길을 걸었다. 사막에서의 이동은 대화를 필요로 하지 않았다. 앞사람이 가는 길을 따라갈 뿐이었다. 모래에 반사된 햇살이 눈을 찔렀다.

"조심해야 하오. 조금만 옆으로 벗어나도 모래 지옥에 빠져 구할 수 없소."

아비틴은 파라랑에게 주의를 줬다. 그 순간 파라랑이 낙타에서 굴러떨어졌다. 지독한 열기가 몰려온 것처럼 갑작스러운 현기증이 머리를 쳤다. 놀란 아비틴이 파라랑을 받아 안았다.

연이은 강행군에도 잘 버티던 파라랑이었다. 한 번 쓰러지자 파라랑은 영 기운을 차리지 못했다. 낙타도 말도 탈 수 없었다. 아비틴이 몸을 돌려 등을 내밀었다. 해쓱한 파라랑이 아비틴을 밀어내며 변명하듯 말했다.

"이상해요. 왜 이렇게 힘이 없는지."

여지가 울상을 지으며 걱정스레 말했다.

"제대로 음식을 드시지 못하니까 그렇지요. 오늘도 대추야자 몇 알과 물만 드셨잖아요. 그러니 단단히 병이 나신 겁니다."

"내게 업히시오, 파라랑."

파라랑이 부끄러워하자 신하들이 빙그레 웃으며 뒤돌아서 못 본 척했다.

아비틴은 한사코 마다하는 파라랑을 기어이 업고 사막을 걸어갔다. 아비틴의 입술이 허옇게 들떠 보풀이 일었다. 파라랑은 미안한 마음에 안절부절못하다가 그것도 아비틴을 괴롭히는 것 같아 좋은 쪽으로 생각하기로 했다. 사람의 몸이, 더구나 사랑하는 아비틴의 등이 이렇게 편안할 줄 몰랐다. 파라랑은 자신도 모르게 스르르 잠이 들어 버렸다.

밤이 되었다. 모닥불이 타닥탁 소리를 내며 타올랐다. 아비틴이 파라랑의 손발을 주물렀다. 검은 하늘에는 무수한 별들이 귀한 보석처럼 반짝였다. 문득 아비틴이 한숨처럼 말을 내뱉었다. 목소리는 낮았고 울음이 배어 나올 듯 떨렸다.

"파라랑, 두렵소. 내가 페르시아를 되찾을 수 있을지."

파라랑은 아비틴의 머릿결을 다정히 가다듬었다. 아비틴이 파라랑을 그윽한 눈길로 바라보았다. 별빛 아래 윤곽이 흐릿한 파라랑의 모습은 벽화 속 여신처럼 우아하고 자애로워 보였다. 파라랑의 온화한 음성이 나직하게 떠돌았다.

"괴로워하지 마세요. 아비틴, 아비틴이야말로 이 사막을 비추는 저 별처럼 모두에게 위로를 주는 존재예요. 폐하께서는 지금 사막 같은 페르시아의 별이에요."

아비틴이 눈을 감았다.

"아니오. 지금 나는 한없이 초라하고 무력하오. 백성들은 물론, 그대와 장차 태어날 아이를 안전하게 지킬 수 있을지조차 불안하오."

파라랑은 아비틴의 뺨에 가볍게 입맞춤했다.

"반드시, 아비틴 당신은 반드시 위대한 나라를 세울 거예요. 아비틴의 손으로 백성들을 해방시킬 수 있어요."

아비틴이 고개를 들고 땅 위로 쏟아져 내릴 듯 빛나는 별들을 바라보았다. 그리고 말없이 바르바트를 꺼내 들어 파라랑이 좋아하는 노래를 연주하기 시작했다. 부드러운 선율이 밤하늘 가득 퍼져 나갔다. 별빛은 아름다웠고 파라랑의 마음은 평화로웠다.

모래 위 불길도 사그라지고 사막의 밤이 자박자박 깊어 갔다. 어느덧 몸도 마음도 지친 아비틴과 파라랑이 혼곤한 잠에 빠져들었을 때였다. 설핏 파라랑의 귓가에 누군가 급하게 부르는 소리가 들렸다.

"폐하, 폐하! 일어나시옵소서!"

보초를 서던 정찰 무사였다.

"멀지 않은 모래 언덕 위로 뿔 달린 투구의 쿠쉬군이 움직이고 있습니다. 쿠쉬군 깃발이 나부끼는 것을 보았습니다."

아비틴이 무사에게 굳세게 명했다.

"말을 끌고 오라. 무사들을 깨워라."

이미 살리미안과 발라스가 발 빠르게 움직이고 있었다.

안색이 하얗게 변한 파라랑에게 아비틴이 자신만만한 얼굴로 말했다.

"파라랑, 걱정할 것 없소. 저들을 따돌리고 곧 돌아올 테니. 어차피 우리 쪽 수가 적어서 싸움은 불가능하오. 모닥불은 끄는 게 좋겠소. 살리미안이 알아서 처리할 것이니 그에게 맡기시오."

순식간에 발라스 장군의 지휘로 무사들이 정렬했다. 전쟁에 익숙한 페르시아 최정예 무사들이었다. 말을 탄 아비틴과 무사들이 너른 사막으로 달려 나갔다. 싸울 수 있는 남자들은 모두 아비틴의 뒤를 따랐다.

살리미안과 파라랑의 잉신들과 어린 레자이만이 사막을 지켰다. 아비틴들이 떠나고 난 후, 깜깜한 사막 한가운데 엎드려 있는 파라랑들에게 위기가 닥쳤다.

"우위이이, 우위이잉, 껑껑……."

모래 언덕 위에 늘어서 있는 늑대들의 울음소리였다. 늑대들은 호랑이만한 덩치에 날선 눈매가 시퍼렇게 타오르고 있었다. 돌연 늑대의 우두머리가 코를 하늘로 높이 들고 길게 울었다. 얼음 계곡에 빠진 듯 몸이 오싹 움츠러들었다.

사도와 살리미안이 칼을 빼 들었다. 늑대들은 더 이상 가까이 다가오지 않았으나 파라랑은 겁이 났다. 파라랑도 무술을 익혔고 충분히 늑대 정도는 상대할 수 있었다. 하지만 그 늑대가 사막의 늑대는 아니었다. 아리와 레자이를 껴안은 손이 저절로 떨려 왔다. 따뜻한 아이들의 체온이 그나마 파라랑에게 힘이 되었다.

긴 밤이 흘렀고 멀리 하늘이 감청빛으로 점점 밝아져 갔다.

새벽이 다가왔다. 그러나 아비틴은 돌아오지 않았다.

살리미안이 말했다.

"황후님, 새벽까지 돌아오지 못한다면 바라민으로 이동하라는 폐하의 명이 있었습니다."

파라랑은 금방이라도 아비틴이 모래 언덕을 넘어올 것 같아 자꾸 눈길이 갔다. 일행은 살리미안의 지시에 따라 그 자리를 떠났다. 얼마쯤 갔을까 별안간 살리미안이 날카롭게 소리쳤다.

"모두 엎드려! 몸을 숨겨라!"

또다시 두려움이 밀려왔다. 모래뿐인 사막에 숨을 곳이 어디 있겠는가. 모두 얼굴을 모래에 박고 숨을 죽였다. 쇠붙이들이 부딪는 소리와 그림자들이 어수선하게 밀려왔다.

살리미안의 밝은 목소리가 크게 울렸다.

"폐하십니다, 폐하!"

고개를 든 파라랑의 눈앞에 아비틴의 모습이 어렴풋이 보였다. 아비틴의 뒤로 창을 든 병사들이 도열해 따르고 있었다. 환호하는 일행을 보고 아비틴이 말에서 뛰어내렸다. 파라랑은 벌떡 일어나 아비틴에게 달려갔다. 하지만 대여섯 걸음 앞으로 뛰다가 눈앞이 아득해졌다. 다리에 힘이 풀리고 몸이 바닥으로 한없이 가라앉았다.

파라랑이 눈을 떴을 때에는 천막 안이었다. 아비틴이 곁을 지키고 있었다. 파라랑의 두 눈에 금세 눈물이 그렁그렁해졌다.

"아비틴, 아비틴, 다시 못 보는 줄 알았어요."

"이제 안심하시오. 쿠쉬군을 사막 깊숙이 유인하여 따돌렸소. 다행히 저항군 사령관이 우리를 마중 나왔다오."

아비틴은 뒤를 돌아보며 말했다. 환한 얼굴이었다.

"황후를 놀라게 하면 안 되오."

살리미안의 목소리가 들렸다.

"정신이 드시옵니까? 황후님."

파라랑은 그제야 주변을 둘러보았다. 천막 안에 신하들이 다 모여 있었다. 분위기가 이상했다. 파라랑과 눈이 마주친 여지가 눈물을 글썽이며 허리를 굽혔다. 다른 이들도 고개를 숙이며 한목소리를 내었다.

"폐하, 황후님, 감축드리옵니다."

"기다리던 기쁜 소식입니다. 감축드리옵니다, 황후님."

"폐하, 감축, 감축드리옵니다."

파라랑은 어리둥절했다. 살리미안이 한 걸음 앞으로 나섰다.

"자, 나갑시다. 황후님께선 좀 더 쉬셔야 합니다. 두 분만의 시간도 필요하지요."

살리미안이 신하들을 떠밀다시피 하여 데리고 나갔다. 아비틴은 기다렸다는 듯 파라랑을 감격스럽게 끌어안았다.

"파라랑, 고맙소. 그대가 아기를 잉태했소. 우리의 아기 말이오."

"아기라니요?"

"그대와 내가 이제 부모가 되었소이다, 하하하……."

두 눈을 깜빡거리며 아비틴의 말을 되새기던 파라랑의 눈이 휘둥그레졌다.

'그렇다면……. 아, 그러고 보니 그렇구나.'

파라랑의 심장이 두근거리기 시작했다. 마치 여인에게서 사람이 태어난다는 것을 처음 안 사람처럼.

아비틴이 파라랑의 배에 가만히 손을 얹었다.

"아비틴, 정말 아기가 여기 있나요? 믿기지 않아요."

"의원이 몇 번이나 확인했소. 틀림없는 잉태라 하였소."

파라랑은 아비틴을 따라 자신의 배에 손을 올려 쓰다듬었다.

"파라랑, 고맙고 미안하오. 지금 이 순간, 황궁이 아니어서 미안하오."

"아비틴, 그런 말이 어디 있나요? 당신이 있는 곳이면 어디든 그곳이 나에게는 황궁이라 했잖아요."

아비틴이 파라랑의 이마에 상냥하게 입맞춤했다. 아비틴의 기쁨이 고스란히 전해져 왔다. 파라랑은 아비틴의 가슴에 얼굴을 묻었다. 행복한 이 느낌을 아비틴과 오래도록 나누고 싶었다.

파라랑은 문득 얼굴도 모르는 어머니 생각이 났다.

'부왕께서 그토록 사랑하셨다는 내 어머니, 어머니도 나를 이렇게 맞아들이셨구나.'

파라랑은 어머니가 어린 자신을 두고 이 세상을 떠나야 했을 때의 심정을 헤아리자 코끝이 찡해지면서 눈물이 핑 돌았다.

비밀 요새

　저항군 사령관 차보쉰이 길 안내를 맡았다. 사막을 지나 살여울 계곡을 건너고 험준한 능선을 넘었다. 붉은색 물결무늬가 가로로 길게 들어간 우뚝 솟은 봉우리들이 협곡을 이루고 있었다. 송곳처럼 날카로운 협곡을 오르내리는 길은 한 발만 잘못 디뎌도 천 길 낭떠러지로 추락할 수 있었다. 차보쉰이 최대한 절벽 안쪽으로 붙어 가라고 일렀다.

　밤이 되자 천막을 치고 낙타의 똥으로 모닥불을 지펴 식사를 만들어 먹었다. 두꺼운 틸로 몸을 덮고 잠을 청했다.

　그렇게 여러 날 동안 악마산을 힘들게 넘었다. 붉은 흙산과 모래밭의 평원을 번갈아 지나치며 일행은 마잔다란 지역으로 들어섰다.

　입덧으로 아무것도 먹지 못한 파라랑은 건장한 병사들이 메는 가마를 타고 이동했다. 말이나 낙타보다 훨씬 나았다.

마잔다란은 지금까지 본 땅과는 달랐다. 옥빛 호수가 있었고 독수리들만이 넘나들 수 있을 것 같은 높은 바위 산맥과 우거진 숲들이 어우러져 선인들이 노닐 만한 절경의 땅이었다.

"폐하, 저곳이 우리 저항군의 비밀 요새입니다."

아비틴이 산세를 둘러보더니 차보쉰의 어깨를 두드렸다.

"과연, 장군답소이다. 참으로 천연의 요새로다."

차보쉰이 우렁찬 목소리로 대답했다.

"신께서 마잔다란으로 소신을 이끄셨습니다. 쿠쉬의 눈을 속이기 위해 공을 많이 들였지요. 선황께서도 이 험준한 산맥을 언급하셨습니다만, 황공하옵게도 선황께서는 페르시아의 부활이 선황 대에 이루어지지 못할 것을 아셨던 것 같습니다."

아비틴의 슬픈 눈이 청명한 하늘을 우러렀다.

살리미안이 말했다.

"폐하, 어서 들어가시옵소서."

절벽과 사각의 돌로 빈틈없이 쌓은 견고한 성벽은 한눈에 봐도 군사적 요충지였다. 철문을 지나 요새 안으로 들어서자, 번쩍이는 창과 방패를 든 병사들이 한 줄로 늘어서 아비틴을 맞았다. 그 뒤로 저항군을 도와주는 식솔들이 올리브나무 잎사귀를 바닥에 깔며 아비틴을 환영했다. 아낙들은 감격의 눈물을 훔쳤고 병사들은 칼과 창을 두드리며 환호했다. 아비틴이 손을 흔들어 답했다.

"내 결코 오늘을 잊지 않으리, 사랑하는 페르시아 백성들이여."

파라랑은 두 손을 가슴에 모으고 아비틴을 눈부신 듯 바라봤다. 이 세상 누구보다 늠름한 모습으로 웃음 짓고 있지만 마음으로는 피눈물을 흘리고 있으리라. 어린 나이에 나라를 잃고 쫓겨나 세상을 떠돌며 수모와 굴욕을 견뎌 낸 황자. 그가 어두운 사원이 아닌 밝은 하늘 아래에서 소수의 백성들에게나마 페르시아 황제로 인정받은 것이다.

숙소로 안내된 파라랑은 침상의 이불을 손으로 쓰다듬으며 말했다.

"아비틴, 과분해요. 백성들은 헐벗고 굶주리는데, 이렇게 좋은 잠자리라니."

아비틴이 고개를 저었다.

"그대는 황손을 잉태한 귀한 몸이오."

파라랑은 비단과 아사로 만든 이부자리 위에 누웠다. 평생 이런 잠자리에서 자랐건만 어느덧 신라에서의 일은 까마득했고, 지금 이 순간 편안하고 좋을 뿐이었다. 아비틴이 잠시 바깥으로 나갔다가 돌아왔을 때 파라랑은 깊이 잠들어 있었다.

다음 날부터 아비틴은 바빴다. 그는 직접 병사들을 훈련시켰다. 파라랑도 가끔 참관했는데 신라의 화랑들보다 훈련 강도가 높은 것 같았다. 페르시아 병사의 몸집은 신라인보다 우람했고, 덩치만큼 힘도 셌다.

특이한 것은 병사들이 시의 운율에 맞춰 몸을 움직이며 훈련한다는 점이었다. 마치 신라 백성들이 일을 하면서 부르는 노동요처럼 들렸다. 재미있기도 하고 몸의 고단함이 잊힐 거라는 생각도 들었다.

병사들이 드는 큰 몽둥이는 보이는 것만큼 무게도 엄청났다.

몽둥이를 드는 것 자체가 엄청난 강도의 훈련이었다. 병사들은 그것을 자유자재로 휘두르고 정확히 목표에 던져 상대방에게 치명타를 입혔다.

하기기가 설명했다.

"전쟁에서 쇠몽둥이를 적에게 던지는 동작을 훈련하는 겁니다."

병사들의 훈련은 새벽에 시작해서 늦은 밤까지 이어졌다. 그렇게 하지 않으면 잔인하고 사나운 쿠쉬군을 이길 수 없음을 병사들이 더 잘 알고 있었다. 병사들은 최선을 다해 훈련했고 모두 진지했다. 우렁찬 병사들의 함성이 마잔다란을 뒤흔들었다.

사도 역시 페르시아 병사들 사이에서 땀을 흘리고 있었다. 색다른 훈련 방법이 무사인 그에게 자극이 되었던 듯했다.

잠자코 그 모습을 지켜보던 아리가 파라랑 앞에 두 손을 모으고 섰다.

"황후님, 저도 페르시아 무술을 배우고 싶어요."

야무지게 다문 입술이 아이의 굳은 결심을 말해 주었다. 파라랑이 웃었다.

"저건 남자들이 하는 일이야. 어린아이, 더구나 여자애가 하기는 힘든 일이란다."

아리가 당돌하게 말을 받았다.

"레자이는 이미 훈련을 받고 있어요. 여자라서 안 된다는 건 말이 안 돼요. 저는 여자라서, 억울한 일을 당하지 않기 위해 무술을 배워야 한다고 생각합니다. 황후님도 말을 타고 검을 다룰 줄 아시잖아요. 허락해 주세요."

"그렇긴 하다만, 정말 힘든 일이야. 아직 어린 네가 할 일은 아닌 것 같구나."

여지가 아리를 달랬다.

"아리야, 괜한 일로 황후님을 성가시게 하면 안 된다."

그러자 아리가 냉큼 바닥에 엎드렸다.

"황후님! 저는요, 사람들에게 무시당하고 싶지 않아요. 아무도 덤벼들지 못할 강한 힘을 길러 불쌍하고 힘없는 사람들을 돕고 싶어요."

여지가 앞으로 나섰다.

"아리 너, 어허!"

파라랑이 손을 들어 여지를 말렸다. 파라랑은 신라에 있을 때와 달리 당당하게 자신의 의견을 말할 줄 아는 아리가 대견했다. 자신은 어머니 없는 월성이 답답해서 오라버니 태자를 따라다니다 말을 타고 무술을 배웠다. 아리에 비하면 파라랑의 반항은 어리광이었다. 아리는 밑바닥 삶을 살아야 했던 어린 날의 그 서러운 아픔을 영원히 지울 수 없으리라.

"그럼 욕심내지 말고, 할 수 있는 데까지만 하거라."

파라랑이 허락하자 아리는 좋아서 펄쩍 뛰며 쏜살같이 사도에게 달려갔다.

사도가 아리와 파라랑을 번갈아 봤다. 파라랑이 고개를 끄덕이자 사도가 아리를 데리고 병사들 틈으로 사라졌다. 그 뒷모습을 착잡한 마음으로 지켜보던 파라랑은 처소로 걸음을 옮겼다.

소문은 빠르게 퍼져 나갔다. 아비틴 황제가 돌아왔다는 사실은 페르시아 백성들 사이에 엄청난 파장을 몰고 왔다. 쿠쉬가 페르시아 황족인 머하비를 내세워 아비틴의 귀환을 막으려고 했던 이유가 이것이었다. 쿠쉬는 페르시아인들의 결집을 무엇보다 두려워했다.

귀족들과 젊은이들이 몰려들었다. 하지만 그만큼 마잔다란의 비밀 요새가 쿠쉬나 머하비에게 노출될 위험이 커졌다.

안개비가 부슬거리던 어느 날이었다. 바깥이 소란스러웠다. 좀체 소동이 가라앉지 않았다. 아비틴과 파라랑이 문밖으로 나갔다. 초라한 행색의 청년이었다. 병사들은 억지로 끌고 가려하였고 그는 기필코 황제를 뵙겠다고 해 몸싸움이 벌어졌다. 페르시아인들은 대부분 신라인들보다 키와 몸집이 컸다. 청년은 그런 페르시아인들보다 두 배는 더 크고 다부진 몸을 하고 있었다. 청년의 머리카락과 얼굴은 피가 엉켜 붙어 있었고 드러난 팔과 다리에는 칼자국이 무수했다.

아비틴이 물었다.

"너는 누구냐?"

병사들이 물러났고 청년이 바닥에 엎드렸다. 청년의 말투는 몹시 어눌했다.

"소, 소인은 카즈빈에 살았던 대, 대장장이 아들 호더입니다."

"대장장이라면 굶주리진 않았을 터, 어찌 여기까지 왔는가?"

"소, 소, 소인의 부모는 아, 아랍군에게 죽어 대, 대장간을 다른 놈들에게 빼앗겼습니다. 의지하며 살던 누이가 얼마 전 노, 노예로 끌려갔는데 막지 못했습니다. 억, 억울하고 분하게 살, 살다가 폐, 폐하의 소문을 듣고 저항군이 되어 쿠쉬군에게 복, 복, 복수를 하고자 이렇게 찾아왔습니다. 하온데……."

호더는 눈물을 뚝뚝 흘리며 말을 멈췄다.

아비틴이 말했다.

"무엇이 문제인가?"

호더가 바닥에 이마를 찧었다.

"병, 병사들이 소인을 세, 세작으로 의심하여 머물기를 거, 거절하였습니다. 부, 부디 폐하의 군대에 들어갈 수 있게 허락, 허락해 주십시오."

차보쉰 장군이 옆에서 말했다.

"폐하, 요즘 원체 많은 자들이 마잔다란으로 흘러 들어오고 있습니다. 이자의 말이 사실이길 바라오나 카즈빈이 고향인 병사가 확인한 바로 대장장이에게 쿠쉬군들이 관대했다는 정보입니다. 세작일 가능성도 있는지라 확인을 하는 중에 이자가 폐하를 뵙게 해 달라고 난동을 부린 것입니다."

호더가 고개를 들고 아비틴을 우러렀다. 덩치 큰 물소처럼 순박한 얼굴이었다.

"아, 아, 아닙니다. 그, 그 병사가 카즈빈의 모든 곳을 다 알고 있을 턱이 어, 없지 않습니까? 소인은 겪은 대로 말했습니다. 소, 소, 소인은 쿠쉬군에게 복수하고자 할 뿐이옵니다."

아비틴이 엄숙하게 말했다.

"호더의 말이 맞다. 고통받는 것도 억울한데 내 나라 사람에게 의심까지 받아서야 되겠느냐? 호더, 이제부터 너는 페르시아 황제의 병사다."

호더의 커다란 두 눈에서 눈물이 흘렀다.

"에, 예, 폐하, 충, 충심을 다하겠습니다!"

아비틴을 향해 연신 머리를 조아리던 호더가 다른 병사와 함께 물러났다. 언제 왔는지 발라스가 호기로운 목소리로 말했다.

"소신이 보기에도 저자는 평범한 자 같아 보입니다. 마디진 손을 봤을 때 칼을 쓴 흔적도 보이고 저렇게 넓은 어깨는 늘 풀무질을 하는 대장장이 아들이 맞습니다. 저것이 연기라면 대단한 세작이겠지요."

"한 사람이라도 억울한 페르시아 백성이 있어서는 안 될 것이오. 나는 저 청년을 믿겠소."

차보쉰과 발라스가 물러났고 아비틴은 몸이 무거워진 파라랑을 부축했다.

"아비틴, 당신은 참 어질고 현명한 군주예요. 잘하셨어요."

파라랑의 칭찬에 아비틴이 쑥스러운지 얼굴을 붉혔다.

"그런데 아비틴, 며칠 생각을 해 봤어요. 저는 아무래도 이곳을 떠났으면 해요. 병사들의 훈련장인 이곳에 제가 있어 모두들 불편할 거예요. 이 요새는 군사 훈련을 돕기 위한 민간인들이 있을 뿐, 식솔들 대부분이 다만단에 있다 하니 그곳이 편할 것입니다. 아기를 낳을 때까지 바다를 바라보며 조용히 지내고 싶어요."

아비틴이 파라랑을 놀란 얼굴로 바라봤다.

"알고 있었소? 내 얼굴에 그렇게 표시가 났소?"

파라랑이 짐짓 화난 척 토라졌다.

"그럼 기다리고 있었어요? 제가 떠나길."

"하하하. 아니오, 파라랑. 사실 미안해서. 그대의 얼굴을 볼 수 없을 정도로 괴롭소. 하지만 그대가 말한 것도 사실이오. 이 비밀 요새는 훈련장이고, 이 처소도 군 지휘관이 사용하도록 되어 있소. 해안에서 조용히 지내는 것이 아기에게도 좋을 것이오."

"그럼 망설일 것 없어요. 아비틴과 헤어지는 것은 싫지만, 대의를 위해서라면 얼마든지 참을 수 있어요."

파라랑은 아비틴의 눈에 비친 안타까움을 지우고자 그에게 가까이 다가섰다. 아비틴이 파라랑을 따뜻하게 안았다.

며칠 후 파라랑은 잉신들과 함께 카스피 해안 다만단으로 이동했다.

다만단으로 가는 푸른 초원은 들꽃들이 지천으로 피어 고왔다. 붉거나 노랗거나 혹은 푸르고도 흰 꽃들은 신라의 들판을 생각나게 했다. 화창한 봄날이었다.

다만단에 도착한 파라랑은 몹시 피곤했다. 어디라도 누웠으면 하는 마음으로 아비틴에게 기대어 집 안으로 들어선 파라랑은 눈을 의심했다. 신라의 사가를 그대로 옮겨 온 것 같았다. 뜰에는 대추야자를 비롯해 살구와 석류, 앵두나무 등 온갖 종류의 나무와 꽃이 심어져 있었다. 아비틴의 자상한 마음 씀씀이가 고마웠다.

"아비틴, 마치 신라에 있는 사저 같아요! 어떻게 이런 집을 만들었어요?"

"황궁은 아니지만 지내기 편안할 게요."

아비틴은 그동안 북부를 정찰하면서 군사 기지보다 다만단

해안이 파라랑에게 낫겠다는 생각을 해 왔다. 그리고 그 즉시 하기기에게 명해 소박한 농가를 개조해 파라랑이 머무를 안락한 장소로 만들었다. 아비틴이 직접 지휘하고 설계해서 지은 집이었다. 내부의 물건들도 신라 사가에 있을 법한 익숙한 물건들로 채워져 있었다.

파라랑은 물론 신라 잉신들도 거듭 감탄했다. 파라랑이 주변을 둘러보며 그리움을 담아 말했다.

"아비틴, 신라에서 페르시아까지, 우리 긴 여정의 끝이 이곳 다만단이군요."

"그렇소. 우리 아기도 다만단에서 태어날 것이고. 앞으로 이곳은 사람들에게 잊지 못할 도시가 될 것이오."

다음 날, 아비틴은 떠나고 파라랑과 잉신들이 남았다. 파라랑이 의연한 목소리로 말했다.

"우리 신라가 사무치게 그립지만, 이제 우리는 페르시아인으로 살아야 해. 우리가 누군지 알고 있는 사람들 말고 평범한 사람들, 누가 다스리든지 평안하게 삶을 살 수 있기만을 바라는 백성들에게 도움이 될 만한 일을 하자. 아비틴이 신라에서 가난하고 병든 사람들을 도왔듯이 말이야. 생계가 어려운 여인과 아이들을 우리가 돌보는 것이 좋겠어."

여지가 말했다.

"황후님, 안 그래도 그런 생각을 했어요. 하지만 모든 사람들이 이방인에게 호의를 보이진 않을 거예요. 제가 봤을 때, 저 항군 식솔이라 해도 우리에게 쉽게 다가오진 않을 것 같아요. 먼저 저희들에게 맡겨 주세요."

"아니야, 내가 할 거야. 서역인들은 우리 신라에 대해 신비롭게 생각하잖아. 금방 친해질 수 있을 거야."

다음 날부터 파라랑은 마을을 한 집 한 집 찾아다녔다.

"뭐 필요한 것 없으세요? 나는 신라에서 온 파라랑이에요."

하지만 그 누구도 파라랑이 내미는 바구니나 음식들에 손대지 않았다.

집으로 돌아오면서 여지가 말했다.

"어쩌지요? 도통 마음을 열지 않아요."

피곤해진 파라랑이 나무둥치에 걸터앉으며 짧게 한숨을 쉬었다.

"이제야 이방인으로 산다는 것이 어떤 것인지 알 것 같아. 아비틴도 이런 상황을 다 겪었을 테지. 그렇지만 황제를 홀린 이국 마녀라니, 그건 좀 심하잖아. 하긴 아비틴도 신라에서 도깨비란 말을 들었지."

그 후로도 마을 사람들은 좀처럼 파라랑들에게 다가오지 않았다. 여러 번 문을 두드리고 찾아가도 소용이 없었다. 파라랑이 건네는 물건은 고스란히 되돌아왔다. 여지가 실망스러운 표정으로 말했다.

"이것 보세요, 황후님. 울타리 밖에 도로 가져다 놓았어요. 아이들이 먹을 다과는 받아도 되련만."

"그래도 두 집은 바구니를 비웠잖아. 어제 물고기를 두고 도망친 아이도 있었고. 이 정도면 곧 잘될 거야. 생각해 봐, 아비틴이 역병 걸린 신라인들을 구하기 위해 얼마나 애를 썼는지. 아비틴도 이렇게 힘들었을 거야."

여지가 투덜거렸다.

"다른 사람이야 괜찮지요. 황후님께서 잉태 중이시라 걱정이 됩니다. 지금이 안정기이긴 하지만 무리하시면 안 돼요. 몸조심하셔야 해요."

파라랑이 미간을 찡그리며 허리를 두드렸다. 여지가 얼른 퉁퉁 부은 파라랑의 다리를 주물러 주었다.

그로부터 며칠 후 한밤중이었다. 번개가 번쩍였고 천둥이 울었다. 이어 거센 빗줄기가 퍼붓기 시작했다.

누군가 세차게 문을 두드렸다. 사도가 문을 열었다. 마을 여인이었다. 비에 젖은 여인이 울면서 품의 아이를 내밀었다.

"도와주세요, 제발 도와주세요."

몇 번 본 일이 있는, 바다 절벽 가까운 움막에 살고 있는 어부의 아내였다.

"아이가 숨을 쉬지 않아요. 제발 살려 주세요."

파라랑이 자신의 침상을 내어 주었다. 파라랑의 곁에는 늘 의원이 대기하고 있었다. 의원이 숨을 쉬지 못하고 괴로워하는 아이를 급히 진맥했다. 아이가 숨이 넘어갈 듯 헐떡거렸다. 의원이 아이의 등을 세게 두드렸다. 목구멍에 걸린 동그란 열매가 튀어나왔다. 아이는 무사했고 여인은 고마워하며 마을로 돌아갔다.

다음 날, 마을을 찾은 파라랑은 어제와 전혀 다른 대접을 받았다. 먼저 나이 든 여인들이 호의가 가득한 얼굴로 파라랑을 맞았다. 여인들은 병자를 무료로 치료해 준다는 말에 찾아오거나 혹은 이방인에 대한 호기심으로 기웃거렸다. 특히나 파라랑이 임신했다는 것을 알고 직접 만든 음식을 들고 와 한참 수다를 떨기도 했다.

"니마의 아기를 살렸다면서요? 나도 좀 봐 주세요. 이놈의 종기가, 고름이 나오고 아파서 잠을 못 자고 있어요."

"나쁜 아랍 놈들 때문에 이방인이라면 진저리를 쳤는데, 잘못 생각했던 거였수. 아, 이건 보잘것없어 보여도 산모에게 아주 좋은 음식이라우."

그중 네우샤 할머니와 수다쟁이긴 해도 발이 넓은 여인 라메자나, 그의 딸 마흐반다디가 특히 파라랑을 좋아했다. 신라 여인이 사는 이방인의 집은 이제 페르시아 여인들이 모이는 사랑방이 되었다. 여인들을 따라온 아이들이 시끄럽게 떠들며 집 안팎을 쫓아다녔다.

하루를 끝내고 잠자리에 누우면서 파라랑이 말했다.

"페르시아 사람들도 우리 신라인처럼 손재주가 뛰어나고, 손님 접대를 좋아해. 흰옷도 즐겨 입고. 페르시아와 신라는 닮은 점이 많아. 그렇지?"

여지가 편안한 얼굴로 웃으며 고개를 끄덕였다. 파라랑은 가난하고 병든 신라인들을 도우며 아비틴이 느꼈을 보람과 즐거움을 알았다. 그리고 신라에서 이방인으로 살던 아비틴이, 자신을 황후로 선택하기까지 얼마나 힘들었을지 다시 한 번 깨달았다. 파라랑은 아비틴을 사랑해서 페르시아로 왔지만, 정직하고 따뜻한 페르시아의 사람들이 나날이 더 좋아졌다. 이따금 처음부터 이곳 다만단에서 살던 것처럼 느껴지기도 했다. 모든 것이 자연스러웠고 평안했다.

페레이둔

뜰에 석류꽃이 활짝 피었다. 곧 알알이 박힌 석류를 맛볼 수 있을 것이다. 파라랑은 새콤한 석류알을 생각하니 입에 침이 고였다.

파라랑이 목에 걸린 긴 목걸이를 내려다보았다. 금줄에 매달린 것은 석류 모양의 보석들이었다. 슬슬의 잎사귀에 루비와 마노*로 만들어진 석류알이 아래로 쏟아질 듯 섬세했고, 그 끝에는 금방울 묶음이 달려 있었다. 손끝으로 살짝 스치기만 해도 사방으로 울려 퍼지는 청아한 소리가 숲 속 새소리마냥 마음을 상쾌하게 했다. 아비틴이 파라랑에게 선물한 페르시아 황실 목걸이였다.

파라랑이 빙그레 웃으며 뱃속의 아기가 들을 수 있게 방울을

---

*석영이라고도 불린다. 광택이 있고 때때로 다른 물질이 스며들어 고운 적갈색이나 흰색 무늬를 띠기도 한다. 주로 보석이나 장식품으로 쓰인다.

흔들었다. 파라랑은 출산일이 가까워진 데다 날이 더워지자 마을로 찾아다니는 일을 그만두었다. 아기에게 필요한 물품을 만들면서 거의 집 안에서 지냈다.

그동안 아비틴은 군사 훈련과 잦은 전쟁으로 인해 다만단에 자주 오지 못했다. 머하비가 이끄는 쿠쉬군이 북부 산악 지대를 연달아 침입했다. 서로 질 수 없는 전쟁은 점점 더 공격적으로 변해 갔다. 변절한 페르시아인들도 다수 참전한 쿠쉬군은 거침이 없었다.

두 달여 만에 다만단에 온 아비틴이 뜻밖의 소식을 전했다. 모베드인 살리미안이 하늘에 큰 제를 지내려 한다고 했다. 전쟁의 승리와 태중 아기의 무사 출산을 기원하고자 마잔다란 사원에서 몸과 마음을 정갈히 한다는 이야기였다.

아비틴의 말을 전해 듣고 파라랑이 손뼉을 치며 기뻐했다.

"아비틴, 요새로 돌아갈 때 나를 그곳에 데려다주세요. 그렇게 큰 제라면 당연히 참석을 해야지요. 안 그래도 여지가 불당을 차려 놓고 날마다 부처님께 기도를 드린답니다. 이 아기는 페르시아의 혈육이니 당연히 선신께도 기도하면 좋을 것이에요."

아비틴은 만삭인 파라랑의 배를 보고 고개를 흔들었다.

"파라랑! 이렇게 몸이 무거운데 잘못되기라도 하면 어쩌려고 그러오?"

파라랑이 일어나 방 안을 천천히 걸어 다녔다.

"이것 보세요. 괜찮지요? 예정일까지는 많이 남아 있으니 폐하께선 염려하지 않으셔도 됩니다. 서둘러 준비해야겠네. 여지, 여지!"

파라랑은 아비틴이 말릴 사이도 없이 여지에게 급히 사원으로 떠날 채비를 지시했다. 아비틴은 마지못해 승낙을 했다.

마잔다란의 자드락길을 따라 산기슭에 있는 사원에 도착했다. 높고 큰 바위산 아래 자리 잡은 하얀 사원은 황금빛의 둥근 돔이 인상적이었다. 크지는 않았으나 함부로 근접할 수 없는 분위기의 단아한 사원이었다.

제사는 다음 날 새벽부터 별이 떠오른 밤까지 이어졌다. 중앙 화로에 불의 제단이 새로이 마련되었다. 그 아래 계단에 페르시아 만처럼 푸른 유리 화병이 쌍으로 놓여 있었다. 야생화가 화병에 꽂혀 달콤한 향내를 풍겼다.

살리미안이 사원의 제사장을 도와 제를 진행했다. 아비틴과 파라랑도 마음을 다해 기원했다. 파라랑은 무엇보다 간절히 아기의 순산을 바랐다.

"아기가 아후라 마즈다님의 선한 기운을 받게 해 주세요. 선조들을 닮은 지혜롭고 용맹한 아기가 되게 하소서."

아비틴과 파라랑의 기도는 끝이 났으나 제사장의 제는 밤늦게까지 이어졌다.

늦은 밤, 살리미안이 찾아왔다. 기운을 다한 듯 몹시 지쳐 보였지만 그 눈빛은 어느 때보다 환하게 빛났다.

살리미안이 말했다.

"폐하, 제사장이 밤을 새워 기도를 드리고 있나이다. 정보가 있어…."

이때 병사가 허겁지겁 방 안으로 들어왔다.

"지체하지 말고 전하라는 명을 받자 와 달려왔나이다."

한쪽 무릎을 굽힌 병사가 서신을 아비틴에게 올렸다. 차보쉰 장군의 전갈이었다.

급히 서신을 읽어 내려가던 아비틴의 얼굴이 굳어졌다. 서신을 살리미안에게 넘긴 아비틴이 담담하게 입을 열었다.

"적의 공격으로 마잔다란 요새의 북쪽이 허물어졌다는군. 급히 돌아오라는 차보쉰 장군의 전갈이야."

서신을 살핀 살리미안이 조심스럽게 말했다.

"폐하, 머하비 부인이 아들을 낳았다는 정보가 있습니다. 머하비가 기뻐하며 반드시 쿠쉬의 신뢰를 되찾겠다고 다짐했다 합니다. 이번 공격이 전부가 아닙니다. 우리 세작에 의하면 조만간 큰 전쟁을 일으킬 듯하답니다."

아비틴은 파라랑을 근심스럽게 바라봤다.

"파라랑, 다만단까지 혼자 가야겠소."

"괜찮아요. 아비틴, 어서 가 보세요."

아비틴은 곧장 살리미안과 병사를 앞세우고 요새로 출발했다. 파라랑도 다음 날 다만단으로 돌아가기 위해 채비를 끝냈다.

저녁 무렵, 하늘에 먹구름이 끼기 시작했다. 먹구름 사이로 드러난 한 조각의 노을은 핏빛처럼 붉디붉었다. 어둠이 내려앉았고 멀리서부터 구름이 사납게 구르릉거렸다. 사원 안의 그 누구도 잠을 이룰 수 없었다.

아무도 예상치 못한 때, 파라랑에게 진통이 왔다. 파라랑은 극도로 예민해져 불안해했다. 여지가 파라랑의 배와 허리를 부드럽게 어루만졌다. 산모의 마음을 진정시키려 애썼다.

"황후님, 황후님께서도 예정일보다 일찍 세상에 나오셨습니다. 이 손으로 신녀와 함께 황후님을 받았으니 아무 걱정 마세요. 괜찮습니다. 다 잘될 거예요."

이마에 흐르는 땀을 훔치며 파라랑이 고개를 끄덕였다. 진통은 예상보다 길었다. 파라랑의 비명이 높아질 때마다 여지와 시녀들이 긴장했다.

검은 하늘을 달리던 날카롭고 선명한 번개가 숲의 가장 오래된 나무에 내리꽂혔다. 이어 엄청난 천둥소리가 잠들지 못한 사람들의 귀를 먹먹하게 했다.

"으앙, 으앙! 으아아앙······."

마침내 살을 찢는 고통이 지나갔다. 산고에 지친 파라랑의 귀에 아기의 울음이 들렸다. 여지가 속삭였다.

"황후님, 황후님. 황자 아기씨입니다!"

황자가 태어났다. 아비틴의 아기가. 파라랑의 눈에서 한 줄기 눈물이 흘렀다. 아비틴의 뒤를 이을 아이를 얻었다는 기쁨의 눈물이었다.

여지가 아기를 파라랑의 품에 안겨 주었다. 주먹을 쥐고 우렁차게 소리를 지르는 아비틴의 아들이자 나의 아들! 파라랑은 아기의 주먹 쥔 손을 잡았다. 아주 조그만 그 손가락들이 파라랑의 마음을 온전히 채웠다. 파라랑이 눈꼬리에 눈물방울을 매달고서 웃으며 말했다.

"아가, 반갑구나. 내가 네 어머니란다."

여지가 아기를 씻기고 다시 파라랑에게 데려왔다. 아기는 새 근새근 잠들어 있었다. 입을 오물거리며 배냇짓을 하는 모습을 무엇에 비하리. 세상에 존재하는 사람들은 모두 한 사람의 여 인을 통해 이렇게 태어난다. 파라랑은 새삼 생명의 존재가 더 없이 귀하게 느껴졌다.

파라랑은 잠시라도 아기를 품에서 놓고 싶지 않았다. 그러나 여지가 억지로 아기를 빼앗았다.

"이제 황후님도 쉬셔야 합니다. 산모가 편안해야 아기님도 잘 자란답니다."

아비틴은 가시덤불과 천 길 절벽을 오가는 전쟁 중에 황후의 출산 소식을 들었다. 그는 파라랑의 마음을 헤아려 사도와 아 리를 다만단으로 보냈다.

여지가 산모는 쉬어야 한다며 접견을 모두 막았으나 파라랑 이 사도와 아리 그리고 잉신들을 불러들였다.

"여지, 그들은 특별한 식솔이야. 우리만의 추억이 있잖아. 모두 들어오라고 해. 기쁜 일도 함께, 슬픈 일도 함께해야지. 어서!"

잉신들은 파라랑의 침상에 둘러앉아 아기의 모습을 보고 파 라랑을 닮았느니 아비틴을 닮았느니 하며 실랑이를 벌였다. 아 리가 넋을 잃은 듯 아기를 바라보았다.

'아리……. 신라에 있을 동생, 아기 때 헤어졌다는 동생을 생 각하는구나.'

아리는 그동안 성큼 자라 제법 여전사의 티가 났다. 파라랑

앞에서 종달새처럼 재잘거리며 이야기하던 예전의 아리가 아니었다.

파라랑이 아리에게 말을 건넸다.

"아리야, 눈빛이 단단해졌구나."

아리가 쑥스러운 듯 사내처럼 무뚝뚝하게 대답했다.

"저 자신을 소중히 여겨야 한다는 것을 깨달았습니다. 저는 황후님에게 필요한 사람이 될 수 있는 것이 좋고, 폐하의 큰 꿈을 돕는 일에 힘을 보탤 수 있다는 것도 기뻐요. 음, 그러니까 황후님, 아무래도 페르시아의 태양이 저한테 좋은 영향을 주는 것 같아요."

"우리 아리가 언제 이렇게 컸을까? 네가 자랑스럽구나."

아리의 얼굴이 환하게 밝아졌다. 파라랑은 아리를 보며 생각했다. 세상에 태어난 아이들은 어른들이 다 함께 정성으로 보살펴야 한다는 것을. 사람에 의해 상처받지 않도록 해야 한다는 것을. 사랑을 받으며 자란 아이들은 사랑을 베풀 것이고, 그 아이들의 세상은 평화로울 것이기 때문이다.

여지가 어른들의 입김이 해롭다며 아기를 안고 휘장 안으로 사라진 뒤에도 잉신들은 파라랑의 곁을 떠날 줄 몰랐다. 파라랑의 얼굴에서 어머니다운 너그러움과 따스한 미소가 떠나지 않았다.

아비틴은 파라랑이 출산한 지 한 달이 훌쩍 지나고서야 달려왔다. 그동안 저항군은 허물어진 요새의 성벽을 탄탄하게 쌓아올리고 야간에 쿠쉬군을 기습 공격했다. 그 결과 대승을 얻었고 아비틴의 군대는 그 어느 때보다 사기가 드높았다. 그 와중에 황자의 탄생은 승전보만큼 기쁜 소식이었다.

"파라랑, 고생하였소. 애 많이 썼소이다."

아비틴이 앙증맞은 아기의 손을 잡았다. 아기 손이 아비틴의 검지를 꼭 잡고 놓지 않았다. 아비틴이 웃음을 터뜨렸다.

"제사장이 말하길 이 아이는 상서로운 운명을 타고났다 하오. 이 아이를 페레이둔이라 이름 짓는 게 어떻소?"

"무슨 뜻이에요?"

아비틴이 아기를 어르며 말했다.

"모두를 행복하게 하는 아이. 우리를 행복하게 할 황자, 페레이둔."

파라랑이 입으로 가만 불러 보았다.

"페레이둔, 페레이둔……. 아비틴, 좋은 이름이에요. 페르시아 사람들을 행복하게 할 아이, 페레이둔!"

페레이둔은 순한 아기였다. 잘 자고 잘 먹고 잘 놀았고, 하루가 다르게 무럭무럭 자랐다. 페레이둔이 태어난 지 백일이 다 되어 갈 무렵이었다.

파라랑이 막 페레이둔을 목욕시키고 젖을 먹인 후였다. 아비틴이 문을 열고 들어왔다. 여전히 때로는 이기고 때로는 지기도 하는 전쟁은 끊이지 않았다. 전장에서 막 돌아온 아비틴에게서 피비린내가 확 끼쳤다. 아비틴도 그것을 알아챘는지 페레이둔 가까이 오지 않고 문 옆에 서 있었다.

파라랑이 다정한 눈빛으로 말을 걸었다.

"아비틴, 이리 와서 앉으세요. 힘들었지요? 이번 싸움은 쉽지 않았다고 하더군요."

어느새 잠든 페레이둔을 물끄러미 바라보던 아비틴이 한참 후에야 입을 열었다. 지극히 낮고 조용한 목소리였다.

"파라랑, 제사장이 말하길, 아무래도 페레이둔을 당분간 우리에게서 멀리 떨어뜨려 키우는 편이 좋겠다고 하오. 만일을 위해……. 파라랑, 신하들 의견도 그렇고, 나도 페레이둔이 안전할 때까지 숨겨서 키우는 것이 좋을 것 같소."

파라랑은 너무 놀라 벌떡 일어났다. 아비틴이 파라랑의 팔을 잡아 자리에 앉혔다.

"하지만 아비틴! 백일도 안 된 갓난아기인데, 어떻게 그래요?"

"쿠쉬 세작들이 병사들 속에 있을 수도 있고, 언제 쿠쉬군에게 공격을 당할지 모르는 상황이오. 최악을 대비하는 것이라오. 조심해서 나쁠 건 없지 않겠소?"

파라랑은 아비틴을 바라보았다. 매사에 신중하고 믿을 수 있는 사람, 페레이둔을 위해서 생각하고 또 생각해서 내린 결정일 터. 페레이둔과 헤어진다는 생각에 눈물이 그렁해진 파라랑은 아비틴을 꽉 껴안았다.

"그리 슬퍼할 건 없소. 몇 시진이면 갈 수 있는 거리에 은신처를 마련해 두었소. 좋은 페르시아 황실 유모도 구해 놓았다오. 여지와 함께 페레이둔을 돌보게 합시다, 파라랑."

아비틴은 달큰한 젖내를 풍기며 잠든 페레이둔을 내려다봤다. 아비틴의 눈에 더할 수 없이 지극한 부정이 담겨 있었다.

왕 궁

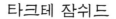

타크테 잠쉬드

짙푸른 바다가 시원하게 눈앞에 펼쳐진 완만한 아몰의 해변이었다. 한낮이 지난 지 한참이건만 햇살은 여전히 강렬했다.

야자수 나무 아래 사방이 훤하게 트인 하얀 그늘막에서 웃음소리가 흘러나왔다. 청청한 아기 웃음이었다. 이어 아기를 어르는 아비틴과 파라랑의 목소리가 이어졌다.

아비틴이 모처럼 식솔과 함께 시간을 보내고 있었다. 머하비가 이끄는 쿠쉬군이 대패한 후, 마잔다란 일대에서는 쿠쉬군의 모습이 눈 녹듯 사라져 보이지 않았다. 주변국에 머물고 있는 폭풍 전야처럼 고요한 적들이 의심스러웠으나 벌써 한 달째 움직임이 없었다. 저항군은 경계를 늦추지 않았지만 감시병 외에는 대부분 휴식을 취하고 있었다.

살리미안이 그늘막 안으로 들어왔다. 파라랑이 아비틴에게서 페레이둔을 받아 안았다. 이런 때 살리미안이 아비틴을 찾는 일은 드물었다. 페레이둔이 아비틴에게 가려고 바동거렸다. 살리미안의 얼굴에 살짝 미소가 번졌다가 사라졌다. 살리미안이 아비틴 가까이 다가섰다.

"폐하, 군자금이 턱없이 모자랍니다. 여름은 어떻게 버티겠지만 더는……."

아비틴은 페레이둔을 어르며 무심히 대꾸했다.

"그렇소? 그럴 때가 됐지. 살리미안, 잠쉬드 대왕께서 우리를 도와주실 것이오."

"그것이 폐하, 적의 군대가 마잔다란을 에워싸고 상단의 길을 막고 있습니다. 검문이 철저해서 육로는 거의 막혀 있다고 봐야 합니다. 심각합니다, 폐하."

"살리미안, 지금쯤 이런 수법을 쓰리라 짐작했잖소. 쿠쉬가 당나라에서 군자금이 들어오는 길목쯤은 파악했을 테니까."

"폐하, 무슨 방법이 있습니까?"

아비틴이 살리미안을 바라보았다. 여유로운 얼굴이었다.

"해로를 이용하면 되지 않겠소?"

"해로라면 페르시아 만을 거쳐 내륙으로 들어오는 길을 말씀하시는 겁니까? 바닷길은 괜찮다 해도 예전보다 도시 검문이 심해서 내륙을 거쳐 마잔다란으로 돌아오기 힘듭니다."

아비틴이 고개를 저었다.

"쿠쉬는 비단길만 감시를 하지 남쪽은 생각지 못하고 있소. 정찰대가 이미 확인을 했소이다."

살리미안의 얼굴에는 여전히 근심 어린 빛이 떠올라 있었다.

"하오나 우리 상단들은 늘 육로로 왔으니, 해로를 낯설어할 겁니다."

아비틴이 손짓했다. 살리미안이 아비틴에게로 몸을 기울였다.

"우리는 잠쉬드 대왕을 만나러 가오."

살리미안의 눈이 휘둥그레졌으나 곧 잠자코 뒤로 물러났다.

아비틴이 명했다.

"상단을 꾸리시오. 실라에서 혼수품을 가져오는 상단을 맞이하러 가는 것이오. 지휘부에 그렇게 전하시오. 아, 황후와 함께 할 것이오."

살리미안이 다시 한 번 고개를 숙이고 그늘막을 나갔다.

파라랑이 물었다.

"아비틴, 신라에서 사신이 오나요? 그런 말은 듣지 못했는데요."

아비틴이 주변을 둘러보며 속삭이듯 아주 작은 목소리로 대답했다.

"사실은, 선황제로부터 내려오는 보물이 있소. 물론 훗날 우리 페레이둔이 쓸 수 있도록 다시 채워 놓아야 하오. 세작들이 있을지 모르니, 실라에서 사신이 오는 것으로 하는 편이 좋지 않겠소? 사원에 맡겨 둔 선황의 보검도 찾아와야겠소. 그렇지? 페레이둔."

페레이둔을 어르는 다감한 아비틴의 목소리가 그늘막 밖으로 새어 나갔다. 어느새 바다 저편에 서서히 노을이 물들고 있었다.

며칠 후 조촐한 상단이 꾸려졌다. 파라랑도 동행한다는 점이 여느 때와 달랐다. 아비틴과 파라랑이 앞장서고 살리이만과 하기기, 사도가 그 뒤를 따랐다. 역관이 저항군 병사들을 상인으로 꾸며 낙타와 노새를 끌게 했다.

상단은 순조롭게 남으로 내려가고 있었다. 카샨을 지나 포도밭 언덕 아래로 뻗은 갈림길에 접어들었을 때였다. 행렬 뒤편에 있던 세예드가 말을 달려 아비틴의 앞을 막아섰다. 세예드의 얼굴은 사색이 되어 있었다.

"큰일 났습니다, 폐하."

곁에 있던 살리미안이 초조한 목소리로 물었다.

"아직 돌아오지 않은 건가?"

아비틴이 눈썹을 치켜세우며 살리미안을 바라봤다. 살리미안이 고했다.

"폐하, 카샨을 지났을 때 병사 한 명이 보이지 않는다기에 그를 찾아오라 세공사 버게르와 다른 병사를 보냈는데, 그들마저 실종된 듯합니다."

곁에서 세예드가 불안한 표정으로 말했다.

"사라진 세 명 모두 신망이 있는 자들입니다. 이동 중인 쿠쉬군을 보긴 했습니다만……."

아비틴이 물었다.

"카샨에서 사라졌다는 병사가 누구요?"

"호더입니다."

파라랑은 앞으로 나가려는 말의 목덜미를 다독이며 고개를 갸웃거렸다.

"호더라면 부모가 쿠쉬군에게 죽었다는 대장장이 청년이잖아요. 설마……."

아비틴이 침착한 어투로 명했다.

"오늘은 이곳에서 노숙을 하고, 발 빠른 자를 골라 세 사람을 찾도록 하시오."

그러자 살리미안이 나섰다.

"아닙니다, 폐하. 소신이 버게르에게 지시했습니다. 호더를 찾으면 야즈드에서 기다리라고 말입니다. 만약에 세작이 저항군인 세 사람들의 정체를 알아챘다면, 우리도 위험합니다. 예정대로 일정을 진행하시는 편이 좋을 듯합니다."

파라랑도 조심스럽게 거들었다.

"저의 생각도 그러합니다. 그대로 가시지요, 폐하."

그러나 파라랑은 껄끄러운 마음을 떨칠 수 없었다.

'호더는 힘이 세서 웬만한 장정 서너 사람 몫을 했는데. 그래서 아비틴이 이번 행렬에 끼워 넣었지. 행동이 굼뜨고 어눌하지만, 호더는 믿을 수 있는 청년이야. 곧 따라올 테지.'

아비틴도 생각에 잠긴 얼굴로 말을 몰았다.

야즈드를 지나 한적한 소로로 들어섰는데도 사라진 신하들의 소식은 없었다. 살리미안이 애써 밝은 목소리로 사람들의 마음을 달랬다.

"괜찮을 겁니다. 일단 우리가 해야 할 중요한 일에 집중합시다. 충직한 버게르가 알아서 처리할 겁니다."

살리미안이 앞서서 길을 잡았다. 산과 계곡을 거쳐 여러 도시를 지나고 들판을 달렸다. 높고 낮은 산맥으로 이어진 길을 따라 나아가자 두 개의 넓고도 푸른 강이 만나는 곳에 이르렀다.

다른 곳과 달리 넉넉한 강물이 흘렀고 산으로 둘러싸여 아늑하게 느껴졌다. 그곳에 말을 멈춘 아비틴이 신하들에게 말했다.

"여기서 쉬도록 하라. 주변을 돌아봐도 좋다. 허나 간혹 이 근방을 지나는 사람들이 의심하지 않도록 주의하라. 살리미안, 준비해 주시오."

명을 받은 살리미안이 말에서 내렸다. 큰 향나무 아래 짐을 부려 놓은 신하들이 잠잘 곳을 마련하고 식사를 준비하느라 부산하게 움직였다.

아비틴이 파라랑의 말고삐를 잡았다. 몸을 기울여 비밀을 감춘 아이처럼 은밀한 표정으로 파라랑에게 속삭였다.

"파라랑, 그대에게 보여 주고 싶은 황궁이 있소."

아비틴은 앞으로 말을 달려 파라랑을 이끌었다. 서쪽으로 이어진 허물어져 가는 완만한 돌계단을 두어 번 돌자 눈앞에 암회색의 화산암들이 뒹구는 고대 도시가 나타났다. 끝없이 펼쳐지는 거대한 규모의 그곳은 바로 페르시아 옛 황궁*이었다. 말에서 내린 아비틴의 목소리가 다소 흥분되어 있었다.

"이 아파다나 궁은 선황들께서 신년 하례가 되면 각국 사절단들을 맞이하는 알현실로 사용하던 곳이었소. 그때는 온 나라가 노우루즈**라고 부르는 새해 축제에 들떠 있는 시기라오."

파라랑은 고개를 끄덕이며 주변을 둘러보았다. 그곳은 동쪽

---

* '페르세폴리스'는 기원전 4세기 아케메데스 왕조 페르시아의 수도였다. 그러나 산이 많은 외딴 지역이라 왕이 거처하기에 불편했기 때문에 주로 봄에 사절단을 맞이하는 신년 하례 궁으로 쓰였다.
* 봄으로 들어가는 시기인 춘분이 찾아오면 페르시아에서는 활활 타오르는 불과 함께 3주간 대규모의 축제가 열렸다. 페르시아의 수많은 속국으로부터 축하 사절단이 매년 찾아왔고 다양한 행사가 있었다.

으로 자비로운 산*과 맞닿아 있었고 나머지 세 방향으로는 산사태를 막기 위한 옹벽이 쌓여 있었다.

아비틴이 황궁의 흔적이 남아 있는 암석 위에 올라섰다. 황궁은 화산암들을 매끄럽고 단단하게 다듬은 다음, 정확한 위치에 차곡차곡 쌓아 올린 모양이었다.

이어 황궁으로 들어가는 계단이 나타났다. 궁을 경비하는 거대한 조각상이 눈앞을 가로막았다. 사람 얼굴에 날개가 달린 황소 라마수와, 사자 몸통에 독수리의 머리와 날개를 가진 그리핀의 조각상이었다.

"페르시아 황궁 중에서도 가장 크고 아름다운 궁이라오. 먼 옛날 마케도니아 왕국 알렉산더가 도시를 정복했을 때, 승자가 그렇듯 궁전을 불태우고 많은 무기와 보물들을 몽땅 싣고 가버렸소."

아비틴은 돌조각 하나하나 애정을 담아 바라봤다. 고대 역사가 살아 있는 곳이었다. 계단이 파괴되고 허물어졌는데도 섣불리 발걸음을 내딛기가 조심스러웠다. 아비틴이 돌기둥을 손으로 어루만지며 말했다.

"그 옛날 귀족들은 이 트리필론 전당의 계단을 밟고 백주의 방으로 들어섰소."

웅장했을 백주의 방. 지금은 거대한 원기둥만이 끝없이 늘어서 있었다. 큰 땅을 가진 나라라 황궁의 크기가 신라에서는 상상하지 못할 규모였다. 지금 보고 있는 연꽃무늬가 새겨진 기

---

*페르세폴리스 유적지는 '자비로운 산'이라는 뜻의 쿠이라마트 산기슭에 있다.

둥의 초석만으로도 실로 엄청난 크기의 황궁이었음을 충분히 짐작할 수 있었다.

"이곳은 바로 황제 알현실이오. 각국 사절단이 끊이지 않고 들어왔던 대제국 페르시아는 말 그대로 세계의 중심이었소. 그래서 우리는 이 황궁을 타크테 잠쉬드, 위대한 잠쉬드 대왕의 옥좌라고 부르고 있소."

아비틴이 돌에 새겨진 비문을 읽어 주었다.

신이시여, 이 나라를 적과 굶주림과 어리석음으로부터 보호하소서.

파라랑은 옛 황궁을 거니는, 분명 아비틴의 모습과 닮았을 페르시아의 위대한 선황제들을 눈앞에 그려 보았다.

"선황들께서는 현명하고 어지셨군요."

파라랑은 벽에 새겨진 부조도 눈여겨보았다. 아비틴의 말대로 곡물을 바치는 사절단의 부조를 비롯해 장면들마다 놀라운 이야기를 전하고 있었다. 페르시아의 찬란한 영광을 엿볼 수 있는 부조물이었다. 그러했던 대제국을 빼앗겼으니, 지금 아비틴이 얼마나 서럽고 안타까운 마음일까. 파라랑은 아비틴에게 손을 내밀었다. 아비틴이 파라랑의 손을 힘주어 마주 잡았다.

그들은 황궁터에서 벗어나 언덕을 올랐다. 바람이 파라랑의 달아오른 뺨을 스치고 지나갔다.

아비틴이 말했다.

"저기 보이는 곳이 선황제들이 잠들어 있는 신성한 장소, 선황들의 암굴묘라오."

강 건너에 아득한 높이의 절벽이 솟아 있었다. 햇살을 받아 진홍색으로 변한 암벽은 그 까마득한 높이만으로 신비로움을 자아냈다.

"파라랑, 우리는 이곳에서 힘을 얻고 있소. 자하크든 쿠쉬든 어느 누구도 절대 페르시아를 이기지 못하오. 우리는 자랑스러운 선조들을 절대 잊지 않을 거니까!"

"아비틴, 정말 놀라워요. 페르시아는 굉장한 역사를 가지고 있었군요. 페레이둔과 함께 다시 왔으면 좋겠어요."

아비틴이 환한 얼굴로 고개를 끄덕였다. 아비틴의 눈빛에는 누구도 범접하지 못할 자신감이 깃들어 있었다.

"선황들이 지켜 낸 페르시아, 그 영광된 제국을 되찾을 것이오. 그리고 언젠가 그대에게 궁전을 지어 주리다. 나 아비틴이, 페르시아 황후에게 걸맞는 아름다운 궁전을 그대에게 바칠 것이오. 나는 내 궁전의 뜰에서 그대와 페레이둔이 행복하게 웃는 모습을 보려 하오."

"아비틴, 그런 날이 반드시 올 거예요. 그날이 오기를 기다릴게요."

파라랑과 아비틴은 노을로 붉게 물들어 가는 절벽에서 잠쉬드 대왕의 옥좌라 불리는 황궁을 오래도록 바라보았다. 그들은 두 손을 맞잡고 선조들 앞에서 페르시아를 꼭 되찾겠다고 굳게 다짐했다. 그리고 마지막 노을빛이 사라져 가는 것을 보고 말을 달려 신하들이 있는 곳으로 되돌아왔다. 파라랑은 허물어진 옛 황궁에서 가슴 벅찬 경험을 했다.

아비틴을 본 살리미안이 조용히 다가왔다.

"폐하, 모든 준비를 마쳤습니다."

"어차피 밤을 기다려야 하오. 이곳을 지나는 이는 드물지만 그래도 낙타와 노새를 앞으로 배치해 상단임을 강조하시오."

어둠이 깊어 갔다. 신하들 몇몇이 모닥불에 둘러앉아 악기를 연주하며 망국의 한을 달랬다. 대부분의 천막들은 벌써 깊이 잠들었는지 코 고는 소리가 들렸다.

별들은 한층 빛났고 주변이 조용해졌다. 천막 휘장을 올려 바깥을 살핀 아비틴이 말했다.

"파라랑, 천막에서 기다리시오. 위험할 수도 있소."

파라랑은 완강하게 고개를 저었다.

"아니에요. 아비틴, 선황제들께서 내리신 선물이라면서요. 후대까지 염려한 페르시아의 선황제들께 가까이 다가가서 감사를 드리고 싶어요."

파라랑의 눈이 천막 밖 별빛처럼 반짝거렸다. 페레이둔을 낳고 난 후 파라랑은 달라졌다. 말투와 행동은 여전히 부드러웠지만 자기주장이 강해졌다. 아비틴이 잠깐 망설이다가 고개를 끄덕였다.

"그렇게 합시다. 나도 파라랑에게 선대의 보물을 보여 주고 싶소. 내 곁에서 떨어지지 마시오."

아비틴은 파라랑과 함께 야영지를 빠져나왔다. 굴곡 심한 돌 길을 따라 한참 동안 걸었다. 도랑을 건너 굴러떨어진 바위 더미 사이를 지나가자 절벽을 깎아 만든 암굴묘가 나왔다. 아비틴이 휘파람으로 신호를 보냈다. 미리 와서 기다리고 있던 살리미안이 모습을 드러냈다. 그 뒤로 사도, 하기기, 세예드 그리고 충직한 석공과 검투사 출신의 대장 무사가 다섯 마리의 노새를 앞세우고 서 있었다.

아비틴이 침착한 목소리로 말했다.

"출발합시다."

아비틴은 익숙한 길인 듯 서슴없이 앞으로 나아갔다.

횃불에 드러난 암굴묘의 부조가 웅대하게 느껴졌다. 모두를 질식시킬 것처럼 보였다. 살리미안이 낮은 목소리로 기도했다. 선황제들의 깊고 편안한 잠을 기원하는 것이리라. 다들 몸을 잔뜩 움츠리며 걸었다. 덩치가 우람한 석공이 몸을 부르르 떨었다. 이방인인 파라랑조차 신성한 황제들의 노여움을 살까 봐 두려운 마음이 들었다.

파라랑은 아비틴의 등 뒤에 바짝 붙어서 조심스럽게 발을 내디뎠다. 좁고 긴 바위틈으로 지나가다가 아래로 내려갔다. 마침내 아비틴이 어느 암벽 앞에 멈춰 섰다. 그 암벽 중간쯤에는 의자에 앉아 있는 근엄한 황제의 부조가 새겨져 있었다. 횃불을 높이 든 아비틴이 갈라지고 어긋난 암벽 안으로 사라지는가 싶더니 곧 모습을 드러냈다.

아비틴이 안내하는 불빛을 따라 한 사람이 겨우 지나갈 만한 좁은 암벽 사이를 통과하자 사자의 부조가 있었다. 아비틴이 사자 부조의 한 부분을 누르자 뜻밖에도 서쪽 암벽의 일부분이 갈라졌다. 비문이 새겨진 절벽 아래 울창한 나무들로 가려진 암벽이었다. 암벽 안쪽은 땅속 동굴로 이어져 있었다. 아비틴이 불빛을 비추지 않았으면 그곳이 열리리라고는 아무도 몰랐을 것이다. 나중에야 안 일이지만 절벽의 비문에는 "감히 훼손을 하는 자에게는 황제의 저주가 있으리라."라는 글이 쓰여 있었다.

살리미안이 지시했다.

"노새와 물건들은 두고 바구니만 들고 들어갑시다."

불빛에 비친 사람들의 얼굴은 나뭇가지에 걸린 겨울 달처럼 핏기 하나 없었다.

아비틴이 엄하게 말했다.

"두려워하지 말라! 선신의 고리를 받은 페르시아 황제가 있는 한 아무 일도 없을 것이다."

아비틴을 따라 거칠게 깎은 입구를 빠져나와 비좁은 나선형의 계단을 돌자 차갑고 단단한 철문이 나왔다. 철문에도 역시 사자의 부조가 있었다. 머리의 갈기가 정교하여 마치 살아 있는 사자를 보는 듯했다. 살리미안은 이제 소리 내어 기도문을 읊었다. 신하들도 살리미안처럼 절을 하듯 깊숙이 허리를 숙였다.

아비틴이 말했다.

"선황들이시여, 페르시아 영광을 되찾기 위해 왔나이다. 용서하소서!"

아비틴이 사자의 목 부분에 새겨진 소용돌이 문양에 손을 댔다. 문양이 돌아가며 철컥 소리와 함께 오랫동안 닫혀 있었던 철문이 귀에 거슬리는 소리를 내며 열렸다. 문 안에 들어선 아비틴이 횃불을 벽에 붙은 고리에 갖다 댔다. 동시에 고리에 연결된 홈을 통해 불이 붙었다. 긴 암벽 복도 끝에는 위협적인 그리핀과 라마수 형상의 눈부신 두 황금상이 서 있었다. 황제의 보물을 지키고 있는 상상의 동물이었다. 아비틴이 돌문을 밀자 불빛을 받은 보물들이 사방으로 빛줄기를 내뿜었다. 붉고 푸르게 채색된 벽화와 천장에서 바닥까지 넘치는 찬란한 빛의 기운이 주변을 완벽하게 장악했다. 선황제들의 보물 창고였다.

아비틴이 낮고도 엄숙하게 말했다.

"이것은 잠쉬드 대왕께서 페르시아를 위해 남기신 보물이다. 잠쉬드 대왕의 축복 아래 단 한 조각도 허투루 쓰이지 않을 것이며 모두 페르시아 군자금으로 사용할 것이다. 어서 바구니 안에 황금만 담아라."

어느 누구도 이렇게 크고 황홀한 보물 창고를 본 일이 없었다. 눈앞에 펼쳐진 광경은 믿기지 않았다. 다들 태양처럼 빛나는 황금과 진기한 보석들을 꿈속인 양 멍하니 바라보고만 있었다.

"시간이 없다. 황금을 담아라!"

아비틴의 독촉을 받고서야 정신이 든 일행이 움직이기 시작했다. 모두 손에 집히는 황금을 무작정 바구니에 쓸어 담았다. 건조한 곳인데도 온몸에서 땀이 배어 나왔다.

"노새가 싣고 갈 만큼 바구니에 채워라."

열 개의 바구니가 다 채워지고 나자 아비틴이 손을 들었다.

"그만, 이제 그만! 나가도록."

암벽 고리의 불빛이 서서히 잦아들고 있었다. 일행이 돌문 밖으로 나가자 불빛이 꺼져 버렸다. 깜깜했다. 살리미안이 갖고 들어온 두 개의 횃불에 의지해 복도를 지났다. 일행이 모두 빠져나온 것을 보고 아비틴이 바깥 철문을 닫았다.

신하들이 부지런히 노새에 바구니를 실었다. 바구니의 황금 위에 따로 챙겨 온 장신구와 벽걸이 공예품들을 그럴듯하게 채운 뒤 노새의 등을 두드렸다. 노새들은 적당한 무게라는 듯 터벅터벅 걸었다.

아비틴은 큰 걸음으로 성큼성큼 걸어갔지만, 파라랑은 들어올 때보다 나갈 때가 더 힘들었다. 한 걸음 옮길 때마다 알 수 없는 무서움이 머리 위를 누르고 있는 듯했다. 파라랑만 그런 것이 아니었다. 신하들의 얼굴에 공포가 서려 있었다. 좁은 암벽 사이를 지나면서 위대한 선황들의 분노가 뒤에서 덮칠 것처럼 느껴졌다. 숨통을 조이는 듯한 두려움이었다. 살리미안은 계속 기도문을 중얼거렸고, 파라랑은 아비틴의 뒤에 바짝 붙어 걸었다. 석공과 대장 무사는 강인한 사람들인데도 손을 연신 떨고 있었다.

무사히 암벽을 벗어나 천막이 내려다보이는 언덕에 올랐다. 일행은 누구랄 것 없이 그대로 바닥에 주저앉았다. 땀에 흠뻑 젖은 신하들은 밤하늘의 별빛을 우러르며 감사 기도를 올렸다.

"아후라 마즈다시여, 감사하옵니다, 감사하옵니다."

어느덧 동녘 하늘에 새벽이 다가오려는지 먹빛이 옅어져 있었다.

살리미안이 미리 마련한 빈 천막으로 사람들을 데리고 들어갔다. 파라랑도 긴장이 풀려 아비틴보다 먼저 깊은 잠에 빠져들었다.

다음 날 햇살이 환히 비출 때에야 파라랑은 겨우 눈을 뜰 수 있었다. 아비틴이 천막으로 들어왔다. 아비틴은 한숨도 자지 않은 듯했다. 바깥에서 병사들을 재촉하는 살리미안의 목소리가 들렸다.

"자자, 이제 마잔다란으로 돌아갑시다."

파라랑이 얼른 천막 안의 물건들을 한곳으로 정리했다. 아비틴이 싱긋 웃었다.

"파라랑, 이제 떠돌이 생활에 완전히 적응이 되었소이다."

파라랑은 살짝 눈을 흘기며 재게 손을 놀려 할 일을 했다.

지난 밤 함께했던 일행과 구분해서 천막을 사용한 까닭에 다른 일행들은 밤사이 일어난 일에 대해 알지 못했다. 아침 식사를 한 후, 일행은 행로를 돌려 북쪽으로 출발했다.

일행이 야즈드로 들어가는 길목에 접어들 때였다. 나지막한 흙산을 넘어 일행보다 앞서갔던 길잡이 무사가 호더를 데리고 돌아왔다. 호더가 아비틴의 앞에 무릎을 꿇었다. 무사가 아비틴에게 고했다.

"폐하, 호더가 말하길, 카샨을 지날 때 낙타 상인이 끌고 가는 노예가 여동생인 것 같아 따라갔다가 쿠쉬군에게 잡혔다 합니다. 호더를 찾으러 갔던 두 사람은 죽었고, 호더는 감시가 소홀한 틈을 타서 탈출했다고 합니다."

호더는 예의 그 어눌한 말을 늘어놓으며 땅에 머리를 찧었다. 호더의 눈에서 눈물이 철철 넘쳐흘렀다.

"폐, 폐하, 저, 저 때문에 두 사람이 죽었습니다. 저, 저를 죽여 주십시오."

늘 보아 왔던 우직한 호더의 모습이었다.

살리미안이 눈을 치뜨며 물었다.

"우리가 이 길로 온 줄 어찌 알았느냐?"

호더가 무슨 말인가 계속 떠들었다. 두려워서인지 하도 말을 더듬어서 길잡이 무사가 통역하듯 대신 말했다.

"폐하, 세공사 버게르가 죽어 가면서 야즈드로 가면 폐하를 만날 수 있을 거라고 했답니다. 그런데 때마침 머하비가 쿠쉬의 대부대와 합류하기 위해 마잔다란으로 가더랍니다. 전역에서 몰려드는 쿠쉬군에게 야즈드에서도 다시 잡힐까 겁이 나, 길을 따라 내려오다가 저를 만난 것이라 합니다."

호더가 전하는 기막힌 소식에 일행은 말을 잃었다. 곧 아비틴이 놀란 목소리로 외쳤다.

"쿠쉬와 머하비가 마잔다란으로 갔다고? 그럼 어제 본 그 군대는, 세파한에 있는 부대가 모두 마잔다란으로 이동하고 있겠구나. 요새가 위험하다!"

"폐하, 차보쉰과 발라스 장군이 있으니…."

아비틴이 세차게 고개를 흔들었다.

"총력전이다. 쿠쉬는 지략이 뛰어난 자다. 승산이 없으면 움직이지 않는다. 만약, 만약, 요새가 위험해지면 다만단 그리고……."

아비틴의 몸이 휘청거렸다. 살리미안이 아비틴을 부축하며 속삭였다. 아비틴과 살리미안이 돌아서서 잠시 이야기를 나누었다.

아비틴이 명했다.

"나는 먼저 요새로 돌아가겠다. 다 함께 움직이면 위험하다.

살리미안의 지시를 따라 이동하도록 하라. 호더에게 말을 내주어라."

아비틴이 파라랑에게 다가섰다. 파라랑은 이해할 수 없었다.

"아비틴, 군대가 이동했을 뿐, 전쟁이 벌어진 것도 아닌데 그렇게 서둘 필요가…."

아비틴이 파라랑의 어깨를 잡았다. 아비틴의 눈빛에 파르르 경련이 이는 듯했다.

"직감이 맞을 때도 있소. 한시가 급하오. 그럴 리 없어야 하지만, 전쟁이 났다면 외부에서 도와줄 지원군이 필요할 수도 있소. 파라랑, 지금은 무엇보다 군자금이 중요하오. 살리미안과 함께 오도록 하시오."

순간 어떤 불길한 느낌이 파라랑의 머리를 후려쳤다. 아비틴이 창백해져 가는 파라랑을 보고 괜찮다는 듯 웃어 보였다.

"그대는 실라 공주이자 나의 황후요. 이제 미래의 황제, 페레이둔의 어머니잖소? 신하들을 그대 곁에 두고 갈 테니 걱정 마시오."

"안 돼요. 아비틴, 마잔다란까지 호더와 단둘이라니요? 너무 위험해요. 병사를 더 데려가세요."

살리미안도 아비틴에게 말했다.

"그렇습니다. 폐하, 위험합니다. 병사를 더 데려가십시오."

아비틴이 살리미안과 파라랑을 번갈아 보더니 빙그레 미소 지었다.

"알았소이다. 혹시 쿠쉬군과 마주칠지 모르니 병사 다섯만 데려가리다. 됐지요, 파라랑? 더 이상은 안 되오. 군자금으로 쓰일 황금들이 얼마나 소중한지 잘 알지 않소?"

무슨 일이 벌어질 듯한 불길함이 파라랑의 심장을 조여 왔다. 파라랑은 두 손으로 가슴을 누르며 간신히 입을 열었다.

"아비틴, 조심, 또 조심하세요."

아비틴이 검의 손잡이에 매여 있는 파라랑의 진초록 머리끈을 흔들었다.

"나에게는 언제나 이 행운의 머리끈이 있지 않소."

아비틴은 미소를 띤 채로 말을 이었다.

"파라랑, 내가 없을 땐 그대가 페르시아 여왕이라는 것을 잊으면 안 되오. 이런, 금방 눈물이 떨어지겠소. 파라랑, 어려운 상황이 되더라도 살리미안이 잘 처리할 게요."

아비틴이 호더를 앞세우고 말고삐를 잡아당겼다. 말이 몇 걸음 앞으로 나아갔을 때 아비틴은 다시 말머리를 돌려 파라랑 앞에 멈춰 섰다. 그러고는 말에서 뛰어내렸다. 아비틴이 톱니바퀴 원형에 두 머리의 독수리 문양이 새겨진 목걸이를 빼 파라랑 목에 걸어 주며 속삭였다.

"파라랑, 암굴을 여는 열쇠요. 황제에게서 황제로만 전해져 내려오는 열쇠! 이것을 페레이둔의 어머니인 그대에게 당분간 맡길 테니 잘 지켜야 하오. 우리는 곧 만날 것이오."

파라랑은 아비틴을 꽉 끌어안았다. 정말 이상했다. 어찌 이리 불길한 예감이 드는지. 파라랑은 몸이 굳어진 것처럼 아비틴을 잡고 놓지 않았다. 아비틴이 어린아이를 달래듯이 등을 두드리며 파라랑을 밀어냈다. 아비틴이 싱긋 웃으며 뒤로 두어 걸음 걸었다. 파라랑은 아비틴을 망연히 바라보았다. 몸을 돌린 아비틴이 단숨에 말 등에 올라탔다. 뿌연 먼지를 일으키며 아비틴과 호위 무사들의 모습은 이내 파라랑의 시야에게 사라졌다.

파라랑의 가슴이 쿵쿵 북소리를 내며 몹시도 빠르게 뛰었다.

암 살

"황후님, 출발하겠습니다!"

살리미안이 앞장섰다. 걱정과 불안이 파라랑을 무겁게 짓눌렀다. 파라랑은 뒤를 돌아봤다. 신하들 모두 어두운 얼굴로 입을 굳게 다물고서 가야할 길만 바라보았다. 길 위에는 낙타의 방울 소리만이 울려 퍼졌다.

밤이 오자 맑은 물이 흐르는 계곡에서 야영을 했다. 새벽에 일어나 서둘러 길을 나아갔다. 간간이 역관이 우스갯소리를 했지만 아무도 소리 내어 웃지 않았다.

시간이 흘러도 파라랑은 불길한 느낌이 사라지지 않았다. 혼인한 이래 이런 적은 처음이었다. 아비틴이 훈련이나 전쟁 중이라 오래 떨어져 있을 때에도 마음은 든든했다. 까닭 모를 이불안감은 어디서 오는 것일까.

아비틴이 떠나고 사흘이 지났을 무렵, 태양이 뜨겁게 달아오르는 한낮이었다. 야즈드의 높은 성벽이 멀리 보였다.

파라랑은 굽은 길을 따라 흙먼지가 일어나는 것을 보았다. 누군가 매우 빠르게 말을 몰았다. 한 병사가 소리쳤다.

"버게르, 세공사 버게르다!"

그렇다면 호더, 호더가 세작이란 말인가. 파라랑은 눈앞이 아찔해졌다. 쿠쉬군이 죽였다던 버게르가 파라랑 일행 앞에 나타났다. 버게르의 한쪽 뺨은 이마에서 흘러내린 피로 뒤덮여 있었고, 늘 자랑하던 검은 턱수염은 볼품없이 뒤엉켜 딴 사람처럼 보였다.

말에서 뛰어내린 버게르가 숨이 넘어갈 듯 황급하게 말했다. 버게르의 몸은 부들부들 떨렸고 눈동자 역시 몹시 흔들렸다.

"폐하, 폐하께서는 어디 계십니까?"

파라랑은 말고삐를 꽉 움켜잡았다. 살리미안의 목소리도 떨려 나왔다.

"호더와 함께 마잔다란으로 먼저 들어가셨….."

버게르가 살리미안의 말을 잘랐다.

"언제 가셨습니까?"

"거의 사흘이 다 됐네."

"틀렸습니다, 틀렸어. 아, 폐하, 폐하!"

버게르가 울음을 터뜨리며 그 자리에 주저앉았다. 이런 일이 오려고 그토록 불안했던가. 파라랑은 버게르의 목소리가 협곡 아래에서 들려오는 메아리처럼 귓가에 맴돌았다. 파라랑은 겨우 몸을 지탱하고 있었다. 사도가 말에서 내리는 파라랑의 팔을 잡았다. 버게르가 땅을 치며 울부짖었다.

"호더! 그자가 세작이었습니다, 세작이었어요! 이를 어찌하면 좋단 말입니까?"

살리미안이 버게르를 일으켰다.

"어떻게 살아 돌아왔는가? 말해 보게."

버게르의 충혈된 두 눈에서 눈물이 주르르 흘러내렸다.

"그놈은 머하비에게 지시를 받고 있었어요. 폐하를 암살하는 것이 목적이었단 말입니다!"

"차분히, 처음부터 이야기해 보게나."

버게르가 주먹으로 눈물을 훔치더니 그동안의 일을 털어놓았다.

버게르와 병사 파히미는 호더를 찾으러 카샨으로 가는 갈림길을 되돌아갔다. 그들이 일행과 함께 길을 지나갔을 때와 다르게 순간 주변이 까마귀 떼가 몰려오는 것처럼 소란스러웠다. 곧 언덕 너머로 사람들이 모습을 드러냈다. 대로를 꽉 채운 쿠쉬군의 이동이었다. 쿠쉬군이 지나가길 기다리며 길 한쪽으로 피해 있는데 갑자기 병사 파히미가 버게르의 옷을 마구 잡아당겼다. 버게르도 쿠쉬군에 섞여 웃는 호더의 모습을 보았다. 포로가 아니었다. 놀란 버게르와 파히미가 몸을 숨기려 했으나 호더가 이미 그들을 발견한 뒤였다.

버게르는 저항군 모두가 호더에게 속았다는 사실에 한탄했다. 호더는 머하비의 세작으로 저항군에 들어왔지만 정보를 캐내려고 서두르지 않았다. 어리석은 척, 순수한 척 능청을 떨며 사람들에게 신임을 얻었고, 사악한 마음을 숨긴 채 아비틴을 해칠 적절한 시기를 엿보고 있었다. 마침내 호더에게 다시 없을 기회가 왔다. 아비틴이 소수의 병사만 데리고 요새를 떠나게 된 것이다. 더구나 호더가 그 일행으로 함께 가게 되었으니 이보다 더 좋은 때가 있겠는가. 그러나 곧 호더는 저항군의 최정예 무사가 호위하고 있어 아비틴 황제의 암살이 쉽지 않다는 것을 깨달았다.

호더는 카샨에서 쿠쉬군이 이동하는 것을 보고 몰래 일행의 뒤로 빠졌다. 그는 신라 상단을 만나러 간다는 살리미안의 말을 토대로 아비틴 일행이 세파한을 지나갈 것이라고 짐작했다. 머하비를 만난 호더는 자신이 알아낸 정보를 고했다. 그리고 서두른다면 아비틴 일행을 따라잡을 수 있을 거라고 장담했다.

버게르와 파히미가 호더에게 잡혔을 때, 머하비는 쿠쉬군 중 일부의 병사만 데리고 아비틴을 생포하기 위해 남쪽으로 출발하려던 중이었다. 그런데 저항군 버게르가 눈앞에 나타나니 행운이 아닐 수 없었다. 머하비는 아비틴의 행로를 정확히 파악한 후 아비틴의 뒤를 쫓기로 결정했다.

호더가 나서서 버게르와 파히미에게 아비틴 일행이 어디로 갔는지 어르고 다그쳐 물었다. 버게르는 호더의 손을 벗어날 수 없음을 알았다. 그는 병사 파히미를 탈출시켜 아비틴에게 호더가 세작이었음을 알리기로 마음먹었다. 버게르는 고문에 못 이기는 척 일행이 세파한으로 해서 부세르 항으로 곧장 갔다고 거짓 자백을 했다.

버게르가 말을 이었다.

"그런데 그날 밤, 쿠쉬의 급보를 받은 머하비가 황급히 쿠쉬 군을 이끌고 마잔다란으로 향했습니다. 신임하는 병사들을 부 세르로 먼저 보내 놓고 말입니다. 호더에게는 포로인 우리를 데리고 세파한으로 가서 아비틴을 끌고 올 병사들을 기다리라 고 하더군요. 저는 일단 시간을 벌었으나 곧 탄로 날 일이라 부 세르 항으로 병사들이 돌아오기 전에 탈출해야 했습니다. 남몰 래 파히미에게 제가 난동을 부리는 사이 탈출해 야즈드로 가서 폐하를 기다리라고 했어요. 호더가 쥐새끼처럼 제 말을 엿듣고 있는 줄은 몰랐습니다."

살리미안이 급하게 물었다.

"정말로 세파한의 쿠쉬군이 모두 마잔다란으로 갔단 말인 가?"

버게르가 분하다는 듯 주먹으로 바닥을 치며 답했다.

"예. 쿠쉬군들이 저희들끼리 수군거리길, 쿠쉬가 계속 저항 군과의 전쟁에서 패하자 자하크가 무척 화를 냈다고 하더군요. 쿠쉬가 마잔다란에서 공을 세우는 자는 누구라도 귀족으로 삼 겠다고 했답니다. 그래서 모두 작은 공이라도 세우려고 혈안 이 되어 있었어요. 호더도 기회다 싶었는지 홀로 야즈드로 폐 하의 뒤를 쫓은 겁니다. 머하비보다 쿠쉬에게 인정받으려는 생 각이었겠지요. 호더가 떠난 후 탈출하다가 파히미는 창에 맞아 죽고 저만 살아났습니다. 그런데 호더가 폐하를 모시고 갔으 니……. 함정에 빠진 겁니다."

파라랑의 귀에 낯설고 거친 자신의 목소리가 들렸다.

"그럼, 마잔다란이, 요새가 포위되었다는 말이냐?"

버게르가 대답했다.

"황후님, 그것까지는 소신도 모릅니다. 하지만 대규모 쿠쉬군이 마잔다란으로 집결하고 있는 것은 사실입니다."

살리미안이 물었다.

"호더가 왜 우리에게 쿠쉬군을 보내지 않았던 건가?"

"아마도 자신에 대한 신임을 알고 혼자 움직인 걸 겁니다. 누구보다 큰 공을 세우고 싶은 욕심에, 폐하를 쿠쉬 앞으로 데려가려고 우리 일행에게 되돌아온 것입니다. 쿠쉬에게 갈 때까지 폐하의 의심을 사면 안 되니 우리는 차후의 일로 미뤄 놓았겠지요."

파라랑은 이명과 함께 어지럼증이 몰려와 사도를 의지해 간신히 서 있었다.

살리미안이 얼굴은 창백하지만 침착한 모습으로 병사에게 뭔가 지시했다. 병사는 말을 달려 언덕을 넘어갔다. 살리미안의 지시를 받은 세예드 역시 잠자코 일어나더니 말에 올라 달려갔다. 곧 나타난 세예드가 인근의 초옥으로 안내했다. 상황도 살펴볼 겸 충격받은 일행을 잠시 쉬게 하려는 살리미안의 배려였다.

초옥에 있던 눈먼 늙은 여인이 일행에게 쉴 수 있는 헛간을 제공했다.

파라랑에게 읍을 하며 살리미안이 말했다.

"황후님, 황실을 지키는 선신께서 폐하를 돌보실 것입니다. 지금은 상황을 알 수 없으니 너무 낙심하지 마십시오."

파라랑은 비로소 신하들을 돌아봤다. 불안하고 겁먹은 얼굴들이 자신을 보고 있었다. 파라랑은 아비틴의 말을 되새겼다.

'파라랑, 내가 없을 땐 그대가 페르시아 여왕이라는 것을 잊으면 안 되오.'

파라랑이 살리미안의 얼굴을 바라보았다. 늘 침착하던 그의 눈빛에도 두려움이 실려 있었다. 파라랑과 눈이 마주치자 살리미안이 언제나처럼 조용하게 말했다.

"황후님, 소신이 먼저 야즈드로 들어가 봐야겠습니다. 상황을 알아야 대처할 수 있을 것입니다. 사실, 폐하께서 그리 급하게 마잔다란으로 돌아가신 이유는 전쟁이 나서 패배했을 경우, 황자님이 계신 아몰 해변도 위험하다고 판단하셨기 때문입니다."

파라랑은 철퇴로 뒷머리를 맞은 듯 멍한 상태였지만 차분하게 입을 열었다.

"페레이둔? 그렇군요. 살리미안, 이 전쟁은 마잔다란만의 문제가 아니군요. 다만단과 북부 전역에서….''

"지금으로서는 정확한 정보가 없습니다만, 소신이 곧 알아보겠습니다."

파라랑이 눈을 감았다. 마음이 가라앉으면서 머리가 바쁘게 움직이기 시작했다.

'생각하자, 냉철하게. 지금은 나 자신뿐이다.'

침묵이 흘렀다. 살리미안이 다시 말했다.

"황후님, 폐하의 안위를 확인한 후 곧 돌아오겠습니다. 그때까지 이곳에 머무시는 편이 좋겠습니다."

파라랑이 감았던 눈을 번쩍 떴다. 단번에 고개를 저었다.

"아니에요, 살리미안. 폐하의 말씀처럼 이 전쟁에서 이기든 지든 간에, 군자금이 중요합니다. 군자금을 이동할 만한 장소가 없습니까?"

"폐하께서 만일을 대비해 말씀하신 곳이 있긴 합니다."

"그럼 되었습니다. 살리미안과 나는 함께 움직입니다. 폐하의 안위는 내 눈으로 확인할 것입니다. 세예드와 하기기, 세예드는 군자금을 실은 노새들을 맡으세요. 길이라면 누구보다 잘 알고 있는 분이니까. 하기기는 황자를 안전한 곳으로 옮기도록. 두 분이라면, 아니, 여기 있는 분들은 능히 그 일을 해내실 겁니다."

살리미안의 눈이 커졌다. 살리미안이 뭔가 말하려는 것을 파라랑이 손을 들어 막았다.

"곧 세파한으로 되돌아올 쿠쉬군을 생각해야 합니다. 머하비도 영리한 자라 상황을 알아챌 것입니다. 호더가 포로와 함께 어디로 사라졌는지 생각할 것이니까요. 시간이 흐를수록 머하비가 보낸 쿠쉬군이 우리를 잡으려고 사방에 깔릴 것입니다. 우선 정보가 있어야 합니다. 야즈드에 살리미안께서 동원할 수 있는 확실한 정보원이 있지요?"

"예, 황후님."

"그럼 됐습니다. 지금은 모두 군자금을 옮기는 데 집중하세요. 해가 떨어지기 전에 떠나야 합니다. 어서 서두르세요. 하기기는 황자의 안전을 위해 먼저 움직이세요."

파라랑에게 예를 마친 하기기가 훌쩍 말에 올라타더니 곧바로 출발했다. 상황이 긴박했다.

세예드 일행이 떠날 채비를 끝내자 살라미안이 파라랑에게 말했다.

"황후님, 필요할 수도 있습니다. 노새 하나는 우리가 데려가지요."

"그렇군요. 그게 좋겠습니다, 살리미안."

파라랑이 세예드에게 당부했다.

"우리가 저항군의 희망이에요. 다행히 머하비가 돌아올 때까지는 시간이 조금 있습니다. 용맹한 폐하께서는 무사하실 겁니다. 어서 출발하세요."

세예드 일행도 초옥을 떠났다.

파라랑은 초옥의 고마운 여인에게 은자로 보답했다. 살리미안과 파라랑, 사도는 나귀를 끌고 야즈드로 향했다.

'내가 해야 할 일과 아비틴만 생각하자. 아비틴, 아비틴만…….'

파라랑은 마음을 굳게 다잡았다. 그녀는 살리미안의 뒤를 따라 말을 달렸다. 바람이 휘돌아 파라랑의 옷깃을 펄럭였다.

야즈드에 도착하자 살리미안이 저항 세력을 돕는 집을 숙소로 정했다. 집주인은 유리 세공사를 통해 사원에 긴밀히 연락을 했다. 어둠이 내려앉고 골목이 조용해질 무렵 유리 세공사가 제사장을 데리고 왔다.

살리미안이 인사도 없이 물었다.

"어찌되었습니까?"

제사장의 눈이 잠시 파라랑에게 머물렀다. 파라랑은 제사장의 눈을 피하지 않았다. 제사장이 조용히 입을 열었다.

"사람들이 피난을 내려오고 있습니다. 마잔다란에서 전쟁이 일어난 것은 확실하지만, 자세한 내막은 누구도 알 수 없습니다. 쿠쉬군이 마잔다란 북쪽으로 가는 길을 통제하고 있습니다."

파라랑이 뭍에 오른 물고기처럼 벌떡거리는 가슴을 안으로 삭이며 물었다.

"폐하께서는요? 피하셨답니까?"

제사장의 눈길이 바닥으로 떨어졌다.

"황후님, 폐하께서는 암살을……. 승하하셨다 합니다. 저희 쪽 사람들이 환호하는 쿠쉬군을 보았답니다."

파라랑이 잘못 들었나 싶어 거듭 묻고 또 물었다.

"아닙니다. 그럴 리 없어요. 그토록 용맹하신 분이, 고작 세작의 농간에요?"

공포와 깊은 절망이 파라랑의 가슴을 후벼 팠다. 파라랑은 가슴이 찢기는 듯한 통증을 느꼈다. 숨이 막혀 와 사도를 붙잡으려는 순간 눈앞에 노란 소용돌이가 휘돌아쳤다.

파라랑이 다시 정신을 차렸을 때는 이틀이나 흐른 뒤였다. 침상 곁에 사도와 살리미안이 침통한 얼굴로 서 있었다. 파라랑이 자리에서 일어나려 애쓰며 말했다.

"내가, 내가 나쁜 꿈을 꾸었어요, 아주 흉한 꿈. 그렇지? 사도."

고개 숙인 사도의 발아래로 눈물이 뚝뚝 떨어졌다. 파라랑은 헛웃음이 비어져 나왔다.

"아니지, 제사장이 잘못 알고 있는 거야. 직접 본 것은 아니잖아. 살리미안! 말해 보세요. 폐하께서 승하라니? 이러면 안 되잖아요. 아니야, 폐하께서 나를 두고 죽었을 리 없어, 그분이 나를 두고 그럴 리가 없단 말이야!"

살리미안이 낮고 깊은 음성으로 조심스럽게 말했다.

"황후님, 황공하옵니다. 하지만 사실을 빨리 인정하셔야 합니다."

파라랑이 살리미안을 멍한 눈으로 바라보다가 스르르 눈을 감고 다시 쓰러졌다. 제사장이 달려와 파라랑을 살폈다.

사도가 파라랑이 죽은 듯 누워 있는 침상 아래 엎드려 바닥에 이마를 찧었다. 살리미안이 사도를 일으켜 힘주어 껴안았다. 사도의 얼굴은 피로 얼룩져 있었다.

파라랑은 깨어났다 까무러치기를 몇 번이나 반복했다. 따뜻한 액체가 입안으로 들어오는 것이 느껴지면 겨우 눈을 떴다. 이어 듣는 이의 가슴을 저리게 만드는 울음이 그치지 않았다.

"아, 아비틴, 아비틴, 아비틴!"

파라랑은 믿을 수 없는 현실을 온몸으로 부정했다. 그러나 파라랑의 냉철한 머리가 아비틴이 죽었음을 인식하기 시작하면서 차츰 조용해졌다.

그 모습을 지켜보던 사도는 알았다. 파라랑이 살았음을. 사도는 다시 호위 무사로 돌아가 말없이 파라랑을 보살폈다.

파라랑이 정신을 완전히 되찾은 것은 그로부터 보름이나 지났을 때였다. 여기가 어딘가? 파라랑은 낯선 방을 눈으로 더듬다가 소스라치게 놀라며 벌떡 일어났다. 방 안에는 아무도 없었다.

'페레이둔! 그래, 우리 페레이둔. 그 애를 살려야 한다. 페레이둔에게 이제 아버지는 없어. 내 아들 페레이둔. 허나 나는! 아비틴이 없는 페르시아 땅에서 파라랑은 무얼 할 수 있는가. 아, 이렇게 누워 있으면 안 돼. 생각, 생각을 해야 해. 오라버니……. 그래, 오라버니와 함께 했던…….'

파라랑은 이를 악물고 숨을 고르며 자리에 앉았다. 정신을 차리려고 안간힘을 썼다. 신라 공주로 살던 시절 배웠던 심호흡을 해 보려 했다. 정신을 한곳으로 집중해야 할 때나 마음을 다스리기 벅찰 때 좋다며 태자가 가르쳐 준, 신라 화랑만의 심신 단련법이었다.

'페레이둔은 제사장의 예언대로 숨겨 키웠으니 살아 있을 거야. 여지와 잉신들이 목숨을 다해 지킬 것이고, 아비틴의 충실한 신하들도 있잖아. 아비틴과 나의 아들! 이대로 주저앉을 수는 없어. 하나씩 해결하자.'

이윽고 파라랑의 부름에 살리미안과 사도가 들어왔다.

"아! 으흑……."

사도가 놀라 외마디 비명을 질렀다. 함치르르하던 파라랑의 검은 머리가 반백이 되었던 것이다. 살리미안의 입에서도 신음과 함께 숨죽인 울음이 흘러나왔다. 파라랑의 얼굴은 몹시 초췌했지만, 그 형형한 눈빛만은 주변을 압도했다. 살리미안이 자리에 부복하며 파라랑에게 충성을 맹세했다.

파라랑이 물었다.

"살리미안, 페레이둔에 대해서 들은 바가 있나요?"

"알 수 없습니다. 요새가 무너질 때 다만단은 물론 아몰과 그 일대가 워낙 혼란스러웠을 테니까요. 하지만 하기기가 목숨을 걸고 황자님을 구해 냈을 겁니다."

"황후님, 신하들이 분명 황자님을 피신시켰을 것입니다."

사도가 무뚝뚝한 음성으로 거들었다. 그래야 파라랑이 감정을 추스를 것을 알았기 때문이다. 사도를 바라보는 파라랑의 목소리가 한결 밝아졌다.

"그래, 분명 페레이둔은 살았을 것이야. 페르시아의 위대한 선조들과 선신께서 그 아이를 허무하게 보내지 않으셨을 테니."

파라랑이 가슴에 남아 있는 실낱같은 희망을 잡으려는 듯 간절하게 말했다.

"살리미안, 진정 폐하께서 살아 계실 일은 없는 겁니까?"

살리미안이 무표정한 얼굴로 딱딱하게 말했다.

"예상대로 쿠쉬의 병사들이 부세르까지 가지 않고 도중에 마잔다란에 있는 머하비에게 되돌아갔답니다. 마잔다란에서 폐하를 암살한 것이 호터인지 머하비인지는 알 수 없습니다. 그리고…… 세파한의 샤흐레스탄 궁에 폐하의 옥체가 있다는 소문입니다. 확실한 것은 쿠쉬가 매우 기뻐하며 머하비에게 페르시아를 다스릴 수 있는 권한을 주었다고 합니다."

파라랑이 입술을 깨물었다.

살리미안이 다시 말을 이었다.

"황후님, 현재 쿠쉬가 샤흐레스탄 궁으로 황급히 내려왔다 합니다. 안전한 곳으로 피해야 합니다."

"아니에요, 살리미안. 옥체를 거두어야 합니다. 내 손으로 폐하를 모실 겁니다."

살리미안이 거듭 간곡하게 설득했다.

"황후님, 가능하지 않는 일입니다. 샤흐레스탄 궁에 있다는 것도 여러 정황으로 짐작한 일일 뿐 확인 안 된 정보입니다. 설사 왕궁에 있다 한들 빼내 올 방법이 없습니다. 아, 선신께서 돌보사 쿠쉬가 자비의 마음이 들어 폐하를 침묵의 탑*에 옮겼다면 좋겠지만, 어떤 짓을 했을지는 아무도 모릅니다."

파라랑의 표정이 바위처럼 단단했다.

"전쟁이 나고 벌써 많은 시간이 흘렀어요. 쿠쉬가 다른 곳으로 가기 전에 한시라도 빨리 세파한으로 가야 해요. 위험하다는 것은 잘 알고 있어요. 허나 폐하를 적의 손에 둘 수는 없습니다."

살리미안의 얼굴에 당혹과 감동의 빛이 스쳤다.

한 시진 후 유리 세공사의 도움을 받으며 야즈드의 성문을 몰래 빠져나오는 사람들이 있었다. 살리미안이 앞장서고 검은 두건을 쓴 여인과 무사가 그 뒤를 소리 없이 따랐다. 그들이 곧장 걸어가는 길옆 인적이 드문 흙집에서는 말들이 풀을 뜯고 있었다.

---

*조로아스터교의 독특한 장례 문화로, 조장터를 말한다. 페르시아인들은 흙벽돌로 쌓아 올린 원형의 '침묵의 탑' 꼭대기에 시신을 올려놓아 살은 독수리가 뜯어 먹어 정결케 하고 뼈는 태양빛으로 깨끗해지도록 했다.

꺼지지 않는 불

파라랑은 말을 달려 세파한에 도착할 때까지 아비틴만 생각했다.

'아비틴을 되찾자. 방법이 있을 거야.'

그러나 파라랑들이 세파한에 도착했을 때, 상황은 생각보다 암담했다. 세파한은 그 어느 때보다 경비가 삼엄했고, 쿠쉬가 머무는 황궁 근처에서 일반인의 모습은 찾아볼 수가 없었다.

살리미안이 사원으로 파라랑을 안내했다. 제사장이 파라랑을 예를 다해 맞이했다. 살리미안은 일행을 쉬게 한 다음 제사장과 바깥으로 나갔다. 밤이 되어서야 돌아온 살리미안이 파라랑을 찾았다.

"황궁은 접근이 거의 불가능합니다. 세파한은 군사 도시이기 때문에 섣불리 봐서는 안 되는 곳입니다. 그리고……."

파라랑이 재촉했다.

"괜찮으니 말하세요, 살리미안."

"아무래도 이동이 쉽지 않을 듯합니다. 쿠쉬가 세파한뿐 아니라 페르시아 모든 도시에 선포를 했습니다. 만약 황후님이 항복을 한다면 더 이상의 살상은 없을 것이며, 자하크의 후궁으로 삼아 목숨만은 살려 주겠답니다. 하지만 그렇게 하지 않는다면 저항군의 마지막 한 사람까지 찾아내 살육하겠다고 합니다."

파라랑은 입을 굳게 다물었다.

살리미안이 말했다.

"황후님, 저희는 최후의 한 사람까지 쿠쉬에 대항해 싸울 것입니다. 하지만 지금은 물러서야 할 때입니다."

파라랑의 마음을 짐작한 살리미안이 매몰차게 말했다. 파라랑은 수척해진 얼굴로 골똘히 생각에 잠겼다. 잠시 후 파라랑이 조용히 입을 열었다.

"살리미안, 시간을 주세요. 혼자 있고 싶군요. 나가서 제사장을 데려와 주세요. 폐하께서 맡겨 놓으신 물건이 있을 겁니다."

잠시 후 제사장의 안내를 받아 파라랑이 기도실로 들어갔다.

"아후라 마즈다, 아비틴 황제께서 평생 믿으셨던 신입니다. 폐하의 마음으로 기도할 것이니 염려 말고 다들 쉬도록 하세요."

파라랑이 기도실 문을 닫았다. 막상 혼자가 되자 그녀는 아무 생각도 할 수 없었다. 파라랑의 가슴에 허탈감이 밀려왔다.

제단의 불은 활활 타오르고 있었다. 영원히 꺼지지 않는 불.

파라랑은 그 옛날 신라에서 탑돌이를 하듯 불 앞을 맴돌았다. 말하지 않아도 모든 것을 알고 계실 부처님께 평안을 빌며 돌았던 탑돌이었다. 지금은 몇 천 갈래로 찢겨진 마음들이 저마다 악을 썼다. 어찌할 것인가. 이제 어찌하면 좋단 말인가. 하늘이 무너진들, 땅이 꺼진들 이토록 막막할까. 생각하려고 아무리 애를 써도 아득하기만 했다.

얼마의 시간이 흘렀는지 몰랐다. 파라랑은 다리에 힘이 풀려 쓰러지듯 주저앉았다. 온몸이 땀으로 젖어 있었다. 그런데도 한기가 들어 파라랑은 몸을 떨었다.

아비틴 없는 페르시아. 그 누구보다 잔혹하다는 쿠쉬. 사람의 머리를 베고, 살갗을 벗겨 끓는 물속에 집어넣고, 그 고통의 소리를 즐겨 듣는 악귀라 했다. 파라랑은 눈앞에 쿠쉬가 있는 듯 몸서리를 쳤다. 감히 그런 자가 신라의 공주에게 선심 쓰듯 목숨값을 흥정하며 아비의 후궁이 되라니. 그러나 피가 배어 나오도록 이를 악물어도 짐작조차 할 수 없는 앞날에 대한 공포가 폭풍처럼 밀려왔다. 두렵고 두려웠다.

'페르시아의 희망이 사라졌는데, 패망한 페르시아에서 내가, 아무것도 모르는 이방인인 내가 이곳에서 뭘 할 수 있단 말인가. 차라리 페레이둔을 안고 신라로 돌아갈까? 내가 신라로 간다고만 하면 잉신들은 주저하지 않고 나를 따를 거야. 사도가 어떻게 해서든 길을 만들어 줄 테지.'

파라랑은 기력이 다 빠져나간 듯 몸을 지탱하지 못하고 차가운 돌바닥에 모로 쓰러져 누웠다. 그녀는 험준한 계곡과 바다 건너에 있을 멀고 먼 고향 신라를 생각했다. 유려한 능선과 들판, 사시사철 흐르는 맑은 강물, 푸른 숲과 정겨운 사람들의 모습을 떠올렸다. 어머니 없이 자란 외로운 파라랑에게 언제나 든든한 버팀목이 되어 주던 신라 태자의 모습이 눈에 선했다. 그리운 오라버니였다.

그때였다. 파라랑은 생전 처음 들었던 태자의 차가운 목소리를 기억해 냈다.

'파라랑, 가혹한 운명이 닥쳤을 때 두려워 마라. 그 운명은 너를 더 강하게 해 줄 기회란다. 피할 수 없는 운명이라면 맞서 싸워라. 하고자 한다면 길은 찾을 수 있다. 반드시 길이 있을 것이다.'

신라를 떠나오기 직전 태자가 엄한 얼굴로 했던 말이었다. 마치 파라랑의 앞날을 짐작한다는 듯이 더없이 냉랭하게 말하던 태자였다. 파라랑은 그 말의 뜻을 이제야 알아차렸다. 하지만 달라지는 것은 없었다.

"아, 오라버니, 나는 그럴 힘이 없어요."

파라랑은 불의 제단 앞으로 기듯이 나아가 온몸을 던져 엎드렸다.

파라랑의 가슴은 또다시 미어지고, 눈에서는 눈물이 넘쳐흘렀다. 파라랑은 아비틴이, 그의 눈빛이, 그의 목소리가 몹시도 그리웠다. 두 팔을 들어 자신의 몸을 감싸 안았다.

"아비틴, 이 꺼지지 않은 불처럼 삶은 진실해야 한다고 했지요. 그래요, 나의 진실은 꺼지지 않은 불처럼 타오르는 당신에 대한 사랑입니다. 당신이 없는 페르시아, 무슨 의미가 있나요? 지금 나는 신라로 가고 싶어요. 평화로운 곳으로, 따뜻한 내 나라로, 신라 땅 서라벌로 돌아가고 싶어요."

그 간절한 마음도 잠시, 파라랑은 곧 방울처럼 까르르 웃던 페레이둔을 떠올렸다. 아비틴과 페레이둔. 파라랑이 가장 사랑하는 두 사람. 그리고 그들의 나라 페르시아.

"그래요, 아비틴. 페레이둔은 페르시아를 떠나 살 수 없을 거예요. 그 아이의 운명은 아비틴과 같아요."

아들 페레이둔의 나라는 페르시아였다. 그것을 깨닫는 순간, 페르시아는 파라랑이 결코 떠날 수 없는 운명의 나라가 되었다.

"그렇다면 페레이둔을 위해 내가 해야 할 일은……. 쿠쉬를 어떻게 상대해야 하나요? 방법을 찾게 해 주세요."

파라랑의 애통한 기도는 밤새 이어졌다.

촛불이 꺼졌다. 제단의 불만이 기도실을 밝히고 있었다.

"우리 페레이둔이 있기에…… 어떻게 하든 나는 살아남아야 합니다. 아비틴의 신이시여, 페르시아를 지켜 주세요. 제게 쿠쉬를 이길 수 있는 힘을 주세요."

마침내 지친 두 눈이 활활 타오르는 제단의 불길을 이기지 못하고 저절로 감겨 왔다. 파라랑은 끝없이 흐를 것만 같았던 눈물이 말라 가는 것을 느꼈다. 정신이 몽롱해져 가던 파라랑은 꿈인 듯 제단의 불길에서 천둥처럼 메아리치는 아비틴의 목소리를 들었다.

"파라랑, 페르시아 황실에는 위기가 올 때마다 여왕들이 있었소. 위대한 황제들을 위해 기꺼이 희생이 된 어머니, 여왕들이라오. 살아남아야 하오. 그대는 페르시아의 어머니잖소. 파라랑, 진실, 어린 쿠쉬의 진실이 무엇인지 생각해 보시오."

파라랑이 고개를 들었을 때 그 목소리는 순식간에 사라졌다. 파라랑은 그것이 지혜로운 불의 언어임을 알았다. 파라랑의 눈이 서늘하게 빛나기 시작했다. 신라 최고의 권력자인 왕으로 교육받은 태자의 그것과도 같은 냉철하고도 차가운 눈빛이 되었다. 파라랑이 천천히 자리에서 일어났다.

파라랑은 제단 앞에 놓아 둔 아비틴의 보검을 내려다보았다. 예전 쿠쉬군에 쫓길 때 아비틴이 제사장에게 맡겨 둔 보검이었다. 파라랑은 보검을 집어 들었다. 방 안을 비추는 것은 오로지 제단의 불뿐이었는데도 칼집에 박혀 있는 오색 보석들로 눈이 부셨다. 파라랑이 보검을 칼집에서 빼냈다. 그리고 천년 동안 단 한 번도 꺼지지 않았던 불 속에 검을 집어넣었다.

"나, 신라 공주 파라랑은 더는 두려워하지 않을 것이다. 페레이둔을 위해! 아비틴과 페르시아를 위해!"

이른 새벽, 기도실 밖으로 파라랑의 비명이 새어 나왔다. 사도가 기도실을 두드렸으나 아무런 답이 없었다. 거듭 두드리자 고통을 참는 듯한 거친 목소리가 들렸다.

"기다리라."

이윽고 기도실 문이 열렸고 사도가 쓰러지는 파라랑을 받아 안았다. 사도의 입에서 절망적인 외마디 신음이 터져 나왔다. 파라랑의 눈썹에서부터 한쪽 뺨에 걸쳐 불에 덴 화상 자리마다 물집이 한껏 성을 내며 부풀어 올랐다. 제단 아래 아직도 열기가 남아 있는 검이 나뒹굴었다.

새하얗게 질린 사도가 소리쳤다.

"황후님!"

"아무 말 말라. 나를 방으로 데려가고 제사장을 불러오라."

사도는 처참한 파라랑의 모습에 분노했다.

"황후님, 꼭 이렇게까지 하셔야 합니까?"

파라랑의 눈에서 찌르는 듯한 빛이 번득였다.

"너는 내가 자하크의 노리개가 되기를 바라느냐? 명대로 하라."

사도가 떨리는 손으로 파라랑을 들어 안았다.

파라랑의 부름에 살리미안과 제사장이 동시에 들어왔다. 파라랑은 고통을 삼키며 거친 숨을 몰아쉬었다. 파라랑의 부드러운 얼굴에 크고 작은 물집들이 터졌고 진물이 흘렀다. 살리미안 역시 목소리가 몹시 떨렸다.

"이, 이런! 황후님, 이 무슨! 설마 신성한 사원의 불로 이리하신 겁니까?"

파라랑은 얼음장이 깨지듯 매섭게 답했다.

"살리미안, 페르시아 황후가 능욕당하길 원하세요? 고결한 사원의 불이기에 더 의미가 있는 겁니다."

살리미안이 암울한 표정으로 고개를 숙였다.

"자하크에게 치욕을 당할 바에는 얼굴 없이 살아가겠습니다. 아비틴을 사랑하는 마음 영원히 변치 않으리니, 아비틴을 향한 내 사랑은 신 앞의 불처럼 꺼지지 않습니다. 나를 도와주세요. 빨리 상처가 아물도록 치료해 주세요."

파라랑을 차마 바라보지 못하던 살리미안이 제사장을 따라 바깥으로 나갔다.

사도가 원통하다는 듯 목소리를 높였다.

"황후님, 차라리 신라로 돌아갑시다. 우리는 이방인입니다. 이 나라 사람들과 외모는 물론 모든 것이 다른 이방인이란 말입니다. 페르시아인들이 아무리 친절하다 한들…… 황금의 나라 신라 공주님께서 백발에 그 고운 얼굴마저 망가뜨려 무엇을 얻고자 하십니까?"

"사도! 그런 말 마라. 페르시아는 내가 있을 나라이니라. 아비틴의 나라였고, 내 아들 페레이둔이 있지 않느냐?"

사도가 끝내 숨죽여 흐느꼈다. 사도에게 파라랑은 어린 날 동무였던 선왕후의 딸이었다. 사도는 선왕후가 죽은 이후 이토록 비참한 마음이 들기는 처음이었다. 선왕후를 보듯 파라랑을 지키고자 했다. 부릅뜬 그의 눈은 핏줄이 터져 붉게 변했고, 눈물이 흘러내려 바닥을 흠뻑 적셨다.

"으윽, 아아음…… 아프……."

고통으로 말을 잇지 못한 파라랑이 정신을 잃었다. 사도는 불결한 것이 상처에 닿지 않도록 얼른 파라랑의 목을 두 손으로 감쌌다.

제사장이 사원에서 쓰는 약재를 가지고 달려왔다. 닷새 동안 치료를 받았다. 제사장의 의술이 남달랐는지, 아니면 약초의 효험이 좋았는지 상처는 잘 아물었다.

파라랑의 의도대로 얼굴은 흉하게 변했다. 파라랑은 태연한 척했으나 괴물로 변한 낯선 얼굴에 자신도 모르게 손에서 나전 거울을 놓아 버렸다. 거울 뒷면에 붙어 있던 구슬이 깨졌다. 이

때 살리미안이 흙빛이 된 얼굴로 들어왔다.

"어서 몸을 피하셔야겠습니다. 쿠쉬군이 황후님을 잡으려고 일반 집들은 물론이고 사원까지 헤집고 다닙니다."

파라랑은 천으로 얼굴을 가리고 서둘러 살리미안의 뒤를 따랐다. 사원의 뒷문으로 나와 골목을 돌아가니 문 앞에 허름한 물건을 모아 둔 회벽 집이 있었다. 집 앞에 남자가 서 있다가 살리미안에게 손짓을 했다. 일행은 푸른색의 나무 문으로 서둘러 들어갔다. 남자가 바닥에 깔린 낡은 카펫을 밀쳤다. 바닥을 들어 올리니 아래로 가는 계단이 나왔다.

"당분간 여기서 꼼짝 마세요. 이곳은 괜찮을 겁니다."

먼지가 풀풀 날리는 계단을 내려가자 작게나마 방이 있었다. 빛이 머리 위 마루 틈으로 들어와 그리 어둡지는 않았다.

얼마 지나지 않아 무거운 발소리가 요란하더니 병사들이 여기저기 창으로 들쑤시고 다니는 듯 여인과 아이들의 비명 소리가 끊이지 않았다. 파라랑은 꼼짝없이 지하실에서 밤을 새웠다.

날이 밝았다. 파라랑의 상처는 살리미안이 가져온 약재로 치료했고 음식과 물은 어제 만난 남자가 가지고 왔다. 모래색의 굵은 눈썹을 가진 남자의 눈은 선히고 맑았다. 남자가 친절한 목소리로 말했다.

"페르시아 곳곳에 저항군을 돕는 사람들이 있습니다. 기회를 봐서 이곳을 빠져나갈 수 있을 겁니다. 황후님, 심려 마십시오."

상처가 아물면서 파라랑은 생기를 되찾았다. 새벽에 눈을 뜬 파라랑은 긴 시간 동안 깊은 생각에 잠겼다. 이윽고 파라랑이 확신에 찬 눈빛이 되어 입술을 다부지게 감쳐물었다.

다음 날, 파라랑은 남자에게 여인의 상복을 부탁했다. 사도가 남자에게서 상복을 받았다. 파라랑은 두건 달린 검은 옷에 검은 베일로 몸과 얼굴을 감쌌다.

살리미안과 제사장이 지하실로 왔을 때 파라랑이 차분한 음성으로 말했다.

"폐하께서는 페르시아를 사랑하듯 내 나라 신라도 사랑하셨습니다. 폐하처럼 나도 페르시아를 사랑합니다. 이방인이라 의심하지 마세요. 내가 페르시아를 떠나는 일은 결코 없습니다. 아비틴 황제의 나라는 바로 내가 사는 황국이며, 아비틴 황제가 사랑한 백성들 역시 내가 사랑하는 백성입니다. 그들에게 꼭 나라를 찾아 주겠습니다. 아비틴 황제께서 하늘에서 우리를 도우실 것입니다."

파라랑은 살리미안의 눈에 맺힌 눈물을 보았다. 파라랑이 잠시 멈췄다가 말을 이었다.

"늦었어요. 이곳에서 너무 지체했어요. 더 이상의 희생은 안 됩니다. 우리를 잡지 못하면 쿠쉬가 세파한 일대의 무고한 사람들을 죽일 것입니다. 어차피 우리는 다만단으로 돌아가지 못합니다. 살리미안, 계책이 있습니다. 내가 쿠쉬에게 가겠어요."

살리미안이 펄쩍 뛸 듯이 몸을 세웠다.

"쿠쉬는 교활하고 잔인한 자입니다, 황후님."

"정면 돌파를 해야 합니다. 쿠쉬는 우리를 살려 두지 않을 거예요. 그러면 장차 페레이둔까지 위험해요."

조용히 뒤에 서 있던 남자가 한 발 앞으로 나서며 말했다.

"하오나 황후님께서는 매우 아름다운 분이라 들었습니다. 분명 자하크의 노리개가 되실 터인데, 차라리 제가 가겠습니다. 무슨 일이든 할 것입니다."

"그건 걱정하지 않으셔도 됩니다. 저들의 후궁이 되는 일 따위는 없을 겁니다."

파라랑이 베일을 벗었다. 놀란 남자가 신음을 내뱉으며 눈물을 글썽였다.

"폐하께서 안 계신데 황후의 어여쁨이 무슨 소용이겠습니까? 나는 이제 신라 공주도, 아비틴의 황후도 아닙니다. 페르시아 황자, 페레이둔의 어머니일 뿐이에요. 폐하의 죽음이 헛되지 않게 해야 합니다. 페르시아를 위해 쿠쉬에게 가겠습니다. 나를 믿으세요."

"오, 황후님, 황후님!"

살리미안과 남자와 제사장이 바닥에 엎드려 부복했다.

"역관과 노새를 몰고 갈 짐꾼을 구해 주세요, 살리미안."

살리미안이 못 알아듣겠다는 듯 두 눈을 껌벅거렸다.

"우리에게 역관이……. 황후님께서도 페르시아 말을 다 아시지 않습니까?"

"예, 역관이 없어도 되지만 쿠쉬에게 허술하게 보여야 합니다. 쿠쉬는 간특하다 들었습니다. 쿠쉬에 맞서려면 역관이 꼭 있어야 합니다. 다른 몇 가지 준비도 필요합니다. 모두 이 쿠쉬와의 한판 승부에서 이길 수 있도록 기도해 주세요."

죽은 자의 저주

샤흐레스탄 궁전이 눈앞에 보였다. 검은 두건과 베일로 몸을 감싼 파라랑이 살리미안의 뒤를 따라갔다. 그 옆을 역관과 사도가 보호하고 있었다.

살리미안이 궁의 경비병에게 은자를 건넸다. 경비병이 안으로 들어가 수비 대장을 데려왔다. 겉으로 보기에는 군인보다 학자가 더 어울릴 것 같은 사람이었다.

수비 대장이 칼집으로 파라랑의 두건을 벗겼다. 파라랑은 옆으로 돌아서며 한 손을 들어 흉터를 가렸다. 살리미안이 얼른 파라랑의 얼굴이 다 보이지 않도록 막아섰다.

수비 대장은 싸늘한 표정으로 말했다.

"왕후라 칭하는 여인이 맞느냐?"

"그렇습니다. 나는 아비틴 왕의 부인입니다."

"보아하니 거짓은 아닌 듯하군. 으흠, 스스로 쿠쉬 왕 앞에 나타나다니, 이방인 여인이 의롭구나. 내일까지 나타나지 않았다면 이 일대는 피바다가 되었을 것이다. 적이긴 하나, 내 너희를 존중해 묶지 않겠다."

수비 대장은 파라랑들을 궁 안으로 데려갔다. 샤흐레스탄 궁전을 향해 걸어가는 길목은 물의 정원이었다. 수로를 따라 사선으로 내뿜는 분수와 중앙 분수대를 지났다. 무심히 솟아오르는 분수가 파라랑의 눈앞에서 무지개를 만들었다.

파라랑은 청색으로 빛나는 돔을 올려다보았다. 내부의 천장은 옅고 짙은 푸른색의 타일이 적절하게 배치되어 빛에 따라 변하는 그 현란함에 시선을 떼지 못하게 했다. 한쪽 벽면으로 이어진 계단은 기하학 문양의 타일로 장식되어 있었다. 계단을 오르자 경비병들이 군데군데 서 있는 긴 복도가 나타났다. 그 복도의 중간마다 놓인 탁자 위에는 은제 장식판과 오색 보석이 박힌 청동 장식품이 번쩍거렸다. 역동적인 대리석 조각상들이 궁전을 더욱 장엄하게 했다.

수비 대장이 중앙의 큰 문을 열자 감흥을 불러일으키는 부드러운 음악 소리가 사방에서 퍼져 나왔다. 문의 정면으로 왕의 악공들인 호니여갸르가 피리와 북, 바르바트 등 갖가지 악기로 연주를 하였다. 그 위 높은 좌대에 몸을 돌리고 창을 향해 앉아 있는 자가 있었다. 쿠쉬였다. 쿠쉬 앞 장방형 식탁에는 황금 술잔들과 황금 촛대가 놓여 있었고, 은쟁반과 유리그릇마다 기름진 고기와 신선한 과일이 가득했다. 파라랑은 똑바로 그자의 뒷모습을 바라보았다. 그 아래 단에는 뜻밖에도 머하비가 앉아 있었다.

수비 대장의 보고에 고개를 돌린 머하비와 파라랑의 눈이 마주쳤다. 곧 머하비가 쿠쉬에게 가까이 다가가 소곤거렸다. 쿠쉬의 한 손이 올라갔고 머하비는 고개를 숙이고 옆으로 비켜섰다.

음악은 계속 울렸고 수비 대장은 그대로 서 있었다. 파라랑들이 들어온 것을 알 터인데도 쿠쉬는 눈을 감고 음악을 들었다. 머하비는 야릇한 표정을 지으며 파라랑을 노려보았다. 파라랑 역시 머하비를 표창처럼 날카롭게 쏘아보았다.

그때 수비 대장이 낮고 엄한 목소리로 꾸짖었다.

"예를 다해 고개를 숙여라!"

파라랑은 시키는 대로 바닥에 엎드려 눈을 아래로 내리깔았다. 최고급 대리석 바닥에는 공작 두 마리가 꼬리를 위로 들어 올리는 형태의 문양으로 짠 폭신한 카펫이 깔려 있었다. 호니여갸르의 연주는 계속 이어졌고, 그 음악은 애잔하면서도 감미로웠다.

파라랑은 까마득하게 느껴지는 서라벌에서의 봄날, 아비틴이 바르바트를 연주하던 모습을 잠시 떠올렸다. 사랑이 파도처럼 밀려올 때의 일이었다.

이윽고 음악이 그쳤다. 수비 대장이 쿠쉬 앞으로 한 발 다가갔다.

"위대한 왕이시여, 아비틴의 여인이 찾아왔습니다."

쿠쉬가 느릿하게 고개를 돌려 파라랑을 보았다. 소문대로 지독히 못난 얼굴이었다. 왕만이 입을 수 있는 화려하고 번쩍이는 옷이 오히려 그를 광대처럼 보이게 했다. 그의 눈빛은 영악했고 사나웠다.

쿠쉬가 말했다.

"이방인, 일어나 베일을 벗어라."

쿠쉬가 쏘아보는 눈길을 의식하며 파라랑이 천천히 자리에서 일어났다. 검은 베일을 걷어 올리고 쿠쉬를 똑바로 바라보았다. 쿠쉬의 눈이 놀란 듯 커졌다. 이국의 여인 파라랑은 윤기없는 반백의 머리에다 얼굴의 한쪽 뺨에는 화상으로 꾸덕꾸덕 말라 가는 흉터가 시뻘겋게 남아 있었고, 눈썹은 아예 없었다. 쿠쉬가 혀를 차며 얼굴을 돌렸다.

"머하비 공, 소문과 다르지 않는가?"

머하비가 깊이 허리를 굽혔다.

"왕이시여, 소신이 알기로 누구보다 아름다운 여인이었습니다."

쿠쉬가 머하비의 말을 잘랐다.

"그렇다면, 하하, 영리한지고. 스스로 상처를 만들었구나. 역시 아비틴이로다. 사람 보는 눈이 남달라. 허나 저런 꼴이어서야 햇볕 아래 다닐 수나 있을까. 쯧쯧……. 항복을 하면 목숨을 살려 주겠다고 했으니 약속은 지키겠다. 하지만 몰골이 그러하니 아버지께 바칠 수는 없겠구나. 이방인은 나의 시녀가 되어라."

역관이 통역을 했다. 파라랑이 신라의 말로 중얼거렸다.

"그럴 수는 없습니다. 저는 아비틴 왕의 여인이며 왕후였습니다. 왕께서는 저를 자유롭게 보내 주셔야 함은 물론, 아비틴 왕의 시신을 돌려주셔야 합니다."

쿠쉬의 눈이 탐색하듯 가늘어졌다.

역관의 통역에 쿠쉬보다 머하비가 먼저 소리쳤다.

"닥쳐라, 감히 이방인 따위가!"

쿠쉬가 손을 들어 머하비의 말을 막았다.

"내가 어찌 네 말을 들어주어야 하느냐?"

역관이 말했다.

"쿠쉬 왕께서 그 까닭을 말하라 하십니다."

파라랑이 또렷한 목소리로 다시 답했다.

"쿠쉬 왕이시여, 아비틴 왕이 예전에 어떤 이야기를 들려주었습니다. 이것이 저의 목숨을 지켜 줄 거라 했나이다."

역관의 말에 쿠쉬가 비웃었다.

"대체 무슨 이야기냐? 목숨을 건져 줄 이야기라니?"

파라랑이 역관에게 속삭였다.

"천천히 내가 말하는 속도로 쿠쉬 왕께 통역하거라."

파라랑은 쿠쉬를 똑바로 바라보며 신라 말로 나긋나긋하게 말했다.

"왕이시여, 숨어 살아야 했던 어린 날에 말입니다. 절대 벗어날 수 없었던 깊고 어두운 요괴의 숲을 기억하시나이까?"

역관이 말을 전하기 시작하자 쿠쉬의 표정이 굳어졌다.

"호랑이 왕이시여, 목숨을 빚졌으니 훗날 반드시 은공을 갚겠나이다. 제가 살아 있는 한 왕께서 원하시는 일은 무엇이든 들어드리겠습니다. 이 맹세를 어긴다면 저는 영원히 죽은 자의 저주를 받을 것입니다."

파라랑이 베일로 얼굴을 가리면서 말을 덧붙였다.

"아비틴 왕이 말하길, 쿠쉬 왕께서는 숲에서의 맹세를 잊지 않을 사내라 했습니다."

역관이 떨면서 말을 전했다. 쿠쉬는 알 수 없는 눈빛으로 파라랑을 노려보다가 느닷없이 웃기 시작했다.

"죽은 자의 저주라 했느냐? 죽은 자의 저주!"

쿠쉬가 몸을 옆으로 돌리며 덧붙였다. 서늘하게 느껴지는 말투였다.

"아비틴은 절대 내게 구걸하지 않는다. 그는 사내 중 사내니까. 이방인, 잘 들어라. 아비틴의 머리는 자하크 대왕께서 아끼시는 뱀과 악어에게 던져진 지 오래일 것이다. 너는 알 턱이 없겠지."

파라랑의 눈앞에 어둠이 내려앉았다. 쿠쉬의 목소리가 멀리서 웅웅거렸다.

"뭐라더라, 그래, 호더라는 자가 내 아버지 자하크 대왕께 아비틴의 시신을 싣고 갔지. 이 샤흐레스탄 궁에서 처리해야 하는 일이 끝나면 나도 자하크 대왕께 갈 참이었다."

역관이 파라랑의 기색을 살피며 망설이듯 낮은 목소리로 통역했다. 파라랑은 정신을 잃지 않으려고 입술을 깨물었다. 비릿한 피냄새가 맡아졌다. 아비틴이 어떤 모습일지 각오는 했지만 쿠쉬가 내뱉는 사악한 말만으로도 가슴이 미어졌다. 파라랑이 간신히 한 마디씩 힘을 주어 간절하게 말했다.

"왕이시여, 숲의 맹세를 기억해 주십시오. 뼈라도 좋습니다. 아비틴의 그 어떤 흔적이라도 좋습니다. 간직하게 해 주세요."

역관이 파라랑의 지시대로 말의 속도를 조절하면서 전달했다. 쿠쉬가 역관과 파라랑을 번갈아 바라보았다.

"아비틴의 뼈? 으하하하. 용기가 가상하구나, 그럼 말이다!"

통역이 끝나자 쿠쉬는 한참을 껄껄거리며 웃었다.

"넌, 너는 나에게 뭘 주려느냐? 죽은 아비틴이 너를 데리고 이 먼 곳까지 내려온 까닭이 무엇이냐?"

역관이 느릿하게 쿠쉬의 말을 신라어로 통역할 동안 파라랑은 마음을 다잡았다. 파라랑이 두 손으로 바닥을 짚고 허리를 굽혔다.

"왕이시여, 신라에서 부세르 항으로 보낸 혼수품을 찾기 위해서입니다."

"듣기는 했도다. 호더가 그리 말하더구나. 허나 다른 꿍꿍이가 있을 법도 한데……."

갑자기 쿠쉬가 비수를 꽂듯 빠르게 물었다.

"숨겨 둔 보물이라도 찾았느냐?"

파라랑은 쿠쉬의 섬뜩한 직감에 화들짝 놀랐다. 역관의 말을 듣는 척하며 떨리는 손을 검은 옷 속으로 감추었다.

"왕이시여, 저는 신라의 공주입니다. 먼 나라에서 온 이방인으로 전하께 드릴 선물을 준비했으니 가져올 수 있도록 허락해 주소서."

역관이 허리를 깊숙이 숙이며 통역을 하자 쿠쉬가 의자걸이에 놓인 검지를 까닥거렸다. 파라랑이 살리미안에게 눈짓했다. 살리미안이 바구니를 멘 일꾼들을 들여보냈다. 파라랑이 쿠쉬의 눈앞에 황금 바구니를 열어 보였다.

"신라 왕께서 보내신 혼수품입니다. 이 황금을 왕께 바치겠나이다."

쿠쉬의 눈이 음흉한 빛을 띠었다.

"오호……. 이방인 여인이여, 아비틴은 죽었다. 너는 실라로 돌아갈 수도 있었지. 그런데 내 앞에 스스로 온 이유가 고작 황금 바구니로 목숨을 구걸하기 위해서란 말이냐?"

역관이 쿠쉬의 말을 전하고 나서야 파라랑은 다시 자리에 부복했다.

"저의 목숨뿐만 아니라 아비틴의 뼈를 얻기 위해서입니다. 왕께서 저를 죽이지 않으실 것이라는 믿음이 있었습니다. 죽은 자의 저주 때문이 아니라, 페르시아의 저항을 더 이상 받지 않으시려면, 힘없는 이방인 공주를 살려 주셔야 하지 않겠습니까? 또한 자비로운 왕이시여, 공격을 멈춰 이제 왕의 백성이 된 무고한 사람들을 구해 주십시오."

침묵이 흘렀다. 쿠쉬가 천천히 일어났다. 그는 거만한 걸음으로 좌대를 내려와 파라랑의 주변을 한 바퀴 돌더니 허리를 낮춰 파라랑의 눈을 지그시 노려보았다. 갑자기 쿠쉬가 입을 크게 벌려 혐오스럽게 웃었다.

파라랑은 속으로 몸서리를 쳤지만 예를 다해 더욱 허리를 굽혔다. 대체 이 자가 무엇을 알고자 하는가. 순간, 번개가 내리꽂히듯 파라랑은 쿠쉬의 웃음에서 고통을 보았다. 그의 냉혹한 눈빛에 깊은 슬픔이 드리워진 것을 알았다. 그렇다. 쿠쉬는 아비의 사랑을 굶주린 자가 아닌가. 아비가 어쩌다 내미는 잔인한 손에 구걸하는 자다.

머릿속이 환해졌다. 동시에 파라랑은 자신의 몸 안에 따스한 기운이 감도는 것을 느꼈다. 파라랑의 마음은 고요히 가라앉았다. 두려운 마음이 완전히 사라졌다.

쿠쉬와 눈이 마주친 파라랑의 고개가 바닥에 거의 맞닿을 정도로 숙여졌다. 다시 좌대로 올라가 자리에 앉은 쿠쉬가 호쾌하게 말했다.

"좋다! 죽은 자의 저주를 기억하마. 허나 이방인, 아비틴의 시신은 잊어라. 그것까지 욕심내지는 말라. 이미 자하크 대왕께서 처리하셨을 것이다. 이방인 여인은 너의 나라 실라로 돌아가라."

눈치 빠른 역관이 기침을 하며 잠시 숨을 돌리는 척 머뭇거리다가 쿠쉬의 말을 전했다. 그동안 파라랑은 눈을 질끈 감고 빠르게 결단을 내렸다.

'그래, 살아남자. 후일 아비틴이여…… 찾을 수 있을 것이다. 황제의 옥체는 어디에서든 거두는 이가 있으리니. 페르시아 백성을 믿자. 그들을 믿어 보자.'

파라랑이 고개를 번쩍 들었다. 파라랑의 두 눈에 광채가 서려 있었다.

"오, 왕이시여, 자비를 베푸소서. 아비틴 왕을 사랑하여 오게 된 페르시아입니다. 비록 아비틴은 없으나 그가 숨 쉬었던 이곳을 떠날 수는 없습니다. 이 나라에서 생을 마치게 해 주십시오."

곁에 있던 살리미안도 떨리는 음성으로 간청했다.

"왕이시여, 저항군 왕이 죽고 없는데 이방인 여인과 늙은이가 무얼 할 수 있겠습니까? 자비를 베풀어 주십시오."

쿠쉬에게 말을 전하는 역관의 목소리도 떨렸다.

"아니 되옵니다!"

노한 목소리가 궁 안을 메아리쳤다. 뜻밖의 외침에 창틀에 앉으려던 비둘기가 후루룩 하늘로 날아올랐다. 머하비가 앞으로 두어 걸음 나오며 다시 소리쳤다.

"아니 되옵니다. 왕이시여, 저들을 당장 죽여야 합니다! 반란의 씨앗을 없애야 합니다!"

파라랑이 검은 베일을 다시 머리 위로 걷어 올렸다.

사냥개

파라랑의 흉측한 얼굴에 머하비가 멈칫했다. 파라랑이 머하비를 노려보았다.

"머하비 공, 어찌 그런 말씀을 하십니까? 아비틴 왕과 저에게 한 약속을 잊으셨습니까? 쿠쉬 왕께서 저를 살려 주고자 하시는데 어찌 나서시는 겁니까? 어쩌면 왕께서는 이미 모두 다 알고 계실 겁니다."

역관의 통역에 머하비가 당황한 얼굴빛으로 급히 입술을 달싹였다. 파라랑이 기회를 주지 않고 사나운 목소리로 고했다.

"왕이시여, 선왕께서 쓰시던 어보를 아비틴 왕이 가지고 있었습니다. 제가 살던 다만단으로 돌아가게 해 주신다면 어보를 왕께 드리겠나이다. 어보의 행방을 알고 있는 사람은 이제 저뿐입니다."

역관의 통역을 들은 쿠쉬가 어리둥절한 표정으로 머하비를

228

바라보았고, 그러자 머하비가 손을 내저으며 말을 더듬었다.

"무, 무슨 소리를 하는 게야? 어보는 이미 왕께 바쳤거늘……"

파라랑이 조롱하듯 말했다.

"하아, 왕이시여, 머하비 공이 어보를 드렸나이까?"

역관이 파라랑의 어투 그대로 통역했다.

"머하비 공, 그대가 가져온 것이 야르가르드의 어보가 아니었나?"

머하비의 얼굴이 하얗게 질려 갔다. 쿠쉬가 머하비를 매섭게 바라보았다.

파라랑이 머하비를 나무라며 말했다.

"머하비 공, 배에서 아비틴 왕이 말리지 않았습니까? 금세 드러날 거짓말이라고 하지 않았습니까? 언젠가 쿠쉬 왕께서 알게 되실 거라고 그리 말렸는데."

역관이 전하는 말에 쿠쉬가 파라랑을 험상궂게 노려보았다.

"이방인! 무슨 말이냐? 알아듣게 말하라."

"왕이시여, 머하비 공이 선왕의 어보를 가져왔을 것입니다. 공이 가져온 어보는 가짜입니다. 아비틴 왕과 머하비가 짜고서 가짜를 드린 것입니다."

역관이 파라랑의 말을 통역하자, 머하비가 한 걸음 앞으로 나서며 급히 말했다.

"왕이시여, 아닙니다. 소신이 어찌 가짜를 바쳤겠나이까? 분명 어보가 맞사옵니다. 왕께서 손수 확인을 하시지 않았습니까?"

"나는 네가 가져온 것이라 그저 믿었을 뿐이다."

쿠쉬의 얼굴이 일그러졌다. 머하비가 얼른 부복하며 이마를 바닥에 찧었다.

"왕이시여, 저 계집이 소신을 모함하려고 하는 말입니다. 믿지 마십시오. 그런 일은 없었습니다. 난데없이 가짜 옥새라니요? 분명 흉계가 있습니다. 그렇지! 어쩌면 저 간사한 이방인이 어보로 시선을 돌려 아들을 살리려는 속셈이 분명합니다."

쿠쉬가 놀란 듯 허리를 곧추세웠다.

"아들이라니! 죽었다고 하지 않았느냐?"

"그, 그게 저항군 요새가 불타는 도중에 모조리 죽었을 거라고 짐작하여……. 요새에서 살아남은 어린아이는 없었습니다. 왕께서도 아시다시피, 사실 아들이 태어났다는 소문이 있었을 뿐입니다. 명대로 여러 경로를 통해 확인해 보았으나 아비틴의 아들이 자라는 것을 본 사람은 없었습니다. 그래서 모두 죽었다고 보고했던 것입니다."

역관이 말을 전하고 나서야 파라랑은 벌떡 일어나 소리쳤다.

"머하비 공, 무슨 말이십니까, 우리 아들은 머하비 공이 데려가지 않았습니까? 페르시아 왕실의 풍습이 왕자는 일정 기간 다른 왕족이 키워야 한다면서, 머하비 공의 아들로 보호한다고 하지 않았습니까?"

쿠쉬가 분개하여 탁자를 발로 걷어찼다. 탁자는 머하비가 있는 곳으로 굴러가 그를 쓰러뜨렸다. 쿠쉬에게서 격앙된 목소리가 터져 나왔다.

"머하비! 이방인의 말이 참말이냐? 그래, 얼마 전 너의 아들이 태어났다고 하더니, 그 아이가 아비틴의 아이였느냐?"

"왕이시여! 아닙니다. 저 계집이 거짓을 말하는 것입니다. 그 아이는 제 자식입니다. 절대 아비틴의 자식이 아닙니다!"

쿠쉬의 얼굴이 차갑게 변했다. 허공을 바라보며 업신여기듯 말을 내뱉었다.

"사실이든 아니든! 그까짓 핏덩이쯤이야, 언제든 죽일 수 있어…… 으흥흠, 경우에 따라 살려 줄 수도 있지."

역관의 말이 끝나자마자 파라랑이 검은 베일을 찢어발기고 가슴을 쥐어뜯으며 외쳤다.

"아아, 머하비 공, 이제 페르시아는 끝났습니다. 저토록 친절하고 어지신 왕께 우리 함께 잘못을 털어놓고 용서를 빌어요. 왕께서는 너그러우시니 이방인인 저와 왕족으로 어쩔 수 없었던 머하비 공의 입장을, 인자하신 왕께서는 우리의 처지를 이해하실 것입니다. 머하비 공은 저항군을 이끌 힘이 없습니다. 머하비 공, 아비틴과 공이 혈육으로 마음을 나누었다는 것은 잘 알지만, 이제 저항군도 사라졌고 아비틴도 없으니 살길을 찾아야 하지 않겠습니까?"

파라랑이 쿠쉬를 올려다보며 두 손을 가슴 앞에 모았다.

"왕이시여, 아들만 돌려주십시오. 다 필요 없습니다. 왕께서 신라로 돌아가라시면 가겠습니다. 제발 아들만 제게 주십시오."

역관이 쿠쉬에게 상황을 설명했다. 그러자 곧장 무릎걸음으로 머하비에게 다가간 파라랑이 그의 옷깃을 잡았다. 역관이 쿠쉬에게 통역하는 동안 파라랑은 앙칼진 목소리로 쉬지 않고 외쳤다.

"머하비 공! 아들을 돌려주세요. 그 아이는 신라 왕실의 핏줄이기도 합니다. 내 아들을 돌려 달란 말입니다. 제발 그 아이를, 아들을 나에게 주세요! 금쪽같은 신라 공주의 아들이란 말이에요!"

얼굴이 시뻘게져 우왕좌왕하던 머하비가 별안간 기둥 옆에 서 있는 호위병에게 달려가 칼을 빼앗았다.

"이 요망한 마녀 같으니!"

파라랑을 향해 칼을 내리치려는 순간, 사도의 칼이 먼저 머하비의 칼을 막았다. 사도도 호위병의 칼을 재빠르게 손에 넣었던 것이다. 호위병들이 바람처럼 모여들어 한꺼번에 좌대 위 쿠쉬를 에워쌌다. 나머지 호위병들이 사도와 머하비에게 칼을 겨누며 몰려가자 쿠쉬가 손을 들었다. 호위병들이 부채꼴로 물러나 쿠쉬 주변을 호위했다.

사도와 머하비의 칼이 허공에서 마주쳤다. 살기를 머금은 칼끝이 매서웠다. 한평생 떠도는 선황을 보필했던 머하비였다. 한 치의 양보도 없는 결투가 시작되었다. 호위병들이 그들을 포위하려 하자 쿠쉬가 손을 저어 끼어들지 못하게 막았다. 쿠쉬의 입매가 비웃듯 한쪽으로 치켜 올라갔고 그의 눈은 독사의 눈인 양 잔혹하게 빛났다.

사도의 칼이 힘을 잃은 듯 기우뚱거리다가 순식간에 머하비의 가슴을 찔렀다. 파라랑이 달려가 사도를 막았다.

"안 된다, 공을 죽이면 내 아들은 어찌하느냐? 왕이시여, 의원을 불러 주세요. 이 분이 있어야 아들을 찾을 수 있습니다,

왕이시여!"

파라랑이 쿠쉬를 향해 팔을 들어 애원하였다. 그러나 쿠쉬는
광대놀이를 구경하듯 이를 드러내고 웃으며 이들을 지켜보았
다.

파라랑은 넘어질 듯 머하비에게로 몸을 기울였다. 그의 머리
를 두 손으로 감싸 안은 파라랑이 애처롭게 호소했다.

"머하비 공, 아들을 돌려주세요. 내가 살아 있는 이유입니
다. 제발……. 살리미안, 도와주세요."

바닥에 엎드려 있던 살리미안이 허둥대며 머하비에게 다가
섰다. 그는 두 손을 위로 치켜든 채 큰 목소리로 흐느꼈다.

"머하비 공이 왕자님을 데려갔습니다. 이 늙은이 눈으로 똑
똑히 보았습니다. 이제 와서 모르신다니요? 이방인 왕후께서
그리도 가슴 아파하면서 보내시지 않았습니까?"

살리미안은 마치 실성이라도 한 듯 두 손을 어깨 위로 치켜
들고, 머하비와 파라랑의 주변을 빙글빙글 돌며 알아들을 수
없는 온갖 나라의 말로 마구 떠들었다. 그러자 파라랑이 흐느
낌을 멈추며 긴 머리카락으로 머하비의 얼굴을 가렸다. 파라랑
이 머하비의 귀에다 대고 페르시아 말로 속삭였다.

"머하비, 신라에는 '토사구팽'이라는 말이 있다. 토끼 사냥이
끝나면 쓸모가 없어진 사냥개는 잡아먹는다는 말이지. 저기 쿠
쉬를 봐라. 너를 위해 호위병조차 부르지 않는다. 사냥이 끝났
으니 쓸모가 없어진 게야. 너는 사냥개였다!"

머하비가 눈을 희번덕거리더니 마지막 힘을 다해 칼을 움켜
잡았다. 파라랑을 향해 칼을 들어 올리는 순간, 사도가 머하비

를 다시 한 번 찔렀다. 파라랑의 눈빛이 모질어졌다. 파라랑이 낮으나 분노에 찬 신라 말로 외쳤다.

"아비틴을 위해!"

머하비의 눈에서 빛이 사라져 갔다. 역겨운 냄새와 함께 엉겨 붙은 피가 바닥으로 빠르게 번져 나갔다.

"아아악! 아악, 으흐흑……."

파라랑이 비명을 질렀다. 사도가 파라랑을 부축해 뒤로 물러났다. 살리미안도 질겁하며 구석으로 몸을 피했다.

쿠쉬의 광기 어린 웃음소리가 왕궁을 뒤흔들었다. 웃음 끝에 쿠쉬가 말했다.

"하하하. 아주 재미있구나. 세작이라, 머하비가 이중 세작이었단 말이냐? 으하하하……. 저희끼리 속고 속이면서 피바다를 만드는구나. 모두들 잘 보아라! 이래서 페르시아가 망하는 게다."

쿠쉬가 인상을 쓰며 호위병을 향해 호통을 쳤다.

"뭣들 하느냐! 시신을 내다 버려라."

이어 쿠쉬는 고개를 돌려 파라랑을 노려보았다. 파라랑은 머하비의 피로 물든 자신의 손을 믿을 수 없다는 듯 바라보고 있었다. 쿠쉬가 손가락을 들어 파라랑에게 말했다.

"가라, 이방인 여인! 다시는 내 눈앞에 나타나지 말라. 죽은 듯이 지내라."

역관이 큰 소리로 쿠쉬의 말을 반복했다. 파라랑은 단번에 쿠쉬의 앞으로 달려가 피칠갑을 한 두 손을 마주 잡았다. 파라랑의 두 눈에서 눈물이 철철 흘러내려 턱 밑으로 뚝뚝 떨어졌다.

"왕이시여, 제 아들을 살려 주십시오. 머하비가 데려간 제
아들을 돌려주세요."

쿠쉬의 두 눈이 교활한 빛을 냈다.

"아비틴과 그 아들은 이 세상에서 사라졌다. 이방인, 너에게
특별히 자비를 베푼 것이니 내 아버지, 자하크 대왕의 땅에서
조용히 살거라. 만약 머하비의 자식을 만나려 하면 그 즉시 아
이를 죽일 것이다! 알아들었느냐? 내가 반드시 죽일 것이다."

역관의 통역이 끝나기도 전에 파라랑이 비명과 함께 황급히
엎드려 바닥에 머리를 조아렸다. 얼굴에 묻은 머하비의 피가
눈물과 함께 흘렀다. 파라랑의 흉측한 뺨으로 피눈물이 흘러내
리는 것처럼 보였다.

"알겠나이다. 알겠나이다, 왕이시여. 아들을 살려만 주신다
면 평생 만나지 않고 살겠나이다. 아, 자비로운 왕이시여. 그
불쌍한 아이의 목숨만은 살려 주십시오. 숲에서 맹세하신 죽은
자의 저주값으로, 그 아이를 살려 주시고 대신 저를 죽여 주세
요."

"그만 되었도다. 물러가라."

쿠쉬가 병사들에게 소리쳤다.

"호위병! 이방인 여인을 풀어 주어라. 모든 것이 끝났다."

병사들이 파라랑을 쿠쉬 앞에서 끌어냈다. 일행은 떨리는 몸
과 마음을 추스르며 서로에게 의지해 샤흐레스탄 궁을 나왔다.

무사히 왕궁의 성문을 빠져나오자 살리미안이 파라랑 앞에
엎드려 신하의 예를 갖추었다. 파라랑이 지친 목소리로 명을

내렸다.

"선황제의 어보를 만드세요. 어차피 쿠쉬는 진짜든 가짜든 어보 따위 신경 쓰지 않을 겁니다."

살리미안이 미처 대답하기도 전에 파라랑은 이미 저만치 앞서 걷고 있었다.

그 뒷모습을 바라보며 살리미안이 감탄한 듯 말했다.

"선황께서도 이기시지 못한 쿠쉬를! 우리가 황후님, 아니, 새로운 페르시아 여제를 모시게 되었구나."

역관이 곁에서 그 말을 받았다.

"저는 쿠쉬의 패배를 보았습니다."

역관의 목소리가 젖어 있었다.

사도를 앞세운 파라랑은 등을 꼿꼿이 세우고 걸었다. 파라랑의 찢겨 너덜거리던 베일 한 조각이 바람과 함께 휘돌아 거먹구름이 빠르게 흐르는 하늘 위로 날아갔다.

산

베일의 여왕

쿠쉬군 야영지를 지나 나지막한 언덕을 두 필의 말이 흙먼지를 일으키며 달렸다. 검은 천으로 몸을 감싼 여인과 이방인 무사가 탄 말이었다. 파라랑과 사도였다. 멀리 페르시아 만이 보였다. 푸른 만을 따라 야자나무 숲이 보기 좋게 펼쳐져 있었다.

머지않아 그들 앞으로 둥근 돔의 아랍풍 모스크가 모습을 드러냈고 그 주변으로 마을들이 연이어 나타났다. 새로운 도시 바스라*였다.

파라랑은 곧장 넓은 길을 따라 아랍 귀족들이 살고 있는 거주지로 향했다. 길 양옆으로 높고 낮은 집들이 조화롭게 늘어서 있었다. 잘 꾸며 놓은 외관의 집들과 오가는 사람들의 모습에서 활기가 느껴졌다. 사도가 앞장서서 집들 사이로 말을 몰

---

* 현재 이라크 동남부에 있는 항구 도시로 페르시아 만 상류에 있다. 바스라는 아랍군이 도시를 점령한 이후 아랍인의 귀족 계급과 사산 왕조의 수도 크테시폰에 살던 주민들이 이주해 온 신도시이다.

아 바스라의 바자르로 향했다. 말들은 익숙한 길인 듯 머뭇거리지 않고 점포들이 널려 있는 거리로 들어섰다.

파라랑과 사도는 어느 여곽 앞에 말을 묶어 놓고 안으로 들어갔다. 먼저 와 있던 세예드와 일꾼들이 반갑게 맞았다. 만만치 않는 관록을 풍기는 세예드는 부유한 상인임을 나타내는 흰옷에 문양을 넣은 품위 있는 차림새였다.

세예드가 파라랑을 이층 복도의 끝 방으로 안내했다.

"그들은 아직 도착하지 않았습니다."

곧 아랍 상인들이 방 안으로 들어왔다. 검은 얼굴에 붉은빛이 도는 머리카락과 사각턱에 코가 낮은, 따지자면 상인들 중 가장 못생긴 얼굴이 행수였다. 행수는 거만한 얼굴로 파라랑을 흘깃 보더니 먼저 자리에 털썩 주저앉았다.

행수가 세예드에게 말을 건넸다.

"에헹, 행수가 여인이었습니까?"

세예드가 검이라도 뽑을 듯 사납게 말했다.

"무례합니다!"

파라랑이 세예드에게 눈짓을 했다. 세예드는 못마땅한 듯 옷자락을 털며 뒤로 물러났다.

"행수께서는 약재 거래를 하러 온 것이 아닌가요?"

"그렇지요, 으헤헤헤헤. 아, 그럼 시작하, 합시다."

그제야 행수가 자세를 고쳐 똑바로 앉았다.

세예드가 거래 품목을 내밀었고 행수는 품목을 살피기 시작했다. 행수가 툭 던지듯 건네는 품목을 염소수염의 상인이 다시 검토했고 물품을 살폈다.

파라랑이 검은 베일 사이로 아랍인 행수를 바라보았다. 허술한 듯한 웃음과 버벅거리는 말투였으나 날카로운 눈빛은 예사롭지 않았다. 아랍 최고의 상단이 바로 앞에 있는 행수의 솜씨라는 소문은 참이었다.

행수가 표정을 읽을 수 없는 무덤덤한 얼굴로 말했다.

"뭐, 첫 거래이고 하니……. 이봐!"

염소수염의 상인이 준비했던 상자를 내밀었다. 상자를 열자 은자가 가득했다.

"이 정도면 잘 쳐드리는 가격입니다. 어떻습니까? 흠흠."

세예드가 고개를 저었다.

"은이 아니지요. 금을 이만큼 주셔야 합니다. 실라에서 온 최상품입니다."

"말갈이 아니라 동방의 실라? 실라라 했습니까?"

행수의 눈빛이 달라졌다. 행수가 염소수염 상인과 귓속말을 주고받았다.

"행수, 우리를 너무 가볍게 대하는 것 아닙니까? 다른 상단이라면 두 상자의 금은 너끈히 받을 수 있습니다. 더 먼 나라 상단이라면 세 상자까지도 가능하다는 걸 잘 아실 것입니다. 싫으시다면 당장 일어나도 우린 상관없습니다."

세예드의 말투는 차가웠다. 행수가 겸연쩍은 듯 헛기침을 했다.

"아하, 어쩐지! 우리는 실라 것인 줄 몰랐습니다. 이 약초로 병을 고쳤다는 귀족들이 많아 아랍에서 인기가 좋긴 합니다. 실라 남쪽에서 생산된다는 강철도 대장장이들이 좋아하는 물품이지요."

탁자 앞에 또 다른 상자가 놓여졌다.

파라랑이 조용히 물었다.

"행수, 앞으로도 우리와 계속 거래하시겠습니까?"

행수가 눈을 빛내며 몸을 탁자 앞으로 기댔다.

"이만한 물품을 계속 주신다면 거래 안 할 이유가 없소이다. 허허⋯⋯."

세예드가 가죽 모양의 장식을 덧붙인 상자를 탁자에 올려놓았다.

"이것은 부세르의 질 좋은 진주와 담비 가죽입니다. 행수에게 첫 거래 선물로 드리지요."

행수 옆 자리에 있던 염소수염 상인의 입이 함지박만 하게 벌어졌다. 파라랑이 상자 위에 손을 얹었다.

"대신! 우리와의 거래가 외부에 노출되지 않도록 조심해 주세요."

"위험 부담이 있다? 그것도 상단의 명운이 걸린 일이라⋯⋯."

"호호호. 행수, 왜 이러십니까? 여기 나오셨을 때는 손익 계산을 이미 마치신 걸로 압니다."

행수가 의자에 몸을 기대며 느긋하게 말했다.

"오호⋯⋯. 그게 말입니다, 아시다시피 아랍에서는 왕을 속이는 일이 만만치 않다는 것을 알고 계시잖습니까?"

파라랑이 부드럽게 말을 이었다.

"그야 조심하셔야지요. 실라에서 우리에게 오는 좋은 물품을 행수의 상단하고만 거래하겠어요. 충분한 보상이 될 겁니다."

행수의 눈빛이 미묘하게 움직였다. 이어 호탕한 웃음소리가 방 안 가득 퍼졌다.

"으하하하……. 내 일찍이 페르시아 상단을 주무르는 큰손이 여인이라는 말은 들었습니다만, 헛소문이 아니었습니다그려."

염소수염과 또 다른 상인이 일어나 상자의 물건들을 세세히 살폈다. 행수가 고개를 끄덕이는 염소수염을 흘깃 보더니 말을 이었다.

"쿠쉬 왕이 뭘 하든 상관없습니다. 왕은 계속 바뀔 것이고, 상단은 살아남아야 하지요. 누가 왕이 되었든 상단을 살리는 왕이 최고인 게지요. 좋습니다! 귀 상단과 거래를 하겠습니다. 신뢰가 이루어졌으니 계약은 성립된 겁니다."

처음과는 달리 예를 갖춘 정중한 인사가 오갔고, 아랍 상단과 저항군 상단은 서로 흡족한 얼굴로 헤어졌다.

저자를 지나며 세예드가 미소 띤 얼굴로 말했다.

"여왕님, 저자는 녹록치 않은 자인데, 오죽하면 사막의 여우라 하겠습니까? 무사히 거래를 트게 되어 다행입니다."

"함께 노력한 덕분입니다. 더구나 저자는 노예 상인으로 잔뼈가 굵은 자이니 앞으로 더 많은 백성을 구할 좋은 기회지요. 저자를 잘 이용해야 합니다. 이렇게만 자금을 모을 수 있다면 페레이둔에게 많은 도움이 될 거예요. 미래를 위해 더 부지런히 움직입시다. 세예드 공, 이번에 구한 노예들은 몇 명인가요?"

"예, 두 명입니다만 메이보드에 세 명이 더 있습니다."

"돌아가는 길에 집으로 보내고 원한다면 늘 하던 대로 다마반드*에서 농사를 지으며 지낼 수 있도록 하세요."

세예드가 대답 대신 고개를 숙여 동의를 표했다.

파라랑은 손을 들어 목걸이를 어루만졌다. 톱니바퀴 모양의 원형에 두 머리의 독수리 문양이 새겨진 은목걸이였다.

'잘되었어. 허나 아직은 잠쉬드 대왕의 보물 창고를 채워 넣을 때가 아니야. 자금이 더 필요해. 아비틴이 그곳을 지킬 테니 안심해도 돼.'

파라랑의 믿음대로 아무렇게나 버려진 아비틴의 온전하지 않은 시신은 페르시아 촌부가 거두어 벌판에 암장했다. 살리미안과 신하들이 은밀하게 아비틴의 유해를 수습하여 보물 창고가 있는 암굴묘에 묻었다. 아비틴이 죽은 지 두 해가 지난 후의 일이었다. 파라랑은 촌부에게서 페르시아의 희망을 보았고 아비틴이 남긴 자신의 일을 마무리했다.

아랍 상인과의 거래가 성사되어 파라랑은 기분 좋은 얼굴로 푸른 하늘을 바라보았다. 시원한 바람이 불었다. 파라랑은 눈을 감았다.

'아비틴, 나는 아비틴과 살았던 시간을 기억하며 남은 생을 살아갑니다. 지금도 바람에 실려 오는 당신의 손길을 느낄 수 있어요.'

또다시 한 줄기 바람이 파라랑의 얼굴을 스쳐 지나갔다. 파라랑은 애틋한 마음을 접고 현실로 돌아왔다. 말에 올라타기 전 세예드를 돌아보았다.

---

*카스피 해 남쪽에 위치한 페르시아 신화의 성소이다. 이 산은 세상의 중심으로 태양과 광명의 신 미트라가 사는 곳이라 전해지고 있다.

"돌아갈 때는 더 조심해야 합니다. 나는 잠시 다른 일을 보고 가겠습니다. 하루 정도 걸릴 일이에요."

파라랑은 세예드에게 상단 일을 맡기고 말 머리를 돌렸다.

파라랑을 배웅하며 세예드가 중얼거렸다.

"노예에서 벗어난 페르시아 백성이 수천 명이다. 저런 분이니 어찌 페르시아의 어머니란 소리를 듣지 않을 수 있겠는가."

파라랑의 모습은 금방 세예드의 시야에서 사라졌다.

다음 날, 파라랑과 사도는 일찍 숙소를 나섰다.

"사도, 길을 잡아라."

사도의 뒤를 따라 파라랑이 말을 몰았다. 그들은 북쪽으로 말을 몰아 이번에는 페르시아의 황도였던 크테시폰*으로 향했다.

수량 풍부한 강줄기가 그들 옆을 따라 흘렀다. 이어 눈앞에 과수원과 넓은 농경지가 나타났다. 수리 시설이 잘 갖추어져 있었다. 티크리스 강의 동쪽 강변에 거대한 원형 성벽이 둘러쳐진 크테시폰이 나타났다. 웅장한 위엄이 느껴지는 성문으로 들어서자, 곧게 뻗은 길을 따라 행정 관청과 집들이 배치되어 있었다. 아랍의 침공으로 인해 대도시의 면모가 많이 퇴색됐다고는 하나 옛 황도다운 수준 높은 분위기는 여전히 남아 있었다.

광장 옆으로 난 길에 바자르 골목이 있었다. 사도가 바자르

---

*사산 왕조의 수도였다. 그러나 634년 아랍의 침공으로 황족과 귀족들은 도시를 떠났고, 763년경 바그다드가 새로 건설되면서 크테시폰의 중요성은 줄어들었다. 그 뒤 크테시폰의 버려진 유적지는 건축 재료를 만드는 채석장으로 쓰이게 되었다.

안의 숙소로 파라랑을 안내했다. 파라랑은 방으로 올라갔고 사도는 이내 숙소 밖으로 나갔다.

어느 사이 등을 따갑게 쏘던 해가 뉘엿뉘엿 지고 있었다. 파라랑은 고단한 몸을 눕혀 휴식을 취했다.

밤이 이슥해졌을 무렵에야 사도가 들어섰다.

"지난번에 보고를 드린 대로, 머하비의 부인은 전쟁 때 떠났다가 다시 돌아와 자신의 집에 그대로 살고 있습니다. 머하비가 쿠쉬의 신하인데 굳이 정든 집을 떠날 이유가 없었던 거지요. 지금은 아마 쿠쉬가 다른 지방으로 떠나지 못하게 막아 놓았을 겁니다. 물론 아이도 무사합니다."

파라랑의 목소리가 낮아졌다.

"아직까지 그 아이가 부인의 아들인지 확인하는 자는 없었지?"

"예, 부인은 마침 하녀들이 모두 집을 비웠을 때 출산을 했다고 합니다. 이미 세상을 떠난 산파 외에는 아무도 부인의 출산을 보지 못한 상황입니다."

"걱정하지 않아도 될 거야. 혹시라도 쿠쉬가 아이를 해칠까봐 대비하자는 거야. 쿠쉬는 내 말을 의심하면서도 분명 그 아이가 아비틴의 혈육이라 생각하겠지."

"우리 편인 집사에게 낯선 자를 경계하라 다시 한 번 이르겠습니다. 쿠쉬가 알아낼 수 있는 정보는 없을 것입니다."

"부인은 쿠쉬의 속셈을 모르는 거지?"

"머하비 아이에 대해 쿠쉬가 함구령을 내렸겠지요. 그렇더라도 머하비가 죽었을 때 분명 아이에 대한 소문도 돌았을 겁니다만 그게, 그 부인의 속마음을 알 수가 없습니다. 살리미안의 말로는 귀족 출신이라 정치 돌아가는 형세를 잘 알 거라 했습니다. 쉽사리 얼굴에 마음을 드러내는 분이 아니랍니다."

파라랑이 고개를 끄덕였다.

"어쩌면 모든 것을 짐작하고 있을 수 있어. 언제로 약속한 거지?"

"오늘입니다. 부인이 측근 몇 사람을 빼고 집 안 하녀들에게 휴가를 주었답니다. 지금 움직이면 될 듯합니다."

사도가 길을 잡았다. 파라랑은 두건을 내려 쓰고 사도의 뒤를 따랐다. 미로처럼 엉켜 있는 뒷골목을 따라 한참을 걸었다. 좁은 골목을 벗어나자 곧바로 대로가 눈앞에 있었다. 양옆으로 넓고 환한 주택들이 늘어서 있는 것을 보니 이곳이 바로 크테시폰의 부촌이었다. 그중에서도 나무와 꽃담의 울타리 너머 삼층으로 된 대저택이 머하비의 부인이 살고 있는 집이었다.

사도가 어둠을 뚫고 고양이처럼 살그머니 울타리 옆 사잇문을 열었다. 하녀들이 드나드는 문이었다. 저택은 고요했다. 넓은 정원의 나무 그네를 지나 밤이슬 맺힌 무성한 풀을 밟으며 걸었다. 열린 뒷문으로 불빛이 새어 나왔다. 집 안으로 들어서자 불빛이 한곳을 비추고 있었다. 계단 앞에 벙어리 하인이 서 있다가 안내를 했다. 하인이 복도 안쪽 아치형 방문을 열었다.

부인이 일어나 파라랑에게 고개를 숙였다. 닫힌 문을 사이에 두고 하인은 바깥에서, 사도는 방 안에서 문 앞을 지켰다. 탁자에 차가 놓여 있었다. 재스민 향이 났다. 이 부인은 이미 모든 것을 알고 있구나, 이렇게 준비할 정도면. 사도는 그저 하녀를 통해 다만단 여인이 부인을 만나고 싶어 한다고만 전했다고 했다.

부인이 차를 권하며 말했다.

"기다리고 있었습니다."

파라랑이 미소로 답했다.

"많은 것을 알고 있군요, 부인."

"그렇습니다."

조용하고 흔들림 없는 말투였다. 파라랑은 귀족다운 우아한 자태와 부인의 침착함에 감복했다. 파라랑은 정면으로 부딪히기로 했다.

"부인, 아드님을 저에게 주십시오."

부인이 흠칫 몸을 떨었다.

"아시다시피 어미로서 쉽지 않은 결정입니다."

파라랑이 냉정하게 말했다.

"쿠쉬가 왜 아드님을 살려 두었겠습니까? 아비틴 선황제의 아들이라는데 말입니다."

부인이 파라랑의 눈길을 피하지 않았다.

"저는… 쿠쉬보다 여왕님이 두렵습니다."

"부인, 언젠가는 쿠쉬가 아드님을 죽일 것입니다. 쿠쉬는 교활한 군주입니다. 어린 날 자신의 아버지가 그랬듯 아비틴의 아들을 자기 손으로 키워 전쟁 노예로 만들 작정입니다. 그는 분명 아드님을 아비틴의 아들이라 믿고 있을 겁니다. 더러운 계략으로 부인을 죽여 아드님의 가슴에 저항군에 대한 증오심을 극대화할 것입니다. 그러길 원하십니까?"

부인의 얼굴이 그믐달처럼 창백해져 갔다.

"부인, 머하비 공이 아비틴 선황제를 배신한 일, 자신의 영화를 위해 페르시아를 쿠쉬에게 바친 일, 모두 머하비 공의 자손들이 결코 알아서는 안 되는 일입니다. 아직 어린 아드님의 성품에 지대한 영향을 줄 것이기 때문입니다. 제가 머하비 공을 충신으로 만들어 드리겠습니다. 죽을 때까지 페르시아를 위해 싸운 충신으로 말입니다."

찻잔을 드는 부인의 손이 바르르 떨렸다. 부인은 끝내 찻잔을 입에 대지 못하고 내려놓았다.

"그이가… 한 일을……."

"부인, 저를 믿으세요. 아드님을 저에게 맡기고 기다리시면, 장차 부인과 아드님에게 또 페르시아에 좋은 일이 있을 겁니다."

"하지만, 쿠쉬를 어떻게 속이겠습니까?"

"부인의 명민함을 알고 있습니다. 예를 들어, 아드님을 사냥에 보냈다고 한다면…… 게다가 여덟 살이면 형들과 함께 얼마든지 사내들의 놀이에 참여할 수 있는 나이이지요."

"실종……."

"방법이야 많아요. 허나, 부인! 빨리 진행해야 합니다. 쿠쉬가 지금은 자하크 왕의 변덕으로 아랍 땅을 벗어나지 못하고 있습니다만, 조만간 다시 페르시아가 일어나지 못하도록 마지막 칼을 꽂을 것입니다. 완벽한 정복을 위해서 말입니다."

부인이 자리에서 일어나 카펫이 깔린 바닥에 무릎을 꿇었다.

"말씀대로 하겠습니다. 제 아들을 살려 주십시오."

파라랑이 부인을 일으켰다.

"아랍의 압제에 시달리고 있는 페르시아를 생각하세요. 우리의 아들들을 잘 인도해야 합니다. 이 모두가 페르시아의 영광을 위해서입니다."

파라랑의 말투는 기품 있고 차분했다. 부인이 맹세의 뜻으로 팔을 들어 가슴에 올렸다.

파라랑은 엄격한 눈빛으로 단호하게 말했다.

"부인과 내가 다시 만나는 날, 우리의 아들들은 살아서 영광된 자리에 오를 것입니다."

파라랑이 자신의 귀에서 이음새가 섬세하고 정교한 황금 귀고리를 빼어 부인의 손에 올렸다. 큰 중심 고리에 금알갱이를 붙인 금판과 꽃모양 금장식으로 드림을 만든 아름다운 귀고리였다.

"공주 시절 부왕께서 특별히 내려 주신 신라의 귀고리예요. 잘 간직했다가 후일 우리가 다시 만날 때 돌려주세요. 이래야 부인 마음이 든든하실 겁니다."

부인이 파라랑의 황금 귀고리를 움켜쥐었다. 부인의 눈이 촉촉하게 젖어 들었다.

"그리하겠습니다, 여왕님."

부인은 파라랑이 문을 닫고 나갈 때까지 허리를 굽히고 서 있었다.

저택을 들어올 때와 같이 사도와 파라랑은 그림자처럼 소리 없이 빠져나갔다. 모든 일이 잘 처리되어 다마반드를 향해 달리는 파라랑의 마음은 한결 가벼웠다.

다마반드에 도착한 후 사도가 물었다.

"어째서 원수의 아들을 품으시는 겁니까? 후일 골치 아픈 일이 생길까 두렵습니다."

"사도, 원한을 원한으로 갚으면 또 다른 깊은 원한이 되지 않겠느냐? 이것이 바른 길이야. 아비틴을 위하는 길이고 페레이둔을 위하는 길이다. 아비틴은 사촌 머하비를 아끼고 사랑했어. 비록 머하비가 잘못 선택한 길을 걸었지만 사실 자신도 그러고 싶지 않았을 거야, 분명."

"그렇긴 합니다만, 여왕님처럼 마음 쓰기가 쉽지 않습니다. 머하비 부인도 대단합니다. 여왕님 뜻에 따라 주다니."

"부인도 아들의 운명이 보였을 거야. 나는 부인이 만나겠다고 했을 때 잘될 거라 짐작했어."

"하긴 이미 꼼짝 없이 페르시아 선황제의 아들이 되었으니 다른 방법이 없었을 겁니다."

파라랑이 두건 벗는 것을 보고 사도가 말문을 닫았다.

"그럼 여왕님, 쉬십시오."

사도는 방문을 닫았다. 아리와 여지가 기다리고 있는 집으로 향하며 사도는 연신 고개를 끄덕였다. 자꾸 웃음이 새어 나왔다.

'어린 공주께서 저리 어엿한 제왕이 되실 줄이야, 신라에서 상상이나 했을까. 이 세상 어떤 군주보다 현명한 여왕이 되셨어.'

습기를 머금은 바람이 불었다. 파라랑은 너설*을 지나자 속도를 내어 말을 달렸다. 파라랑이 언덕 위에서 잠시 말을 멈췄다. 말의 풍성한 꼬리털과 갈기가 바람에 날렸다. 파라랑 눈앞에 다마반드 산이 있었다.

엷은 안개에 감싸인 다마반드 산은 산머리에서부터 산 중턱에 이르기까지 흰 눈으로 뒤덮여 있었다. 파라랑은 산 위로 떠오르고 있는 태양의 경이로운 기운 앞에 마음이 뜨거워졌다.

파라랑은 또다시 말을 몰아 다마반드 산 훈련장으로 달렸다. 그 뒤를 사도가 따르고 있었다. 다마반드 산의 계곡으로 흐르는 물은 차갑고 맑았다. 울울창창한 숲을 지나 산 아래로 흘러내려가는 계곡의 물은 대지를 풍요롭게 만들었다.

파라랑 앞에 페레이둔을 위해 지은 집이 나타났다. 그 옛날 아비틴이 파라랑을 위해 다만단에 지었던 신라의 가옥과 같은 모습이었다. 파라랑과 사도가 가옥의 목초지에 말을 풀어 놓고 훈련장을 둘러보았다.

파라랑은 소년의 밝은 웃음소리가 들리는 쪽으로 발걸음을 옮겼다. 가옥 옆에 마련된 초원의 우리 안에 하기기가 서 있었고 그 옆에서 소년과 새끼 호랑이가 놀고 있었다. 검은 머리의 소년이 고양이와 장난치듯 새끼 호랑이를 얼싸안고 뒹굴었다. 그래도 맹수인지라 야성을 드러내는 새끼 호랑이의 날카로운 송곳니와 발톱은 사람의 가슴을 서늘하게 만들었다. 소년과 뒹굴던 호랑이가 배를 보이며 풀밭에 누웠다.

"하하하……. 거봐, 내가 이겼지?"

---

* 돌이나 바위가 험하게 삐죽삐죽 튀어나온 곳.

소년의 즐거운 듯한 외침에 사도가 흐뭇한 미소를 지으며 말했다.

"황자님 체취를 녀석이 기막히게 알아차립니다. 어미가 사나운 놈이라 그런지 저 녀석도 만만치 않습니다만, 황자님께는 경계를 하지 않습니다."

파라랑이 고개를 끄덕였다.

"태어나자마자 페레이둔이 주는 것만 먹고 자랐으니까. 저 호랑이는 장차 페레이둔을 태우고 다닐 거야."

파라랑을 발견한 페레이둔이 호랑이 우리의 해자를 넘어 한달음에 달려왔다.

"어머니, 어머니!"

파라랑은 몸을 낮춰 달려오는 페레이둔을 안았다.

"이른 시각에 어인 일이세요?"

파라랑은 페레이둔의 검고 풍성한 머리카락을 쓰다듬었다. 선 굵은 눈썹과 봉황을 닮은 눈초리며 웃을 때의 입매가 아비 틴을 꼭 닮았다. 파라랑의 눈에 물빛이 어렸다가 사라졌다.

"백두와 많이 친해진 것 같구나, 황자."

파라랑이 인자한 음성으로 말을 이었다.

"부왕께서는 호랑이 왕이셨다. 일찍이 쿠쉬조차도 인정하여 부왕을 섬겼느니라. 그만큼 용감하셨고 또 호랑이와 인연이 있었단다. 백두와 너도 그럴 것이야."

"예, 어머니. 저 녀석이 제 마음을 그대로 읽어요. 제가 슬퍼하는지 외로워하는지 다 알고 있다니까요."

파라랑의 어깨가 움찔했다.

"마음이 쓸쓸하니?"

페레이둔이 고개를 흔들며 얼른 대답했다.

"아니에요. 다들 잘해 주는 걸요. 하지만……."

페레이둔이 망설이다가 말을 이었다.

"어떨 땐 조금 그래요, 어머니."

"고맙구나, 솔직히 말해 줘서. 동무가 많으면 더 좋을 게야."

페레이둔의 눈이 반짝거렸다. 하기기가 헛기침을 하며 먼 산으로 눈길을 돌렸다.

"아리나 레자이처럼 함께 무술도 배우고 공부도 같이 할 수 있는 진실한 동무들 말이다. 페레이둔, 조금만 기다려라. 너의 동무가 될 아이들이 이곳으로 달려올 게야."

"예, 하기기 사부한테 들었어요."

"너에게 평생 좋은 동무가 될 아이도 만나게 될 거야. 아마 그 아이는 장차 너에게 충성을 맹세할 것이다. 부왕께서 그런 인연을 만들어 주신 거란다."

"정말이에요? 언제 오는 거예요?"

파라랑은 페레이둔의 땀에 젖은 머리카락을 이마 위로 쓸어 올렸다.

"곧. 황자, 항상 명심해라! 넌 이름처럼 페르시아 백성들을 행복하게 해 줄 아이란다. 선신께서 너를 그리 인도하실 것이니 염려할 것은 없다. 너 자신을 믿고 열심히 수련하며 공부에 매진해야 한다. 알겠니?"

"예, 어머니."

파라랑이 하기기를 돌아보았다.

"길들였다고는 하나 맹수이니, 백두에게서 눈을 떼지 말고 황자를 잘 살피게, 하기기."

"예, 여왕님. 호랑이에게 야성을 억제하는 약초를 꾸준히 먹이고 있습니다."

하기기가 팔을 가슴에 대고 읍을 올렸다.

그때 훈련장의 함성이 크게 들려왔다. 이어 엄숙하고도 굳센 젊은이들의 기합 소리가 잇달아 울렸다. 하기기가 페레이둔을 데리고 훈련장으로 돌아갔다.

파라랑은 다마반드 산을 뒤로하고 말을 달렸다. 그 옛날 신라의 산야를 달리듯 그렇게.

호랑이를 타는 아이

인고의 시간은 때로는 빠르게, 때로는 느리게 구름처럼 흘렀다. 어느덧 다마반드 산은 단풍으로 곱게 물들었다.

파라랑은 사도의 전갈을 받고 오랜만에 다마반드 훈련장으로 올라갔다. 서라벌의 가을 하늘처럼 구름 한 점 없는 푸른 하늘이었다. 훈련장의 넓은 평원은 가을꽃과 풀들이 카펫의 문양처럼 펼쳐져 평화로웠다. 그 평원에서 한 무리의 소년들이 거침없이 말을 달리며 무술을 연마하고 있었다.

파라랑이 말에서 내리자 사도가 뛰어왔다. 파라랑은 훈련하는 소년들을 눈여겨보았다. 사도가 파라랑의 마음을 알아채고 눈짓으로 한곳을 가리키며 말했다.

"저기 왼편에서 활을 쏘고 있는 아이가 머하비의 아들입니다. 강인한 전사로서 재능이 있습니다. 승부욕이 있어 시키지 않아도 열심입니다."

"황족의 핏줄을 속일 수는 없겠지. 그래도 특별 대우는 하지 마라."

"예, 알고 있습니다. 황자님과의 우연한 만남을 주선할 것입니다."

"그래, 그 아이들의 우정을 강요해서는 안 돼. 그래야 돈독한 우정과 두터운 충성을 이끌어 낼 수 있어."

파라랑은 훈련하는 소년들을 자세히 돌아봤다.

하기기와 사도는 서로 다른 나라에서 전문적인 훈련을 받은 무사들이었다. 하기기는 페르시아 방식으로, 사도는 신라 화랑의 방식으로 소년들을 훈련시켰다. 훈련 결과를 놓고 두 사람은 입을 모아 말했다.

"페르시아와 신라를 조합한 수련 방법은 어느 곳에서도 볼 수 없는 효과를 내고 있습니다."

"그렇겠지. 그런데 황자는 어디 있느냐?"

"아리와 레자이를 데리고 마을 주변 언덕을 돌고 계십니다."

파라랑의 얼굴에 미소가 서렸다.

"벌써 다섯 달이 지났구나. 사람들의 반응은 어떠하냐?"

"소문에 소문이 날개처럼 날아 사방으로 퍼지고 있습니다. 호랑이를 타는 아이가 나타났다고 말입니다. 그리고 무녀들이 그 아이가 페르시아를 구할 거라는 예언을 했답니다. 전설을 만들고자 한 여왕님의 의도대로 말입니다."

파라랑이 담담한 얼굴로 고개를 끄덕였다.

"그래, 호랑이가 더 자라면 약초도 소용없게 되겠지. 야생의 호랑이는 언제든 자신의 본능을 따를 거야. 사람들이 위험해지지 않도록 황자가 수련장으로 떠나면 산에다 풀어 주도록 해."

"백두와 정이 들어 황자님께서 슬퍼하실 겁니다."

"그것도 삶이라는 것을 알려 줘야지."

사도가 품에서 서신을 꺼냈다.

"수련장 준비가 다 된 듯합니다."

살리미안의 서신이었다. 파라랑은 때가 왔음을 알았다. 살리미안이 다마반드 협곡에 가옥을 마련해 놓고 페레이둔과 장차 정예 무사가 될 용감한 소년들을 기다리고 있었다. 수련을 가르칠 스승들은 각 방면에 뛰어난 자들이었다. 무술은 물론 동양의 기공도 함께 가르칠 작정이었다. 인도와 네팔의 선인과 고구려의 도인과 신라에서 데려온 풍월주도 있었다. 협곡의 깊은 숲 사이에 마련된 수련장의 모습이 파라랑의 눈에 선했다.

"아이들을 가르칠 일곱 명의 스승은 다 모였다더냐?"

"예, 살리미안 모베드가 총괄하고 발라스 장군이 뒤에서 소년들을 챙길 것입니다."

"아이들이 찾아갈 수 있도록 잘 알려줘. 그곳은 어른도 찾기 힘든 곳이다. 결계라도 친 듯 길이 잘 안 보이잖더냐?"

"짝을 지어 스스로 그곳을 찾아가게 할 것입니다. 수련장을 찾아가는 길 자체가 수련의 일부입니다. 정도로 간다면 그리 어렵지도 않습니다."

파라랑의 눈이 휘둥그레졌다. 다마반드 산은 아이들이 감당하기 힘든 험준한 영산이었다.

"모베드의 제안입니다. 강한 자만이 살아남는다 하였지요. 그곳을 찾지 못하는 소년은 다시 이곳으로 돌아와야 합니다."

"맞는 말이다. 역시 살리미안이구나. 쉽게 수련하면 실전에서 그만큼 힘들 테지. 전쟁이란 목숨이 오가는 곳이니 말이다."

사도가 그렇다는 듯 고개를 약간 숙였다.

"그들은 우리보다 몇 배나 힘든 삶을 살았던 사람들이야. 아비틴 황제와 함께 페르시아를 위해 모든 것을 버린 신하들이지. 그들은 아비틴의 아들 페레이둔을 위해서도 충성을 바칠 거야. 누가 그들만큼 페르시아를 위하겠느냐! 페레이둔은 그들에게 무엇을 배워야 할지 깨닫게 될 것이야."

파라랑의 눈빛은 페르시아 신하들에 대한 신뢰와 애정으로 충만했다. 사도 또한 그것을 알고 그들을 존경했다.

"제가 살리미안 님께 수련장을 '호국도당'이라 이름 짓자고 제안했습니다. 다들 찬성한 것은 아닙니다만, 학당에 이름은 있어야 할 듯해서요."

파라랑이 사도의 어깨를 두드렸다.

"호국이라, 그들대로 생각해 둔 바도 있겠지. 그러고 보니 사도도 이제 엄연한 페르시아 사람이구나, 늘 페르시아를 생각하고 행동하는 걸 보니."

파라랑이 모처럼 소리 내어 웃었다. 사도도 덩달아 웃었다.

"나는 황자가 올 때까지 혼자 둘러보고 있을 테니 사도도 할 일을 해. 다마반드에서 나를 해하려는 무리는 없으니."

"알겠습니다, 여왕님."

사도가 예를 올린 후 소년들 쪽으로 발길을 옮겼다.

파라랑은 푸른 하늘을 올려다보았다.

페레이둔은 잘 해낼 것이다. 아비틴을 닮아 전사의 본능적인 감각이 뛰어났을 뿐 아니라, 영민하며 심성이 곧고 강인했다. 이 혼돈의 시대를 헤쳐 나갈 제왕의 씨앗이었다.

파라랑은 듬직하게 잘 자라는 페레이둔을 보며 생각하고 또 생각했다. 황제가 되려면, 멸망한 나라를 부활시킬 황제가 되려면 전설을 만들어야 한다. 사람들은 위대한 영웅의 모습을 보고 싶어 한다. 전설은 후광이 되어 장차 페레이둔이 나라를 다스릴 때 도움이 될 터였다. 그러나 페레이둔이 따라 주지 않으면 다 소용없는 일이 될 수도 있었다. 다행히 페레이둔은 잠쉬드 대왕의 후손으로 살아야 하는 타고난 자신의 운명을 이해했고 파라랑이 원하는 바를 군소리 없이 따랐다.

파라랑의 귀에 아이들의 소리가 들렸다. 파라랑은 몸을 돌려 산 아래 골짜기를 내려다봤다. 페레이둔이 달려왔다. 그 뒤를 여지와 아리가 따라오고 있었다.

"어머니!"

페레이둔은 아비틴처럼 흰 두건에 공작 깃털을 꽂고 가장자리에 금사로 수를 놓은 간소한 예복 차림이었다. 아마 호랑이를 탈 동안 사람들의 눈에 띄기 위해 여지가 그리 입힌 것이리라.

"제가 어머니께 가려 했습니다."

파라랑이 페레이둔을 안았다. 페레이둔은 그사이 또 성큼 자라 이제 파라랑의 두 팔로 힘주어 안기가 버거웠다. 파라랑은 두건 밖으로 삐져나온 페레이둔의 머리를 귀 뒤로 단정하게 넘겨 주었다.

"페레이둔, 새로운 수련장에서 더 열심히 수련해야 하느니.

나무에게 배우고, 개미에게 배우고, 풀꽃에서도 배울 점을 찾거라. 그리하여 잠쉬드 대왕의 자손으로, 아비틴 황제의 아들로 부끄럽지 않는 강인한 사내가 되거라."

"예, 어머니."

파라랑은 햇살에 아들의 귀밑 솜털이 빛나는 것을 보았다. 힘든 운명을 온몸으로 받아 내야 하는 어린 아들이 애처로워 와락 껴안고 싶은 마음을 애써 참았다.

"수련장에 들어가거든 최선을 다해야 한다. 모든 것을 다 잘할 수는 없지만 할 수 있는 최대의 힘을 끌어올리도록 노력하거라. 페레이둔, 사악한 무리에게 치욕을 당하지 않으려면 넘보지 못할 힘을 길러야 한단다. 자신에게 힘이 있어야 아량도 베풀 수 있지."

파라랑도 페레이둔 앞에서는 여느 여인들처럼 잔걱정 많은 어머니가 되었다.

"걱정 마세요. 어머니, 저는 어머니가 염려됩니다. 너무 일만 하세요."

파라랑은 그 말에 얼굴 가득 웃음이 번졌다.

"아직은 괜찮단다. 황자의 안위가 무엇보다 소중하다."

옆에 조용히 서 있던 여지가 옛날 일을 생각하는지 눈물이 그렁해졌다.

아비틴 황제가 죽고 나서 석 달이 지났을 무렵에야 파라랑은 다만단에 도착했다. 변덕 심한 쿠쉬의 명으로 병사들은 파라랑을 에워싸고 있었다. 몸을 묶지만 않았을 뿐 감금 상태였다.

당시 다만단은 여지가 파라랑을 기다리며 지키고 있었다. 전쟁으로 쑥대밭이 된 마잔다란 지역 전체가 혼란 상태였다. 신하들과 어린 페레이둔은 다마반드 산 깊은 협곡에 숨었다. 용감한 페르시아 장군 발라스가 큰 부상을 입고도 이들을 호위했다. 그때 어깨에 입은 부상으로 발라스는 불구의 몸이 되었다.

여지는 파라랑과 마주한 순간 얼마나 놀랐는지 정신을 잃고 쓰러졌다. 한참 만에 깨어난 여지는 파라랑의 흉한 얼굴을 보고 울고 또 울었다. 오히려 파라랑이 여지를 위로하였다.

"여지, 울지 마. 내가 젊으니 언제라도 나를 위협하려는 자가 있지 않겠어? 나의 황제 아비틴은 더 이상 없는데 말이야. 단지 저쪽 세상에서 아비틴이 나를 못 알아볼까 그게 두려울 뿐이야."

결국 여지를 비롯한 잉신들은 파라랑의 판단이 옳았다는 것을 인정했다. 그 긴박한 상황을 잘 처신하였을 뿐 아니라 신하들의 마음을 단번에 사로잡아 버린 파라랑의 지략을 놀라워했다. 소문을 들은 페르시아 귀족들이 파라랑을 중심으로 모여들었다. 그리고 파라랑에게 페르시아를 맡긴다는 아비틴 선황제의 마지막 언급이 있었음을 살리미안을 비롯한 신하들이 증언했다. 그들은 자연스럽게 파라랑을 여왕으로 받들었다. 후일 페레이둔이 황제가 될 때까지 파라랑은 페르시아인들이 인정하는 그들의 지도자였다.

쿠쉬는 아랍의 모스크가 페르시아 곳곳에 지어지고 그들의 풍습이 페르시아 전역에서 유행하자, 이제 페르시아가 완전히 멸망했다고 여겼다. 백성들은 비참하게 살았고, 부모를 잃은 아이들이 노예로 팔리는 일이 비일비재했다. 쿠쉬는 자신들의 종교나 정책을 따르면 세금을 감해 주는 방법으로 귀족이나 부유층을 끌어들였다. 쿠쉬의 의도대로 어리석은 자들은 아랍의 풍습을 우러르며 페르시아 역사를 무시했다.

파라랑의 두 눈이 분노로 활활 타올랐다.

"모두 알고 있지 않습니까? 이대로 세월이 흐른다면 페르시아는 영원히 이 세상에서 사라집니다."

신하들이 물었다.

"여왕님, 어찌하면 좋겠습니까?"

"페레이둔이 자라 페르시아를 다스릴 황제가 되려면 지금부터 충성스런 소년 무사들을 키워야 합니다."

쿠쉬는 자하크의 명에 따라 또 다른 나라를 정복하고자 여전히 전쟁 중이었다. 자연 파라랑에 대한 쿠쉬의 경계도 느슨해졌다.

파라랑은 다마반드로 근거지를 옮겼다. 페르시아 북부 엘부르즈 산맥에서 가장 높은 다마반드 산은 가파른 협곡으로 험했고 사람이 살지 못하는 황무지가 많았다. 그곳에는 사시사철 녹지 않는 눈과 안개와 평원이 있었다.

살리미안과 발라스가 아비틴이 남긴 군자금으로 은밀히 주변국들을 다니며 쿠쉬의 전쟁을 방해하기 시작했다. 어차피 쿠쉬의 눈을 피하려면 따로 활동하는 것이 나았다. 다마반드 산 아래 마을에서 파라랑은 세예드를 내세워 신라로 오가는 상단을 운영하며 재물을 모았고 땅을 사들였다. 노예로 팔려 간 백성들을 구출해서 마잔다란과 다마반드 산을 개간해 살게 했다.

십여 년이 지난 이제야 그 결실이 맺어졌고 사람들은 안정을 찾았다.

"그럼 어머니, 따로 뵙지는 못할 것 같습니다. 내일 새벽에 출발한다고 합니다."

파라랑이 페레이둔을 잡은 손에 힘을 주었다.

"이렇게 보면 되지 않겠느냐. 페레이둔! 언제 어디서든, 네가 누구인지 잊지 말거라."

파라랑이 아리를 돌아봤다. 햇볕에 그을린 갈색의 탄탄한 몸에 칼끝처럼 서늘한 눈매가 누가 봐도 빈틈없는 여전사였다.

아리가 남자처럼 팔을 어깨에 붙이고 예를 표했다.

"아리야, 황자를 잘 부탁한다."

아리가 씩씩하게 대답했다.

"걱정 마세요, 여왕님. 저는 황자님을 위해서라면 무슨 일이든 합니다. 언제든 황자님 대신 죽을 수 있습니다."

파라랑의 얼굴에 미소가 번졌다가 사라졌다.

'아리야, 너 또한 페레이둔의 변치 않는 누이로 페레이둔을 위해 한평생을 살겠구나. 고맙구나, 아리야. 너와의 작은 인연이 이리될 줄은 몰랐다. 아비틴과 나를 만나게 했고, 너로 인해 페레이둔이 힘을 얻을 게야. 하늘의 섭리가 참으로 오묘하구나.'

마음과 달리 파라랑은 혀를 차며 차갑게 말했다.

"저런, 죽기는 왜 죽느냐, 살아야지. 여지 언니 앞에서 그런 말하면 못 쓴다."

아리는 여지와 사도의 식솔이었다. 여지와 사도는 혼인을 했다. 쿠쉬로부터 페레이둔을 보호하기 위해서는 두 사람의 아들로 둔갑시키는 것이 가장 안전했기 때문이다. 아비틴이 암살당한 당시에는 하루하루가 급박한 상황이었다.

페레이둔이 거들었다.

"맞아, 언니 얼굴이 벌써 울상인걸. 저봐."

페레이둔은 여지에게 꼭 언니라는 호칭을 썼다. 아주 어렸을 때부터 아리가 여지한테 언니라고 말하는 것을 보고 자라서일 것이다. 그 바람에 주변에 잠시 웃음보가 터졌다.

파라랑이 말했다.

"어서 가 보거라. 나도 내려가 봐야겠다."

페레이둔이 파라랑에게 신라식으로 풀밭에 엎드려 절을 했다. 페레이둔은 신라 잉신들이 파라랑 앞에서 절을 올리는 것을 보며 자연스럽게 신라의 예법을 익혔다. 파라랑은 말없이 아들의 절을 받았다. 페레이둔과 아리가 뒤돌아서 걸어갔다. 자꾸 뒤돌아보는 페레이둔을 아리가 말리는 듯했다. 파라랑의 마음을 헤아려서였을 것이다.

"황자님, 조심하세요. 아리야, 황자님을 잘 부탁한다."

여지는 그들의 모습이 보이지 않을 때까지 손을 흔들었다.

"그만 돌아가자."

여지는 뒤돌아서는 파라랑의 어깨가 가늘게 떨리는 것을 알았다. 여지의 눈이 또다시 붉어졌다. 멀어지는 파라랑을 바라보며 여지가 혼잣말을 중얼거렸다.

"황자님, 그거 아세요? 아비틴 황제께서 승하하신 후로 어머님은, 침상에선 잠을 이루지 못하시고 늘 쪽잠을 주무신답니다. 세상을 떠돌며 평생 전쟁터를 누볐던 아버님을 생각하면서요."

여지의 눈에 맑은 눈물이 고였다가 연잎 이슬처럼 또르르 떨어졌다.

소년들이 협곡의 수련장으로 들어간 후, 세 번의 해가 흘러갔다. 겨울이 지나고 다시 봄이 가고 여름이 다가왔다. 신록이 우거지고 비가 잦아들 즈음, 다마반드의 산 위에 페레이둔이 나타났다. 페레이둔은 투구와 갑옷을 갖춰 입은 전사였다. 그 한 발 뒤에 말을 탄 아리와 레자이가 나란히 따라오고 있었다.

손차양으로 산을 보던 누군가 소리쳤다. 사람들은 하던 일을 내려놓고 산을 내려오는 전사들을 바라봤다. 사람들이 웅성거리며 멀찌감치 떨어져 호랑이 뒤를 따라왔다.

"세상에! 저렇게 큰 호, 호랑이를 타고 있어."

"말처럼 호랑이를 타고 다니다니! 어떻게 저럴 수가, 저건 분명 미트라 신이 환생하신 거야!"

"진짜 호랑이잖아! 저 발톱 좀 봐. 어이쿠, 오금이 다 저리네."

사람들의 눈에 두려움과 존경의 빛이 함께 떠올랐다.

이제 열여덟 살이 된 청년 페레이둔이 마을로 들어섰다. 호랑이를 탄 페레이둔의 뒤에서 말을 타고 내려오는 아리와 레자이는 물론 그 뒤를 따르는 수십 명의 청년들은 몇 년 전 그 소년들이 아니었다. 앳된 얼굴들이었지만 위풍당당한 그 자신감이 그들을 무적의 전사로 보이게 했다. 커다란 호랑이의 등에 올라탄 페레이둔에게서는 제왕의 기개와 위엄이 뿜어져 나와 후광처럼 주변을 압도했다.

마을로 내려오는 언덕에 이르자 페레이둔이 호랑이 등에서 내렸다. 송곳니를 드러낸 호랑이가 다마반드 산을 향해 크게 울부짖었다.

"어흐흥, 어흥!"

다마반드 산골짝마다 메아리치는 호랑이 소리에 동물들이 몸을 납작 엎드리거나 굴속으로 바삐 숨어들었다. 호랑이는 몸을 돌려 눈 덮인 다마반드 산으로 달려가 이내 사라졌다.

페레이둔이 전사들을 거느리고 마을로 들어섰다. 그 위용에 눌려 사람들이 길 양옆으로 엎드렸다. 파라랑의 예상이 적중했다.

"오, 호랑이를 타고 다니는 황자님! 용맹한 페레이둔 황자님!"

"호랑이 왕 아비틴의 아들이시자 잠쉬드 대왕의 자손이시다! 페레이둔과 함께 적들을 모두 물리치자!"

"황자님 만세, 페르시아 만세!"

다마반드 산골짜기를 뒤흔드는 사람들의 함성이 이어졌다.

파라랑이 사도에게 말했다.

"백두를 아직도 데리고 있구나."

사도가 대답했다.

"백두가 황자님을 줄곧 찾아왔습니다. 백두와 황자님 간에 보이지 않는 끈이 있는 듯합니다, 여왕님."

파라랑은 그럴 수도 있겠다 싶었다. 어찌 사람만 감정이 있다고 하겠는가. 호랑이는 산짐승 중에서도 영물이라 하지 않던가.

　사람들 사이를 지나 페레이둔이 기다리고 있던 파라랑 앞에 섰다. 검은 베일과 옷깃이 바람에 휘날렸다. 오랜 세월 함께 해 온 충신들이 파라랑의 뒤에 나란히 서 있었다.

　"어머니, 다녀왔습니다."

　"페레이둔 황자, 늠름한 장부가 되었구나."

　페레이둔이 총기 어린 눈을 빛내며 예를 표했다.

　파라랑이 엄숙하게 말했다.

　"부왕께서 말씀하시길, 인간은 불처럼 빛을 내야 한다고 하셨다. 따뜻한 마음을 가지고 선하게 사람들을 변화시켜야 한다. 이제 네 시대가 열렸다. 너의 빛을 내거라."

　여지가 오동나무 상자를 열어 파라랑 앞에 내밀었다. 파라랑이 그 안에서 보검을 꺼냈다. 페레이둔이 무릎을 꿇고 두 손으로 공손히 보검을 받았다. 보검은 칼자루에서부터 칼집 끝에까지 갖가지 문양의 금테와 아름다운 보석들로 장식되어 있었다.

　"페레이둔, 아버님께서 선황들로부터 물려받으신 페르시아 보검이니라. 이 보검으로 찬란했던 페르시아를 되찾거라."

　페레이둔이 칼집에서 검을 빼내어 하늘 높이 치켜들었다. 잘 제련된 검이 햇살을 반사하여 눈부신 빛줄기가 페레이둔을 휘감았다.

　페레이둔이 큰 소리로 외쳤다.

　"페르시아의 영광을 위해!"

"페르시아 어머니를 위해! 페르시아! 페르시아! 페르시아!"

사람들도 주먹을 하늘 높이 치켜들었다. 가슴이 벅차오르는 듯 그들의 목소리가 점점 높아졌다.

"페르시아를 위해! 페르시아의 영광을 위해!"

성스러운 산에 호랑이를 타는 소년이 나타났다.

페르시아 황제가 될 분이시다.

소문은 산불처럼 거침없이 페르시아 전역으로 퍼져 나갔다.

서 신
–파라랑이 신라의 왕에게 보내는 서신

황금의 왕국, 신라의 왕이시여.

기쁘고 기쁜 날입니다. 함께 기뻐해 주소서. 잠쉬드 대왕의 자손이자 아비틴의 아들인 페레이둔이 페르시아를 되찾았습니다. 고전과 승전을 거듭한 끝에 사악한 자는 이 땅에서 사라졌습니다. 페르시아 황제 아비틴의 아들이자 신라 공주의 아들인 페레이둔이 악신의 환생, 뱀의 왕 자하크를 격퇴하였습니다. 자하크는 지옥 뱀의 술수를 사용하여도 살아날 수 없을 것입니다. 그의 아들 쿠쉬 역시 깊은 상처를 입고 도주했습니다. 이제야 대제국 페르시아가 온전한 독립국이 되었습니다. 아비틴 황제가 그토록 간절히 바랐던 페르시아 제국입니다.

오, 신라의 왕이시여.

오늘 페레이둔이 거둔 승리의 기쁨을 어찌 말로 표현할 수 있겠습니까? 수십 년간 페르시아를 암담한 고통 속에 몰아넣었던 자하크와 쿠쉬입니다. 한때 자하크가 가진 암흑의 힘을 이길 수 없는 것이 아닌가 불안에 떨었습니다. 그러나 페르시아를 지키는 아후라 마즈다 선신과 선황제들의 축복으로 페레이둔이 이끄는 군대가 쿠쉬군을 전멸시키고 자하크를 죽였습니다. 쿠쉬의 아비이자 아랍의 왕인 자하크는 영원한 지옥 불의 감옥에 갇혔고, 쿠쉬는 이제 두 번 다시 일어서지 못할 것입니다.

지혜로운 왕이시여.

페레이둔이 말하길, 신라 왕께서 보내 주신 강철 무기와 요정의 날개처럼 가벼운 갑옷 그리고 난바다 섬의 거대한 준마가 큰 역할을 하였다 합니다. 말들은 전장에서 섬광처럼 빨랐고 용맹하였습니다. 모두 두려움이 없는 바닷말*의 능력에 감탄했다 합니다.

자애로운 신라의 왕이시여.

페르시아의 선대왕들께서 물려주신 금은보화와 황금의 나라 신라와의 교역으로 얻은 재물이 아니었다면 길고 길었던 쿠쉬와의 전쟁에서 이기기 힘들었을 겁니다. 사심 없는 신라의 도움이 없었다면 어찌 오늘의 페레이둔이 있었겠습니까?

---

* 아라비아의 설화집 『천일 야화』에 등장하는 뛰어난 준마이다.

오, 나의 혈육이시여.

한때 패망한 나라의 부활을, 이방인인 제가 아비틴 황제의 운명을 이어갈 수 있을지, 아니 꿈꿀 수나 있을지 의심했었습니다. 아비틴 황제가 암살당하고 페레이둔의 목숨마저 위험에 처했을 때 저에게 살아갈 용기를 주신 분은 부왕과 오라버니였습니다. 두 분께서 늘 행동으로 보여 주신, 싸움에서 물러서지 말라는 신라인의 정신을 마음에 되새기며 이를 악물었습니다. 그리하여 참담하고 막막했던 날들을 견딜 수 있었습니다.

강인한 신라 왕이시여.

저는 영원한 신라인이며 신라 공주 파라랑입니다. 또한 아비틴 황제의 숨결이 배어 있는 페르시아, 내 아들 페레이둔이 다스릴 페르시아를 신라만큼 사랑합니다. 훗날 하늘에서 아비틴을 만나면 자랑스럽게 얘기할 수 있습니다. 아비틴의 아들 페레이둔이 페르시아의 황제가 되었노라고 말입니다.

아, 어디를 둘러봐도 지금 이곳 다마반드 들판은 봄꽃들이 흐드러지게 피어 온통 꽃물결입니다. 마치 카펫 위를 걷는 듯 포근하고 정겹습니다. 페르시아의 봄이 화시해질 때면 신라 서라벌의 봄이 더욱 그립습니다.

신라 공주 파라랑은 아련한 기억 속 봄날을 기억합니다. 송화와 아지랑이가 아롱거릴 무렵 서라벌의 능선을 따라 연분홍 참꽃이 피어났지요. 봄빛이 더 짙어지면 찔레꽃이 피어 서라벌을 향기롭게 했지요.

그 옛날 신라에서, 아비틴이 저에게 재스민 향이 난다고 말했을 때 그 향이 무엇일까 궁금했습니다. 이제 저는 자볼*의 재스민꽃 차를 앞에 놓고 신라의 산과 들에 핀 찔레꽃 향기를 그리워합니다. 지금 이 방 안 어디선가 찔레꽃 향이 나는 것 같습니다.

아비틴의 영혼이 여기에 있다면 싱긋 웃을까요? 아, 나의 아비틴이 보고 싶습니다.

남녀의 사랑은 화톳불처럼 타올랐다가 꺼져 버린다고들 합니다만 아비틴 황제를 향한 제 마음은 날이 갈수록 더욱 타오르고 있습니다. 천만 년이 지난들 아비틴을 어찌 잊겠습니까? 그리운 아비틴이여, 나의 사랑, 짧았던 만남에 너무 긴 이별입니다.

아닙니다, 아니에요. 아비틴을 만나 함께할 수 있었고, 페레이둔이 있어 저는 행복합니다.

아비틴의 영혼은 어디에나 있습니다. 페르시아 땅 곳곳에, 페레이둔의 얼굴에 그리고 제 몸 안에도 깃들어 있습니다. 이 세상에서의 운명이 모두 끝나는 날, 아비틴은 황금 마차를 타고 신라 공주 파라랑을 마중 나오겠지요. 그날이 올 때까지 페르시아를 위해 저만이 할 수 있는 일을 계속 하려 합니다. 아비틴의 아들 페레이둔은 대제국 페르시아를 잘 이끌어 갈 것이며, 그 이름처럼 사람들을 행복하게 할 겁니다.

태양처럼 빛나는 용맹과 달처럼 밝은 지혜의 왕이시여.

---

*페르시아 서남쪽에 있는 도시. 야생화가 아름다운 곳이다.

황금의 나라 신라와 페레이둔이 이끌어 갈 불의 나라 페르시아의 우정은 영원할 것입니다. 신라와 페르시아가 좋은 동반자로서 세상을 더불어 나아가리라는 것을 믿어 의심치 않습니다.

신라 공주 파라랑은 사랑하는 서라벌 하늘을 그리며 언제나 마음 깊이 강건한 신라와 신라 대왕의 만수무강을 빌 것입니다. 그리고 신라를, 그리운 오라버니를, 살아 있을 동안 이 세상에서 다시 만날 날이 오기를 기원합니다.

고향을 떠나 길을 찾는 이 땅의 젊은이들에게

2010년, 한 일간지에 고대 페르시아 서사시가 발굴되어 주목을 끌고 있다는 기사가 실렸습니다. 「쿠쉬나메」라는 제목의 서사시에는 페르시아 유민들이 신라로 이주해 그 지도자가 신라 공주와 결혼한다는 내용이 담겨 있었습니다.

그러면 한반도와 서역 간의 교류는 언제부터였을까요? 지금까지 알려진 여러 사료에 의하면 신라 헌강왕 때쯤 한반도에 서역인이 나타난 것으로 추정되고 있습니다.

한때 세계 문명의 중심이었던 이란 고원의 대제국 페르시아는 아랍군에 의해 멸망했습니다. 나라를 잃은 황제는 주변국을 떠돌며 아랍군에 저항했으나 651년 메르브의 국경 수비대장 머하비의 모반으로 암살당합니다. 당나라로 망명한 페르시아 황자 피루즈와 황자의 아들 나르시에 또한 당나라 말기에 일어난 황소의 난 이후 역사에서 사라졌습니다. 이것이 사산 왕조 페르시아에 대해 남아 있는 마지막 역사 기록입니다.

하지만 설화가 생겨나는 과정이 늘 그렇듯 찬란했던 페르시아의 과거를 기억하는 민중은 구전으로 이어지는 설화「쿠쉬나메」를 만들어 냈습니다. 그들은 아랍 식민 지배 아래의 암담한 현실 속에서 영웅 설화를 통해 희망의 끈을 붙잡았습니다. 마잔다란 지역에 페레이둔과 관련된 지명이 많은 것도 설화에 힘을 실어 주고 있습니다.

저는 역사에서 얻은 정보와 설화 속 상상력을 바탕으로 신라 공주 파라랑을 만났습니다. 그리고「쿠쉬나메」의 시공간적 배경을 확장해 신라 공주의 역동적 삶을 펼쳐 나갔습니다.

페르시아 왕자와 신라 공주의 사랑은 천수를 누리지 못하고 끝이 납니다. 의지하고 사랑했던 아비틴이 암살당했을 때 파라랑은 하룻밤 사이 머리카락이 하얗게 변할 만큼 자신을 놓아 버리지만, 곧 절망을 이겨 냅니다. 파라랑은 신라로 돌아오지 않고 페레이둔의 어머니이자 페르시아의 어머니로 살아가는 길을 선택했습니다. 고아 소녀 아리를 품었던 것처럼 대지의 모성성으로 페르시아 백성들과 아이들을 품었습니다.

이처럼 『신라 공주 파라랑』은 페르시아로 건너간 신라 공주가 항쟁의 중심에 우뚝 서서 사랑으로 고난을 이겨 가는 성장의 기록입니다. 파라랑은 절망이 칼날처럼 가슴 깊이 박혔을 때, 비로소 내면에서 솟아오르는 지혜로 자신에 대한 확신과 신뢰를 되찾습니다. 또한 『신라 공주 파라랑』에 나오는 인물들, 페르시아 왕자 아비틴과 그의 신하들 그리고 신라에서 함께 간 잉신들 모두 삶의 주체로서 생생하게 그 존재를 드러냅니다. 그 인물들은 불안한 앞날과 고단한 일상을 견디며 살아가는 현재 우리의 모습이기도 합니다.

물론 신라 공주가 페르시아로 건너갔다는 우리 역사의 기록은 그 어디에도 없습니다. 오직 페르시아 설화 「쿠쉬나메」에 신라 여인이 등장할 뿐입니다. 그러나 분명 이 땅의 딸 '파라랑'이 이국 땅 페르시아에서 꿋꿋하게 살았을 것이라 믿습니다.

오랜 세월 구전되어 온 설화들은 역사적인 진실과 설화적인 판타지가 뒤섞여 그 자신만의 가치를 품고 있습니다. 모든 설화들은 또 다른 세상으로 통하는 길이며 오늘 우리가 나아가야

할 길을 알려 줍니다.

우리는 누구나 살아가면서 위기에 맞닥뜨리고 선택을 해야만 합니다. 삶은 뒤돌아 갈 수 없는 선택으로 이어집니다. '파라랑'처럼, 또는 '아비틴'처럼 자의든 타의든 고향을 떠나 살아가는 우리 젊은이들이 자신의 정체성을 잃지 않고 주변인들과 더불어 오늘날 서로 사랑하고 행복할 수 있다면, 언제 어떤 선택을 하든 모든 선택은 그만한 가치가 있습니다.

TV 프로그램 〈KBS 파노라마〉「쿠쉬나메」 편과 이희수 교수의 저서 『쿠쉬나메』(청아출판사, 2013)의 도움을 받았음을 밝힙니다. 그리고 따뜻한 강숙인 선생님과 푸른책들의 인연에 감사드립니다.

언제나 소중한 보물, 정원이와 상욱이에게 사랑을 담아 이 책을 전합니다.

2015년 겨울

김 정

우리 고대사를 담은 청소년 역사소설, 함께 읽어 보세요!

김 정

1957년 경북 대구에서 태어났다. 2003년 단편동화「자꾸 뒤돌아보는 건 부엉이 때문이야」로 제1회 푸른문학상 '새로운 작가상'을 수상하며 작품 활동을 시작했다. 지은 책으로 동화집『김홍도, 무동을 그리다』(공저), 장편청소년소설『허황옥, 가야를 품다』,『신라 공주 파라랑』등이 있다.

■ 푸 른 도 서 관 ■

1. 뢰제의 나라 강숙인 지음
교통사고로 가사 상태에 빠진 열두 살 소년이 저승사자의 손에 이끌려 저승인 '뢰제의 나라'
를 여행하면서 벌어지는 모험담을 담은 판타지소설.
★ 윤석중문학상 수상작   ★ 동화읽는가족 추천도서

2. 아버지가 없는 나라로 가고 싶다 이규희 지음
아픈 결핍의 가족사를 벗어던지고 마침내 더 너른 세상을 향해 나아가는 소녀를 통해 성장의
의미를 곰곰이 곱씹게 해 주는 가슴 뭉클한 성장소설.
★ 세종아동문학상 수상작가

3. 까망머리 주디 손연자 지음
좋아하는 남학생에게 외모에 대한 조롱 섞인 말을 듣고, 입양아인 자신이 미국 사회의 이방
인이라는 사실을 깨닫는 사춘기 소녀 주디가 정체성을 찾아가는 이야기.
★ 책따세 추천도서   ★ 경기도학교도서관사서협의회 추천도서   ★ 부산광역시교육청 독서인증제 권장도서

4. 이삐 언니 강정님 지음
일제 강점기 말과 해방 공간을 시간적 배경으로 밤나무정 마을에 사는 '복이'라는 여자아이
의 삶의 비밀을 하나하나 알아가는 과정을 그린 아름다운 연작소설집.
★ 서울시교육청 교과별 권장도서   ★ 한우리독서토론논술 필독도서   ★ 한국아동문예상 수상작

5. 너도 하늘말나리야 이금이 지음
미르와 소희, 바우는 각자의 상처를 속으로 감추고 괴로워하다 서로를 알아본다. 서로의 상
처를 보듬어 주는 순간, 상처에는 새살이 돋고 아이들은 비로소 성장하게 된다.
★ 중학교 〈국어〉 교과서 수록   ★ 책따세 추천도서   ★ 〈중앙일보〉 좋은책 100선 선정도서

6. 내 이름엔 별이 있다 박윤규 지음
1970년대라는 한국 사회의 정치적·사회적 격동기를 배경으로 성장해 나가는 사춘기 소년의
삶을 통해 2000년대의 우리가 잊고 지냈던 '꿈'과 '희망'을 다시 한 번 환기시켜 준다.
★ 서울시립어린이도서관 추천도서

7. 토끼의 눈 강정규 지음
한국 전쟁을 배경으로 한 세 편의 이야기를 엮은 소설집. 작품 속에 총소리나 죽음은 등장하
지 않지만, 천진한 아이들의 눈으로 바라본 전쟁이 숨이 막힐 듯 가깝게 다가온다.
★ 세종아동문학상 수상작   ★ 아침독서 청소년 추천도서

8. 화랑 바도루 강숙인 지음
부모님을 일찍 여읜 바도루가 김충현 장군 밑에서 생활하며 그의 자제인 경천과 함께 피나는
노력과 뜨거운 우정을 나누며 꿈에 그리던 화랑이 되는 이야기를 그린 본격 역사소설.
★ 동화읽는가족 추천도서

9. 유진과 유진 이금이 지음
어린 시절 함께 성추행을 당한 동명이인 '유진과 유진'의 각각 다른 성장 과정을 통해 청소년
의 심리를 아주 세밀하게 보여 주는 이금이 작가의 청소년소설.
★ 책따세 추천도서   ★ 어린이도서연구회 청소년 권장도서   ★ 학교도서관저널 선정 성장소설 50선

10. 마사코의 질문 손연자 지음

일본인 소녀의 입으로 일본인의 죄를 묻는 이야기. 일제 강점기에 우리 민족이 겪은 온갖 수난을 생생하고 절실하게 그려 낸 9편의 작품이 실려 있다.
★ 세종아동문학상 수상작   ★ SBS 어린이미디어대상 수상작   ★ 한우리독서토론논술 필독도서

11. 아, 호동 왕자 강숙인 지음

비극적 사랑의 대명사 호동 왕자와 낙랑 공주. 그들이 정말 사랑하는 사이였는가에 대한 의문으로 시작된 역사소설. 우리가 알고 있던 이야기를 뒤집어 전혀 새로운 시각을 제시한다.
★ 한우리독서토론논술 필독도서   ★ 서울독서교육연구회 추천도서   ★ 책읽는교육사회실천협의회 추천도서

12. 길 위의 책 강 미 지음

'책'을 통해 자연스럽게 자신의 고민과 방황을 해결하고 상처를 치유해 나가는 여고생들의 이야기를 잔잔하게 그렸다. 청소년들을 위한 성장소설들이 '책 속의 책'으로 가득 담겨 있다.
★ 제3회 푸른문학상 수상작   ★ 책따세 추천도서   ★ 문화체육관광부 우수교양도서

13. 느티는 아프다 이용포 지음

'지금 여기'의 '가장 낮은 곳'을 이야기하는 성장소설. 독자들에게 이웃을 바라보는 시선을 바꾸고 존재의 소중함을 돌아볼 수 있는 시간을 마련해 준다.
★ 한국문화예술위원회 우수문학도서   ★ 평화박물관 선정 청소년 평화책

14. 발끝으로 서다 임정진 지음

베스트셀러 「행복은 성적순이 아니잖아요」의 임정진 작가가 펴낸 청소년소설. 낯선 땅으로 홀로 유학을 떠난 주인공을 통해 조기 유학생활의 어려움과 외로움을 절실하게 그렸다.
★ 책따세 추천도서

15. 마지막 왕자 강숙인 지음

역사의 그늘에 가려져 있던 인물이자 신라의 마지막 왕인 경순왕의 아들 마의태자를 주인공으로 한 역사소설로, 그의 새로운 영웅적 면모를 보여 준다.
★ 〈중앙일보〉 좋은책 100선 선정도서   ★ 어린이도서연구회 청소년 권장도서

16. 초원의 별 강숙인 지음

마의태자를 주인공으로 한 「마지막 왕자」의 후속작. 사라져 버린 나라를 그리워하던 주인공 새부가 광활한 만주 대륙에서 아버지의 꿈을 이루는 과정을 흥미진진하게 그리고 있다.
★ 동화읽는가족 추천도서

17. 주머니 속의 고래 이금이 지음

가슴속에 품고 있는 꿈을 찾기 위해 노력하는 열다섯 살 아이들에 대한 이야기이다. 저마다 꿈을 좇는 과정에서 실패와 좌절을 겪지만 다시 씩씩하게 일어나는 모습을 보여 준다.
★ 중학교 〈국어〉 교과서 수록   ★ 아침독서 청소년 추천도서   ★ 대한출판문화협회 올해의 청소년도서

18. 쥐를 잡자 임태희 지음

원치 않는 임신을 한 여고생의 이야기로 성에 대해 여전히 취약한 우리 청소년의 현실을 돌아보고 위험성을 인식하게 만든다. 동시에 대책 마련이 시급하다는 사실을 새삼 일깨운다.
★ 제4회 푸른문학상 수상작   ★ 아침독서 청소년 추천도서   ★ 어린이도서연구회 청소년 권장도서

19. 바람의 아이 한석청 지음

우리나라 아동청소년문학 최초로 발해를 소재로 한 장편역사소설. 고구려 멸망 뒤 옛 고구려 지역에 살던 이들의 비참한 삶과 나라를 되찾고자 하는 투쟁을 생생하게 그려 냈다.

★한우리독서토론논술 필독도서   ★책읽는교육사회실천협의회 추천도서

20. 베스트 프렌드 이경혜 외 지음

사춘기를 지나 성숙한 남녀로 성장하는 과정에 놓인 청소년들의 심리 변화를 섬세하게 그린 표제작을 비롯해 현실적인 청소년들의 한계와 모순을 그린 5편의 단편소설을 엮었다.

★어린이도서연구회 청소년 권장도서

21. 리남행 비행기 김현화 지음

봉수네 가족이 북한을 탈출해 리남행 비행기에 오르기까지의 여정이 긴장감 있게 그려져 있다. 온갖 역경 속에서도 인간애와 가족애를 잃지 않는 모습이 진한 감동을 선사한다.

★제5회 푸른문학상 수상작   ★책따세 추천도서   ★한국문화예술위원회 우수문학도서

22. 겨울, 블로그 강 미 지음

자신만의 길을 찾아가는 청소년들이 종횡무진 활동하는 네 편의 작품을 담았다. 청소년들의 일상을 정화하고 섬세하게 묘사하여 그들이 나아갈 수 있는 길을 오롯이 보여 준다.

★문화체육관광부 우수교양도서   ★아침독서 청소년 추천도서   ★한국출판인회의 선정 이달의 책

23. 네가 하늘이다 이윤희 지음

1894년 동학 농민 운동을 배경으로 새로운 세상을 꿈꾸었지만 결국 이름조차 남기지 못하고 스러져 간 농민군의 이야기를 감동적으로 그려 낸 대하역사소설.

★아침독서 청소년 추천도서   ★한국어린이문화대상 수상작

24. 벼랑 이금이 지음

원조 교제, 첫 키스, 협박, 폭력……. 거친 현실의 이면에 감춰진 청소년들의 내면을 섬세하게 다루고 있는 이금이 작가의 연작청소년소설.

★한국문화예술위원회 우수문학도서   ★아침독서 청소년 추천도서   ★네이버 북리펀드 선정도서

25. 뚜깐뎐 이용포 지음

서기 2044년, 한국에서 영어 공용화 법안이 통과된 뒤 영어가 일상으로 자리를 잡은 때와 한글이 박해를 받던 연산군 시절을 오가며 현대인들에게 진지한 성찰의 기회를 제공한다.

★아침독서 청소년 추천도서   ★대한출판문화협회 올해의 청소년도서   ★〈중앙일보〉 선정 이달의 책

26. 천년별곡 박윤규 지음

천 년의 시간을 애증과 그리움으로 버틴 주목나무의 이야기를 절제된 감성으로 그린 작품. 시 형식을 차용한 소설인 '시소설'이란 신선한 장르에 애절한 정서를 잘 녹여 냈다.

★한우리가 선정한 좋은 책

27. 지귀, 선덕 여왕을 꿈꾸다 강숙인 지음

지귀 설화 속에 숨어 있는 선덕 여왕 이야기를 담은 역사소설. 지귀와 선덕 여왕, 김춘추와 김유신 등 시대의 격랑에 휘말린 이들의 삶과 사랑이 독자들의 가슴속에 파고든다.

★책따세 추천도서   ★네이버 북리펀드 선정도서   ★아침독서 청소년 추천도서

28. 청아 청아 예쁜 청아 강숙인 지음

〈심청전〉을 현대적으로 재해석한 소설. 새로운 시각의 심청과 서해 용왕 그리고 그의 아들을 등장시켜 '보이지 않는 사랑 이야기'를 통해 참다운 사랑의 의미를 되새기게 한다.
★ 한국출판인회의 선정 이달의 책 ★ 중앙독서교육 선정도서

29. 살리에르, 웃다 문부일 외 지음

'엄친아'와의 비교에 시달리며 자신을 '살리에르'라 믿는 청소년들에게 건네는 '꿈'에 관한 다섯 가지 이야기. 꿈을 향한 청소년들의 힘차고도 아름다운 몸부림이 담겼다.
★ 제6회 푸른문학상 수상작 ★ 아침독서 청소년 추천도서 ★ 경기도학교도서관사서협의회 추천도서

30. 사라지지 않는 노래 배봉기 지음

세계적 미스터리의 하나인 이스터 섬 모아이 석상의 비밀을 소재로 인간의 파괴적 욕망과 그것을 극복했을 때 찾을 수 있는 평화를 보여 준다.
★ 문화체육관광부 우수교양도서 ★ 네이버 북리펀드 선정도서 ★ 국립어린이청소년도서관 추천도서

31. 김홍도, 조선을 그리다 박지숙 지음

김홍도의 그림을 통해 그의 삶을 다룬 연작으로, 작가 특유의 상상력과 깊이 있는 통찰력으로 '인간 김홍도'의 삶을 생생하게 되살려낸 본격 역사소설이다.
★ 문화체육관광부 우수교양도서 ★〈소년조선일보〉추천도서 ★ 아침독서 청소년 추천도서

32. 새가 날아든다 강정규 지음

한국 전쟁을 직접 경험한 세대가 전쟁과 분단과 이산이라는 문제를 다른 시각에서 조명한 작품. 역사의 굴곡을 넘어 당대의 사람들이 더불어 살아가는 이야기를 일곱 편의 소설에 담았다.
★ 아침독서 청소년 추천도서

33. 에네껜 아이들 문영숙 지음

구한말 멕시코의 낯선 농장으로 이주한 조선 사람들이 노예처럼 일하며 온갖 고난과 수모를 당하지만 불굴의 의지로 희망의 새로운 터전을 마련한 내용을 담은 역사소설.
★ 책따세 추천도서 ★ 대한출판문화협회 올해의 청소년도서 ★ 아침독서 청소년 추천도서

34. 밤나무정의 기판이 강정님 지음

1950년대를 배경으로 소년 기판이의 각별하고도 애틋한 성장과 모험과 죽음을 다룬 이야기. 작가 특유의 입담과 사투리에 실린 당시의 일상과 풍속이 눈앞에 생생하게 되살아난다.
★ 한국문화예술위원회 우수문학도서 ★ 대한출판문화협회 올해의 청소년도서 ★ 아침독서 청소년 추천도서

35. 스쿠터 걸 이은 지음

질풍노도의 시기인 청소년기의 한복판에 서 있는 열다섯 살 중학생들을 본격적으로 등장시킴으로써 중학생들의 삶을 밀도 있게 그려 낸 청소년소설집.
★ 한국간행물윤리위원회 우수청소년저작 당선작 ★ 학교도서관저널 추천도서

36. 우리 반 인터넷 소설가 이금이 지음

거짓이 휘두르는 보이지 않는 폭력에 '진실'이 어떻게 왜곡되고 유배되는지를 청소년들의 생생한 세태 묘사와 치밀한 구성을 바탕으로 보여 준다.
★ 네이버 북리펀드 선정도서 ★ 학교도서관저널 추천도서 ★ 국립어린이청소년도서관 추천도서

37. 열네 살, 비밀과 거짓말 김진영 지음

습관적인 도둑질에 빠져들면서 비밀과 거짓말이 늘어나게 된 평범한 열네 살 소녀 하리가 다시 삶의 진실을 찾아가는 성장소설.

★한국간행물윤리위원회 청소년 권장도서 ★문화체육관광부 우수교양도서

38. 허황옥, 가야를 품다 김 정 지음

먼 바다를 건너 가야로 온 인도 아유타국 공주 허황옥의 삶을 조명하면서, 철을 바탕으로 국제 무역의 중심지로 자리했던 가야의 역사를 생생히 전하는 역사소설이다.

★학교도서관저널 추천도서 ★대한출판문화협회 올해의 청소년도서

39. 외톨이 김인해 외 지음

요즘 청소년들의 왜곡된 삶과 고민을 가감 없이 보여 주며, 그들의 정서적 긴장감과 내면적 따뜻함을 동시에 그리고 있는 세 편의 단편소설이 실려 있다.

★제8회 푸른문학상 수상작 ★국립어린이청소년도서관 사서 추천도서 ★아침독서 청소년 추천도서

40. 그래도 괜찮아 안오일 지음

현실의 부정과 좌절에 길항하는 청소년들의 고민을 진정성 있게 담아낸 청소년시집. 청소년들이 지닌 '생기'를 유감없이 보여 주며 긍정과 희망의 메시지를 전한다.

★한국간행물윤리위원회 우수청소년저작 당선작 ★한국문화예술위원회 우수문학도서

41. 소희의 방 이금이 지음

이금이 작가의 대표작 『너도 하늘말나리야』의 후속작. 달밭마을을 떠나 재혼한 친엄마와 재회해 새 가족의 일원이 된 열다섯 소희의 욕망과 아픔을 다룬 성장소설이다.

★한국문화예술위원회 우수문학도서 ★한겨레·예스24 선정 청소년책 30선

42. 조생의 사랑 김현화 지음

조선시대를 배경으로 청년 '조생'이 청나라에 파견되는 연행사로 길을 떠나 사랑과 우정, 정의, 신념 등 삶의 진리를 깨달아가는 과정을 그린 청소년 역사소설.

★서울시교육청 남산도서관 사서 추천도서 ★〈아침햇살〉 선정 좋은 청소년책

43. 아버지, 나의 아버지 최유정 지음

위탁가정에 맡겨진 열여섯 살 연수가 자신의 친아버지를 찾아 떠나는 여정을 통해 진정한 자아 정체성을 확립해 가는 과정을 밀도 있게 그렸다.

★한국문화예술위원회 우수문학도서 ★〈아침햇살〉 선정 좋은 청소년책

44. 타임 가디언 백은영 지음

타임 슬립이라는 장치를 통해 개인과 사회에서 일어나는 현실의 문제들을 조명하는 본격 청소년 SF소설. 시공간을 뛰어넘는 구성과 예측할 수 없는 독특한 상상력을 맛볼 수 있다.

★〈아침햇살〉 선정 좋은 청소년책

45. 분청, 꿈을 빚다 신현수 지음

고려 최고의 사기장의 아들인 강뫼가 왜구 침입과 왕조의 변혁 등 극한 시대 상황 속에서 분청사기를 만들기까지의 과정을 흡인력 있게 그린 역사소설.

★대한출판문화협회 올해의 청소년도서 ★아침독서 청소년 추천도서

46. 방울새는 울지 않는다 박윤규 지음

5·18이라는 역사적 사건을 배경으로 그려지는 명창 소녀 '방울'과 고수 '민혁'의 안타까운 사랑 이야기. 슬픈 현대사를 정면으로 바라보고 올바르게 판단할 수 있는 용기를 준다.

★학교도서관저널 추천도서 ★한국문화예술위원회 우수문학도서

47. 악어에게 물린 날 이장근 지음

현직 중학교 교사인 시인이 청소년과 함께 호흡하면서 체험한 담백하고 직설적인 언어가 공감을 불러온다. 청소년들 질풍노도가 마음껏 활개 칠 수 있도록 기운을 북돋는 청소년시집.

★책따세 추천도서 ★대한출판문화협회 올해의 청소년도서 ★어린이도서연구회 청소년 권장도서

48. 찢어, Jean 문부일 지음

아르바이트, 집단 따돌림 등 청소년들이 공감할 수 있는 일곱 편의 이야기가 담겼다. 현실에 갇혀 사는 청소년들의 일탈을 유쾌하면서도 진정성 있게 담았다.

★아침독서 청소년 추천도서 ★한국문화예술위원회 우수문학도서

49. 불량한 주스 가게 유하순 외 지음

실수와 시행착오를 반복하다가 돌연 성장의 분기점을 지나는 청소년들의 '오늘'을 포착했다. 좌절과 반성의 언어조차 싱그러운 청소년들을 응원하게 만드는 네 편의 단편소설 모음.

★제9회 푸른문학상 수상작 ★아침독서 청소년 추천도서 ★네이버 북리펀드 선정도서

50. 신기루 이금이 지음

엄마와 엄마 친구들과 함께 몽골 사막 여행을 떠난 열다섯 다인이가 보낸 6일간의 여정을 통해 또 다른 생명의 고리로 순환되는 모녀 관계에 대한 고찰을 여행기 형식으로 그렸다.

★네이버 북리펀드 선정도서 ★서울시립어린이도서관 추천도서 ★아침독서 청소년 추천도서

51. 우리들의 매미 같은 여름 한 결 지음

섭식장애를 앓고 있는 모녀, 성추행, 보이콧 등 청소년들이 겪는 지독하게 뜨겁고 아픈 이야기가 담겨 있다. 청소년들이 자신 그리고 세상과 화해하는 여정을 솔직담백하게 그렸다.

★한국문화예술위원회 우수문학도서 ★네이버 북리펀드 선정도서

52. 모래시계가 된 위안부 할머니 이규희 지음

일본군 위안부로 끌려가 꽃다운 처녀 시절을 유린당한 황금주 할머니의 실제 이야기를 김은비라는 소녀의 이야기와 엮어 액자 형식으로 쓴 소설로, 일본어로도 번역 출간되었다.

★국제펜문학상 수상작 ★학교도서관저널 추천도서 ★경기도교육청 추천도서

53. 까레이스키, 끝없는 방랑 문영숙 지음

소련의 강제 이주 정책으로 시베리아 횡단 열차를 탔던 17만여 명의 까레이스키들의 고난과 역경, 도전과 설움을 절절하게 그린 역사소설이다.

★한국문화예술위원회 우수문학도서 ★아침독서 청소년 추천도서 ★한우리가 선정한 좋은 책

54. 나는 랄라랜드로 간다 김영리 지음

기면증을 앓는 소년과 그의 가족이 게스트하우스를 사수하기 위해 펼치는 소동을 재기 발랄하게 그렸다. 절망 속에서도 웃으며 싸울 줄 아는 청춘의 싱그러운 맨얼굴이 돋보인다.

★제10회 푸른문학상 수상작 ★아침독서 청소년 추천도서 ★한국문화예술위원회 우수문학도서

55. 열다섯, 비밀의 방 장미 외 지음

영혼의 도플갱어를 찾아 헤매는 외로운 청소년의 자화상이 네 편의 단편소설 속에 어우러져 있다. 청소년들의 내면의 목소리들이 조화롭게 어우러져 다양한 빛깔의 공명음을 들려준다.
★ 제10회 푸른문학상 수상작 ★ 경기도학교도서관사서협의회 추천도서

56. 눈썹 천주하 지음

암에 걸려 1년 4개월 동안 치료를 받던 열일곱 살 소녀가 일상으로 돌아온 뒤의 이야기를 담고 있다. 가족과 친구, 일상이 얼마나 가치 있는 것인지를 새삼 깨우쳐 준다.
★ 국립어린이청소년도서관 사서 추천도서 ★ 한국문화예술위원회 우수문학도서 ★ 아침독서 추천도서

57. 나는 지금 꽃이다 이장근 지음

청소년들의 삶을 제대로 들여다보고 마음을 헤아리는 시 창작 과정을 통해 나온 본격적인 청소년을 위한 시로, 삶이 점점 피폐해지고 있는 청소년들의 마음을 어루만져 준다.
★ 문화체육관광부 우수교양도서 ★ 어린이도서연구회 청소년 권장도서 ★ 학교도서관저널 추천도서

58. 우리들의 사춘기 김인해 지음

겉으로 잘 드러나지 않는 소년들의 감성을 날카롭게 포착하여 진솔하고 강렬하게 그려낸 '소년들을 위한' 소설집. 표제작을 비롯한 여섯 편의 단편청소년소설을 담고 있다.
★ 국립어린이청소년도서관 사서 추천도서 ★ 한국문화예술위원회 우수문학도서

59. 여우 소녀 미랑 김자환 지음

조선시대 임진왜란 발발 즈음의 여수 지방을 배경으로, 구미호에게 아버지를 잃은 묘남과 구미호의 딸 여우 소녀 미랑의 애틋한 사랑 이야기를 담고 있다.
★ 새벗문학상 수상작가

60. 얼음이 빛나는 순간 이금이 지음

아이와 어른의 경계에서 몸살을 앓던 두 소년이 5년 뒤 전혀 다른 풍경을 띠게 된 각자의 삶을 응시한다. 우연으로 시작해 선택으로 이루어지는 인생의 내밀한 진실을 담았다.
★ 윤석중문학상 수상작가 ★ 학교도서관저널 추천도서

61. 택배 왔습니다 심은경 지음

질풍노도를 겪는 청소년과 그의 가족, 친구, 사회의 풍경을 그린 여섯 편의 단편청소년소설. 건강하게 자립하고 따뜻하게 소통할 줄 아는 인물들의 모습에서 희망을 엿볼 수 있다.
★ 한국문화예술위원회 우수문학도서 ★ 학교도서관저널 추천도서 ★ 아침독서 청소년 추천도서

62. 똥통에 살으리랏다 최영희 외 지음

팍팍한 사회 현실 속 청소년들의 고민을 각기 다른 개성으로 그린 네 편의 단편청소년소설을 묶었다. 부조리한 사회와 욕망을 관찰하고 풍자하는 이야기가 공감을 불러일으킨다.
★ 제11회 푸른문학상 수상작 ★ 아침독서 청소년 추천도서 ★ 국립어린이청소년도서관 사서 추천도서

63. 나에게 속삭여 봐 강숙인 지음

어느 날 갑자기 죽음을 맞이한 열일곱 살 소년 서준과 혼령의 기를 느끼는 소녀 아리 그리고 서준의 쌍둥이 여동생 유주가 각자의 방법으로 성장해 나가는 청소년 판타지소설.
★ 윤석중문학상 수상작가 ★ 학교도서관저널 추천도서

64. 아버지의 알통 박형권 지음

촌스러운 아빠와 바닷가 마을에 살게 되면서 정직하게 일하는 사람들을 만나며 한층 성장해 가는 주인공의 이야기가 유쾌한 감동을 선사한다.

★한국안데르센상 수상작가

65. 나는 나다 안오일 지음

청소년들에게 자신의 꿈이 무엇인지 알게 해 주어 스스로 자신의 삶에 당당하게 맞서는 모습을 보고 싶다는 작가의 바람을 담은 청소년시 57편이 실려 있다.

★제8회 푸른문학상 수상작가

66. 순희네 집 유순희 지음

순희네 집에 얽힌 가슴 아프지만 따뜻한 이야기와 성장통을 겪는 순희의 모습을 작가 특유의 섬세한 문장 안에 담아낸 자전적 소설이다.

★제14회 MBC 창작동화대상 수상작 ★제8회 푸른문학상 수상작가 ★한국출판문화산업진흥원 선정 세종도서

67. 첫 키스는 엘프와 최영희 지음

제11회 푸른문학상 수상작가의 첫 청소년소설집으로, 미래에 대한 압박감에 갇혀 십 대 시절을 보내는 오늘의 청소년들에게 부치는 편지 같은 소설 여섯 편을 묶었다.

★제11회 푸른문학상 수상작가 ★아침독서 청소년 추천도서 ★어린이도서연구회 청소년 권장도서

68. 숨은 길 찾기 이금이 지음

이금이 작가의 대표작 『너도 하늘말나리야』의 두 번째 후속작으로 소희의 욕망과 아픔을 다룬 『소희의 방』에 이어 달밭마을에 남은 미르와 바우의 사랑과 꿈을 섬세하게 그려 낸 성장소설이다.

★소천아동문학상 수상작가 ★한국출판문화산업진흥원 선정 세종도서

69. 스키니진 길들이기 김정미 외 지음

아직 미완성인 '나'의 정체성을 찾기 위해 고군분투하는 청소년들의 모습을 그린 네 편의 단편청소년소설이 실려 있다. 청소년이라면 누구나 고민해 봤을 만한 이야기가 공감을 불러일으킨다.

★제12회 푸른문학상 수상작 ★한국출판문화산업진흥원 선정 이달의 책 ★아침독서 청소년 추천도서

70. 나는 블랙컨슈머였어! 윤영선 외 지음

우리 사회를 바라보는 날카로운 시선과 따뜻한 유머가 다채롭게 어우러진 네 편의 청소년소설을 엮었다. 삭막한 현실 속에서도 당당히 자신의 길을 가는 청소년들의 이야기가 매력적이다.

★제12회 푸른문학상 수상작

71. 우리는 가족일까 유니게 지음

5년 만에 엄마의 부고와 함께 미국에서 돌아온 동생으로 인해 방황하는 열일곱 살 소녀의 성장기를 그렸다. 고통스러운 시간을 함께 이겨 내는 가족의 소중함을 다시금 일깨워 준다.

★한국출판문화산업진흥원 선정 세종도서 ★서울시교육청 어린이도서관 청소년 권장도서

72. 사과를 주세요 진희 외 지음

꿈과 현실 사이에서 당차게 자신의 길을 찾아 나선 청소년들의 삶을 이야기하는 네 편의 청소년소설이 실려 있다. 찬란하게 빛나는 청소년들의 굳건한 의지와 신념이 유쾌하고 따뜻한 시선으로 그려진다.

★제13회 푸른문학상 수상작

73. 신라 공주 파라랑 김정 지음

고대 페르시아 서사시 「쿠쉬나메」의 시공간을 배경으로 한 역사소설. 낯선 이국 땅 페르시아로 건너가 사랑으로 고난을 극복하는 신라 공주 파라랑의 삶은 희망이라는 인간 본연의 메시지를 전한다.

＊〈푸른도서관〉 시리즈는 계속 나옵니다!